Ava Jordan

Verloren

Obsessed 4

© 2018 Ava Jordan
Kontakt: ava.jordan@gmx.de

Korrektorat: Anika Beer

Cover-/Umschlaggestaltung: Buchgewand | www.buch-gewand.de
Verwendete Grafiken/Fotos:
© Vik_Y – depositphotos.com
© Designer_things – depositphotos.com
© stillfx – depositphotos.com
© mcarrel – depositphotos.com
© Romanova Ekaterina / shutterstock
© mast3r – depositphotos.com
© rabbit75_dep – depositphotos.com

Satz: Corinna Rindlisbacher | www.ebokks.de

Herstellung und Verlag: BoD – Books on Demand, Norderstedt

ISBN 9783752833003

Über das Buch

Juno hat alles verloren. Ihr Mann Dean sitzt wegen Mordes an ihrer Schwester im Knast, sie hat keine Familie und keine Freunde. Die Polizei glaubt, sie würde das Drogenkartell der Familie Tevez weiterführen und lässt ihr keine Ruhe. Als sie dem smarten und attraktiven Polizisten Case Lincoln begegnet, will sie ihn nur hassen.

Case Lincoln hat sich den Kampf gegen den Drogensumpf in der Stadt L.A. auf die Fahnen geschrieben. Die zarte, kämpferische Juno Tevez fordert ihn immer wieder aufs Neue heraus. Er misstraut ihr, so wie sie ihm misstraut.

Doch dann muss Juno ihn um Hilfe bitten, weil jemand ihr damit droht, ihren Sohn zu entführen. Sie muss sich entscheiden – kann sie Case vertrauen?

Obsessed – Verloren ist der Auftakt zur Trilogie um Juno & Case.

Obsessed 4 – Verloren

Obsessed 5 – Vergeben

Obsessed 6 – Vergessen

Du kannst die drei Romane um Juno und Case unabhängig von der ersten Reihe Obsessed (Verführung – Hingabe – Schmerz) lesen, die sich um Junos Schwägerin Lea dreht. Aber ich empfehle dir natürlich, die Reihenfolge einzuhalten für den größeren Lesespaß.

Du möchtest über meine Neuerscheinungen informiert werden? Hier geht's zu meinem Newsletter:

Und auf meiner Facebookseite gibt's immer wieder News und Einblicke in meine Arbeit und mein Leben:

www.facebook.com/AvaJordanAutorin

Über die Autorin

Ava Jordan ist das Pseudonym einer deutschen Autorin. Sie lebt und arbeitet in der nördlichen Mitte von Deutschland. Als Selfpublisherin schreibt sie neben ihren Verlagsbüchern all das, worauf sie einfach so große Lust hat (und die Verlage nicht), dass es unbedingt auch zwischen zwei Buchdeckel gehört.

Prolog

Ich bin zu spät gekommen.

Ich weiß es, als ich das Blaulicht sehe, das wild flackert und den kleinen Privatflugplatz in gespenstisches Licht taucht. Als ich nicht nur mehrere Rettungswagen sehe, die vor der Halle parken, sondern auch zwei Streifenwagen der Polizei.

Ein Polizist steht neben der offenen Wagentür, er hält das Funkgerät in der Hand und spricht hinein. Er sieht aufgeregt aus. Als hätte er gerade einen großen Fang gemacht.

Ich beuge mich vor.

„Fahren Sie zurück", sage ich zu dem Taxifahrer.

Er mustert mich im Rückspiegel. Ich weiß, was er fragen will. Ob ich eine Ahnung habe, was da vorne vor sich geht? Oh, und ob ich das habe.

„Bitch", murmele ich. „Verfluchte, verfickte Bitch. Lea, wieso musstest du mir das antun?"

Ich lehne mich zurück und schließe die Augen.

Nicht nur mir. Auch Dean.

Zugleich ist in mir etwas, das ich kaum beschreiben kann. Ein Kichern. Ein ... oh Gott, ich lache. Ich spüre das Lachen, es kribbelt erst in der Nase, dann steigt es weiter hoch, es blubbert in meiner Lunge, ich kann nicht anders. Ich lege den Kopf in den Nacken und lache, so laut ich kann.

„Alle verrückt", höre ich den Taxifahrer murmeln. Er beeilt sich, mich von hier fortzubringen.

Daheim schicke ich die Babysitterin weg, die in den letzten Stunden auf Gabriel aufgepasst hat. Ich gehe nach oben und bleibe vor dem Kinderzimmer stehen. Gabriel schläft; ich lasse die Tür angelehnt und lausche nur in die Dunkelheit dahinter. Mein Handy vibriert, und bevor ich den Anruf annehme, gehe ich nach unten. Ich ahne, was mich erwartet, und ich schlucke die Tränen runter, bevor ich mich melde.

„Hallo?"

„Spreche ich mit Juno Tevez?"

Ich nicke. „Ja." Meine Stimme klingt erstickt.

„Mrs. Tevez, Ihr Mann Dean ... Es gab eine Schießerei."

Erst später soll mir der Gedanke kommen, dass ich spätestens in dem Moment gewusst haben muss, dass er lebt. Dass er vielleicht auch *überlebt*. Sonst hätten sie nicht angerufen, sondern zwei Polizisten zu uns nach Hause geschickt. In dem Moment war es ein gutes Zeichen; ich wusste es nur nicht zu deuten.

„Was ... wie ...?"

Meine Stimme nur ein Flüstern. Die Sätze rauschen an mir vorbei; ich verpasse sicher mehr als die Hälfte. *Außer Lebensgefahr ... Schulterdurchschuss ... hoher Blutverlust ... zweite Kugel ...*

„Wann kann ich zu ihm?"

Die fremde Stimme nennt mir die Adresse des Krankenhauses. Ich lege auf; dann erst fällt mir ein, ich kann hier nicht weg, Gabriel schläft, ich kann ihn nicht wecken, aber ich muss, weil ich zu Dean muss.

Ich muss wissen, was da passiert ist.

Ein Polizist in Uniform vor dem Zimmer. Mit Waffe. Ich sehe ihn an, als ich an ihm vorbei geführt werde. Die Ärztin an meiner Seite berührt mich am Arm, dann stehe ich in dem Zimmer, sehe im schwachen Nachtlicht Dean dort liegen.

„Ich lasse Sie einen Moment allein", sagt sie.

Ich blicke ihr nach. *Lassen Sie mich nicht allein!*, will ich rufen, aber dann ist sie fort und ich nähere mich seinem Bett. Ich starre auf Deans Hände, sie zucken über die Bettdecke, ich sehe die Schläuche; er ist intubiert. Seine Augen geschlossen. Die Worte der Ärztin gehen mir nicht aus dem Kopf. Sie hat mir erklärt, dass er zwei Schusswunden hat – eine in der Schulter, die andere knapp am Herz vorbei. Er wurde direkt operiert, es sieht gut aus. Sieben Blutkonserven haben sie gebraucht, bis er stabil war.

Ich spüre, wie Tränen über meine Wangen laufen.

„Hättest du nicht einfach sterben können?", flüstere ich.

Wenn er gestorben wäre, hätte ich nicht länger in Angst gelebt. Hätte ich nicht länger fürchten müssen, dass jeder Tag mein letzter sein könnte. Oder um das Leben von Gabriel, der noch so klein ist. Der gar nicht weiß, wie ihm geschieht. Auf den gerade Charlotte aufpasst, die Freundin meines Schwiegervaters.

Er kann mich nicht hören, und das ist gut so. Ich setze mich auf den Hocker mit Rollen, der neben dem Bett steht. Ich zögere, aber dann nehme ich doch seine Hand. „Du hättest sie einfach in Ruhe lassen sollen."

Lea. Ich spreche von Lea. Mit ihr hat er sich gestern getroffen, das weiß ich. Es ging um viel Geld, um Beweise gegen ihn wegen dem, womit er unser Geld verdient.

Drogen.

Ich hänge mit drin, denn ich weiß das alles. Ich hänge mit drin und sage nichts. Weil ich um mein Leben fürchte und um das von Gabriel.

Aber das gilt nur, solange Dean jederzeit auf uns Zugriff hat. So wie er da jetzt liegt – bewusstlos, dem Tod näher als dem Leben – bin ich sicher.

Die Worte der Ärztin hallen in meinem Kopf wider. „Lange

Rekonvaleszenz ... wird Monate dauern ... stellen Sie sich darauf ein, dass er ..."

Bla, bla, bla.

Und doch: Etwas von dem, was sie mir gesagt hat, lässt in mir eine absurde Hoffnung erwachen. Ich könnte ihn verraten. Könnte einfach da draußen zu dem Polizeibeamten gehen und ihm erklären, ich würde gern eine Aussage machen, weil ... Weil es genug ist. Weil ich nicht länger um mein Leben fürchten will.

Drei Schritte bis zur Tür. Die Tür öffnen. Der Beamte wird zu mir aufblicken, fragend und ein bisschen verwirrt, weil er nicht damit rechnet, dass ich das Wort an ihn richte.

„Ich möchte eine Aussage machen." Fünf Wörter, mehr nicht. Fünf Wörter, die alles ändern werden. So unwiderruflich, dass mir allein beim Gedanken daran schwindelig wird.

Wir würden alles verlieren, denke ich. All das, was er mit der dreckigen Arbeit seiner Familie aufgebaut hat.

Und was wird aus mir? Aus Gabriel?

Wir kommen aus erbärmlichen Verhältnissen, und dorthin müssten wir früher oder später auch zurück.

Oder ich kämpfe. Um unseren Lebensstandard. Um eine Zukunft für Gabriel.

Meine Schritte führen mich zur Tür. Ich blicke ein letztes Mal zu Dean zurück. Tut es mir leid, wenn ich jetzt da rausgehe und ihn ausliefere?

Nein.

Mein Körper hat zu viele schmerzhafte Erinnerungen gespeichert.

Der Polizeibeamte blickt mich tatsächlich sehr überrascht an. Ich ziehe die Tür hinter mir ins Schloss, räuspere mich. „Ich möchte eine Aussage machen", sage ich leise. „Gegen meinen Mann."

„Oh. Da rufe ich am Besten einen Kollegen." Er hat die Hand bereits am Funkgerät. Keine Überraschung mehr, nur professionelle Ungerührtheit. „Was werfen Sie ihm vor?"

„Mord", flüstere ich. „Er hat meine Schwester ermordet. Und noch eine andere Frau, kurz vor unserer Hochzeit."

Er hebt stumm die Brauen, fragt aber nicht, warum ich erst jetzt damit herausrücke.

Wenn nicht jetzt, während er hilflos in dem Intensivpflegebett liegt, dann nie.

Jetzt ist meine einzige Chance, ihm zu entkommen.

Juno

Ich hasse Case Lincoln.

Wie er da steht, so entspannt und lässig, als würde ihm das Haus gehören und nicht mir. Er telefoniert, und dabei dreht er mir den Rücken zu. Selbst seine leckere Kehrseite zeigt mir, wie wenig Sympathie er für mich hegt.

Nämlich gar keine.

Das ist mir nur recht, denn das beruht auf Gegenseitigkeit.

Er ist nicht der Einzige, der in mein Haus eingedrungen ist. Heute Morgen um kurz nach sechs, als ich noch im Bett lag, hat es an der Tür geklopft, und als ich nach unten lief und die Tür öffnete, stand er vor mir. Sein Blick … So anmaßend und *widerlich.* Wie er mich von oben bis unten musterte, als könnte er durch den dünnen Seidenmorgenrock und das Nachthemd darunter hindurchsehen. Als wüsste er, wie ich nackt aussehe unter dieser sündig roten Nachtwäsche.

Ja, du Arschloch. Ich bin eine attraktive Frau. Glaub ja nicht, dass ich mich von dir einschüchtern lasse. Fick dich selber. Mich kriegst du jedenfalls nicht.

Vielleicht verstehe ich ihn auch. Irgendwie. In diesem Spiel habe ich die Rolle der sündigen, verruchten Femme fatale inne. Der Verbrecherin. Der Drogenbaronin. Er will mir ans Zeug flicken, wie er vor einem halben Jahr schon Dean das Schlimmste angetan hat. Er braucht nur Beweise dafür, dass ich genauso schlimm bin wie mein Ehemann. Vermutlich wäre es ihm lieber, wenn ich sogar noch schlimmer bin. Auch das kann ich ihm kaum verübeln.

Aber ich habe eine Nachricht für dich, Arschloch: Ich hatte keinen blassen Schimmer, womit mein Mann all die Jahre sein Geld verdient hat. Oder dass sein Vater sich jahrzehntelang durch Drohungen, Bestechung, Körperverletzung und Mord zum größten Drogenboss in Kalifornien aufgeschwungen hat. Davon habe ich erst erfahren, als ihr Dean festgenommen habt. Ja, ich weiß schon, ich habe da in eine echt beschissene Familie eingeheiratet. Tut mir echt leid. Daran ist Lea Schuld. *Das ist zumindest die offizielle Version. Arschloch. Versucht doch, mir das Gegenteil zu beweisen.*

Wobei Case Lincoln und seine Kollegen Lea vermutlich lieben. Sie hat ihnen nämlich zusammen mit ihrem Lover Jax das Swan-Kartell ans Messer geliefert und dann versucht, Dean zu erpressen, damit sie das Geld für ihre Flucht ins Ausland zusammenkratzen konnten. So eine ist sie. Familienbande? Zählen für sie nichts. Sie hat mich verraten, ohne auch nur einen Gedanken daran zu verschwenden, was das für mich bedeuten könnte.

Einst habe ich sie bewundert, weil sie ist, wie sie ist. Jetzt sitze ich in diesem Schlamassel und habe nur noch Wut für sie übrig.

„Wollen Sie sich nichts anziehen?"

Case Lincoln steht wieder vor mir. Er sieht irgendwie *normal* aus. Nicht so ein Typ wie Dean, in den ich mich damals Hals über Kopf verliebt habe, als er auf der Beerdigung meiner Schwester Chrissa auftauchte und mir versicherte, wie leid es Lea und ihrer Familie tue. Und dass Lea leider nicht hier sein könne, weil sie verschwunden sei, aber er als ihr liebender Bruder natürlich gekommen sei, um mir sein Mitgefühl auszusprechen.

Mitgefühl am Arsch.

Er schlich sich an diesem Tag in mein Leben und hat mich selbst dann nicht mehr losgelassen, als ich begriff, was für ein Monster er ist.

Bis heute liebe ich ihn. Und ich werde ihn immer lieben, so absurd das auch klingen mag.

„Mir geht es gut so", erkläre ich Case Lincoln und mustere ihn kühl. Er hat die dunkelblaue Windjacke mit dem gelben FBI-Aufdruck abgelegt und steht in einem schwarzen T-Shirt und Jeans vor mir. Die Stiefel sind staubig, und ich starre darauf, weil ich nicht in sein Gesicht sehen will. Er hat die kantigen Gesichtszüge und die harten Augen eines Mannes, der schon viel gesehen hat in der Welt. Unwillkürlich frage ich mich, wie es für ihn ist, wenn er abends nach Hause geht. Wartet jemand auf Case Lincoln? Lebt er allein? Hat er ein schäbiges Zweizimmerapartment irgendwo im Valley, wo er sich abends mit Tequila die Kante gibt und den Rauch seiner Zigaretten an die Decke bläst, während er irgendwelche Rockmusik hört? Oder gibt es eine Mrs. Lincoln, die in einem hübschen Einfamilienhaus auf ihn wartet, für die drei Kinder Lunchtüten packt und sich ein bisschen was als Avon-Beraterin dazuverdient?

Sollte ich einen Tipp abgeben, wäre es die heile Welt mit der Avon-Beraterin. Die heißt bestimmt Kimberly oder Cassandra, und die drei Kinder – mindestens drei! – sind natürlich total adrett, haben die knallblauen Augen und das verwuschelte, hellbraune Haar von ihm geerbt. Ja, so stelle ich es mir vor, wenn Case Lincoln Feierabend macht. Barbecue mit Kollegen und Nachbarn, ein paar Scherze, ein verschwitzter Fick mit einer Bekannten, denn natürlich betrügt so einer seine Kimberly. Sonst wäre die Welt zu perfekt. Ein paar Risse muss sie haben.

Im Vergleich dazu ist meine Welt … nun ja. Eine Ruine? Auf jeden Fall einsturzgefährdet.

„Señora? Señora, können Sie kommen?"

Ich blicke auf. In der Tür zum Wohnzimmer, wo ich auf dem Sofa hocke und warte, dass diese ganze schreckliche und furchtbar peinliche Situation endlich vorbei ist, steht Carmen, mein mexikanisches Kindermädchen.

„Was ist denn, Carmen?"

„Ihr ... Sohn."

Sie blickt an mir vorbei. Ich springe hastig auf.

„Da muss ich hin", sage ich zu Case Lincoln.

„Das geht jetzt nicht", sagt er ärgerlich. „Sie müssen während der Durchsuchung hier bleiben."

„Aber ... mein Sohn."

„Was ist mit ihm?"

Statt einer Antwort schiebt sich mein anderthalbjähriger Sohn Gabriel dicht an Carmens Bein geschmiegt durch die Tür. Mit großen Augen starrt er Case an, der für ihn eine imposante Erscheinung sein muss. Es kommt selten vor, dass er bei uns zu Hause fremde Männer sieht; ich versuche, solche Situationen zu vermeiden, weil der Kleine seit dem Verschwinden seines Papas immer wieder verwirrt war und manches Mal weinend aus dem Schlaf aufschreckte und nach ihm rief. Daran ändert sich natürlich nichts, wenn ich keine Männer im Haus habe – aber es verhindert, dass er seinen Kuschelelefanten an sich drückt und fragend „Papa?" flüstert.

Das sind die Momente, in denen mir regelmäßig das Herz bricht.

„Mama?" Der Kleine sieht mich an.

„Er wollte nicht mehr oben bleiben", sagt Carmen entschuldigend.

Case Lincoln mischt sich ein. Natürlich. Ich hätte mir denken können, dass diese Idioten vom FBI nichts Besseres zu tun haben als ein unschuldiges Kindermädchen und ein Kleinkind niederzumachen.

„Meine Anweisung war eindeutig", grollt er. „Sie sollten mit dem Kind im Spielzimmer bleiben, bis wir kommen und Sie in ein anderes Zimmer bringen. Wo ist meine Kollegin, die auf Sie aufpassen sollte?"

Carmen reckt das Kinn. Sie sieht vielleicht in ihrer grauen Dienstmädchenuniform mit der weißen Schürze harmlos aus, aber oho, ich weiß, was für ein südländisches Temperament in ihr steckt. Nicht ohne Grund habe ich sie mit der Betreuung meines Augensterns betraut. Sie würde für Gabriel durchs Feuer gehen oder ihr Leben für ihn opfern.

Möge Gott verhüten, dass es je dazu kommt.

„Die Kollegin", sagte sie abschätzig, „bekam einen *wichtigen* Anruf und ließ sich entschuldigen. Das dauerte zu lange, Gabriel wurde quengelig. Er hat Hunger."

Ich breite die Arme aus, und auf seinen kleinen Pummelbeinen läuft mein Sohn auf mich zu. Ich schließe ihn in die Arme und drücke seinen Kopf an meine Brust. Über seinen schwarzhaarigen Scheitel hinweg funkle ich Mr. Lincoln wütend an.

„Soll mein Kind etwa hungern, nur weil Sie unfähige Leute haben?"

Er überlegt kurz, trifft aber rasch eine Entscheidung. „Natürlich nicht", sagt er und spricht kurz in sein Funkgerät. Keine Minute später steht ein Kollege neben ihm. Er ist Anfang vierzig, etwa einen halben Kopf kleiner und doppelt so breit. Seine Glatze glänzt wie eine polierte Bowlingkugel, die braunen Augen aber sehen mich freundlich an.

„Das ist mein Kollege Bruce Fox. Er wird sich um Sie kümmern." An den Glatzkopf gewandt erklärt er: „Die Damen möchten *frühstücken*. Und schick jemanden, der nach Natasha sucht. Sie hat das Kindermädchen und den Jungen allein gelassen."

Alles an seiner Haltung, dem Klang seiner Stimme, sogar daran, wie er das Funkgerät hält, strahlt Ablehnung aus. Nein, mehr noch: Abscheu. Für ihn sind wir Abschaum. Dreck. Kakerlaken.

Wie schön, wenn das FBI dir mit Freundlichkeit begegnet.

Aber es ist nicht das erste Mal, dass ich so behandelt werde. Darum stehe ich auf, nehme Gabriel auf den Arm und stolziere im Seidenmorgenmantel und mit den Pantoffeln mit Plüschpompoms an Case Lincoln vorbei und klimpere dabei mit den Wimpern, als wäre er der schönste Mann auf Erden. Er weicht einen Schritt zurück, weil ich ihm wohl zu nahe komme.

Gut so. Soll er ruhig merken, dass ich mich von ihm nicht einschüchtern lasse.

Sollen sie doch mein Haus auf den Kopf stellen. Sie werden nichts finden.

In der Küche setze ich Gabriel in sein Stühlchen. Carmen, die mir gefolgt ist, steht bereits an der Spüle und schneidet eine Mango auf. Ich hole Milch aus dem Kühlschrank und schalte die Kaffeemaschine ein. Der Kollege von Case Lincoln ist uns gefolgt.

„Möchten Sie auch einen?", frage ich Mr. Fox mit zuckersüßer Stimme.

Er steht mit vor dem Bauch verschränkten Händen breitbeinig in der Tür zur Eingangshalle. Sein Blick huscht hin und her, während hinter seinem Rücken irgendwelche Kartons aus dem Haus getragen werden.

Bestimmt der Papierkram, der Deans Arbeitszimmer immer verstopft hat. Auch gut. Ich bin froh, wenn das ganze Zeug endlich verschwindet. Denn ehrlich gesagt hat es mich in den letzten Monaten nur genervt. Ständig kamen neue Briefe, die ich erst auf den Schreibtisch legte und dann, als die Flut immer größer wurde, in einem Wäschekorb sammelte. Ich weiß, das meiste sind Mahnungen. Nach Deans Festnahme kümmert sich ja niemand mehr um die Wäschereien und die Tankstellen. Das Geschäft liegt brach. Aber was kann ich schon dagegen tun? Ich war noch nie ein Zahlenmensch.

Die Erinnerung an Dean schmerzt. Er ist fort. Für immer vermutlich. Die Vorwürfe gegen ihn wiegen schwer. Er soll meine Schwester ermordet haben – und nicht nur sie. Es hat lange gedauert, bis ich begriff, dass er das Monster ist, für den ihn alle halten, obwohl ich weiß, zu welchen Grausamkeiten er fähig ist. Ich habe es am eigenen Leib erfahren.

Danach blieb ich trotzdem bei ihm. Ich war schwanger. Ich bekam sein Kind. Nach Gabriels Geburt war Deans Liebe für seinen Sohn das Einzige, was Gabriel und mich vor seinem Zorn schützte. Gegen Gabriel hat er nicht die Hand erhoben, nie. Er hat noch nicht mal die Stimme gegen ihn erhoben. Mein Augenstern. Das sind seine Worte gewesen, und ich habe sie übernommen, weil es dadurch ein bisschen leichter wurde. Er liebte Gabriel, ich liebte Gabriel. Die Liebe für das gemeinsame Kind verband uns. Machte es für mich erträglicher.

Ob ich erleichtert bin, weil Dean jetzt nicht mehr hier ist? Weil er mir das Leben nicht mehr zur Hölle macht? Weil ich nicht länger jeden meiner Schritte genau bedenken muss? Weil ich nicht länger eine Maske zeigen muss, die treusorgende, liebevolle Ehefrau mimen muss, die ihm jeden Wunsch von den Augen abliest, weil ich fürchten muss, er könnte mir oder meinem Jungen etwas antun, wenn ihm am Frühstückstisch mein Lächeln missfällt?

Ja, natürlich. Ich kann wieder *atmen*, verdammt.

Aber zugleich sind diese Arschlöcher vom FBI und von der DEA hinter *mir* her, weil sie nicht glauben wollen, dass ich vom Drogengeschäft meines Mannes keine Ahnung hatte. Sie haben Dean, aber nur wegen der Morde an Chrissa und einer Nutte in Compton. Sie wollen aber alles. Und sie denken, sie kriegen es von mir in den Schoß gelegt.

„Hier, mein Schatz." Ich stelle vor Gabriel einen Teller mit gewürfelter Mango auf den Tisch, drücke ihm eine Gabel in die Hand und befülle ein frisches Fläschchen mit Wasser.

„Also? Wollen Sie nun Kaffee oder nicht?"

Bruce Fox, der meine Frage zunächst ignoriert hat, sieht mich lange an. Dann nickt er stumm.

Na, wenigstens glauben die Bullen nicht, dass ich sie vergiften will. Wenn das kein Fortschritt ist.

Carmen setzt sich zu Gabriel, der zufrieden kräht und seine Mango zermatscht. Ich widme mich der Kaffeemaschine.

Natürlich ist es so ein teures Teil mit jeder Menge Schnickschnack, Milchaufschäumer, Mahlwerk und so weiter. Für mich nur das Teuerste. So hat es Dean gern gehalten. Das war anfangs für mich schwierig, denn ich stamme aus Verhältnissen, die ... einfach waren. Wobei „einfach" nur darauf abzielt, dass meine Schwester Chrissa und ich nicht viel Geld hatten und uns nur wenig leisten konnten. Okay, das ist untertrieben. Wir waren arm wie die sprichwörtlichen Kirchenmäuse. So eine Kaffeemaschine mit Siebträger, Milchkännchen und Milchdüse, die verchromt und schick eine Menge Platz in meiner riesigen Küche einnimmt, kostet ein paar tausend Dollar. Früher hätten wir davon ein paar Monate ganz gut gelebt.

Einfach war unser Leben also eher selten ...

Ich bereite für Bruce Fox einen Milchkaffee zu und drücke ihm den Becher in die Hand, bevor auch ich mir einen mache. Carmen schüttelt stumm den Kopf, als ich ihr einen anbiete. Sie wischt Gabriel Mangomatsch von der Stirn und hebt die Obstwürfel auf, die er zwischendurch runtergeworfen hat.

Das Schweigen in der Küche ist unangenehm, um es vorsichtig auszudrücken. Ist mir egal. Soll Mr. Fox sich doch unwohl fühlen. Ich fühle mich auch unwohl, aber ich habe schon mehr Scheiß durchgemacht.

„Bruce? Wir sind soweit durch."

Case Lincoln steht wieder in der Tür. Er sieht mich an, als wollte er ... ja, was? Mich ausziehen jedenfalls nicht. Sein Blick ist so finster, als wollte er mich am liebsten mitnehmen. In Handschellen. Damit ich auch mal mitkriege, wie es so im Staatsgefängnis ist.

Blöd nur, dass er offenbar nichts gefunden hat, das eine sofortige Festnahme rechtfertigt. Ich sehe, wie sehr ihn das ärgert.

„Jep, komme schon." Bruce kippt den Milchkaffee runter, als wäre es nur Wasser. Dann stellt er den Becher auf den Tisch, direkt neben Gabriels Stühlchen. Mein Sohn verschwendet keine Zeit, sondern grinst nur und fegt den Becher vom Tisch. Das Klirren lässt uns alle zusammenzucken.

„Ist schon in Ordnung", seufze ich und starre auf das Durcheinander aus Scherben und Milchschaum. Carmen springt sofort auf und beginnt, das Porzellan einzusammeln.

„Sorry", sagt Bruce Fox. Er sieht aus, als würde es ihm tatsächlich leidtun.

Ich glaube ihm das nicht. Er spielt nur eine Rolle. Ist er der gute Cop, während Case Lincoln sich als der böse Cop ausgibt? Ich runzele die Stirn. Welchen Sinn soll das haben? Dann verstehe ich, was hier gespielt wird.

Darum ist der nächste Satz von Mr. Lincoln keine Überraschung für mich.

„Wir haben noch einige Fragen an Sie, Mrs. Tevez."

„Ja?" Ich verschränke die Arme vor der Brust, den Kaffeebecher halte ich in der Linken und drücke ihn in die Armbeuge.

Case schaut nach hinten, wo die letzten Kartons rausgetragen werden. „Müssen wir das hier machen? Mir wäre es lieber, wenn Sie mit uns aufs Revier kommen."

Ich mustere ihn kühl. Für wie doof hält er mich?

„Ich halte das für keine gute Idee", erkläre ich ihm. „Oder haben Sie einen Haftbefehl gegen mich?"

„Nein. Aber es wäre eine Geste des guten Willens, wenn Sie mitkommen."

Ich lache. Mir ist nicht nach Lachen zumute, aber ich werde ihm nicht die Genugtuung gönnen, dass ich zusammenbreche. Ich nicht. „Kommen Sie sich nicht selbst ein bisschen albern vor? Ich lasse mich von Ihnen doch nicht verarschen. Entweder Sie haben einen Haftbefehl, dann komme ich gern mit und rufe vorher meinen Anwalt an. Oder Sie haben keinen. Dann …" Ich ziehe die Brauen hoch und mache eine Handbewegung, die ihm genau zeigt, wie sehr mir sein jämmerlicher Versuch der Einschüchterung am Arsch vorbeigeht.

Case Lincoln und Bruce Fox sehen sich an. Schließlich gibt sich Mr. Lincoln einen Ruck. „Wir melden uns, Mrs. Tevez."

Ich bleibe sitzen, als die beiden Männer als die Letzten das Haus verlassen. Bruce Fox zieht die Tür hinter sich zu. Ich sitze mit dem Rücken zum Fenster. „Was machen sie?", frage ich.

„Sie diskutieren", sagt Carmen, die an die Spüle unter dem Fenster tritt und den Müllschlucker öffnet. Die Scherben klappern im Behälter. „Er ist wütend."

„Lincoln?", frage ich.

Sie nickt.

„Gut so." Ich stehe auf, stelle meinen Kaffeebecher in die Spüle und hebe Gabriel aus seinem Stuhl. „Hier muss jemand erst mal eine frische Windel bekommen. Ich gehe danach duschen", füge ich hinzu.

„In Ordnung. Soll ich das Wickeln übernehmen?"

Ich schüttele den Kopf. „Das kriegen wir schon hin."

Als ich durch den Flur gehe, sehe ich durch das schmale Fenster neben der Haustür. Case Lincoln steht vor dem Haus auf dem Rasen und telefoniert. Bruce Fox hat sich bereits zu dem schwarzen Escalade zurückgezogen, mit dem sie hergekommen sind. Die anderen Fahrzeuge sind schon verschwunden. Vermutlich karren sie ihre wertvolle Fracht jetzt in irgendein Lagerhaus, wo in den kommenden Wochen eine ganze Horde Zahlenmenschen vom FBI sich über die zahllosen Geschäftspapiere beugen und versuchen, sie zu entschlüsseln. Viel Spaß dabei. Wäre das so leicht, hätte ich längst damit angefangen.

Ich trage Gabriel nach oben und lege ihn auf den Wickeltisch. Während ich ihn ausziehe, die Windel tausche und wieder anziehe, lausche ich. Aber kein Laut dringt von unten herauf. Gut. Langsam entspanne ich mich.

Nach dem Wickeln setze ich Gabriel auf den Boden, und er läuft fröhlich voran in mein Schlafzimmer. Inzwischen biegt er nicht mehr falsch ab in das Masterschlafzimmer, in dem Dean und ich geschlafen haben, als er noch hier war. Aus dem ich ausgezogen bin, sobald sich die Handschellen um seine Handgelenke schlossen. Aus dem ich schon zuvor innerlich verschwunden war. Nachts, wenn er sich auf mich legte, war ich schon lange nicht mehr anwesend.

Inzwischen schlafe ich in einem der Gästezimmer. Ich habe auch Gabriels Gitterbett mit Carmens Hilfe reingestellt. Es steht nun direkt neben meinem Bett, und nachts, wenn ich wach liege – was leider viel zu oft passiert – lausche ich seinem Atem.

Diese Atemzüge sind es, an die ich mich klammere. Dieses kleine Menschenkind lässt mich weitermachen. Wenn es ihn nicht gäbe – puh, keine Ahnung, was ich dann machen würde. Weglaufen?

Allerdings nicht vor solchen Typen wie Case Lincoln.

„Sind sie weg?", rufe ich nach unten.

„Sie stehen immer noch auf dem Rasen und palavern."

Ein Hoch auf Carmen.

Niemand würde es vermuten, aber Carmen ist kein gewöhnliches Kindermädchen. Sie ist mein Bodyguard. Das war das Zweite, was ich nach Deans Festnahme getan habe, sobald ich aus dem Schlafzimmer auszog. Ich besorgte mir jemanden, der rund um die Uhr auf Gabriel und mich aufpasst.

Fürchte ich, dass uns etwas passiert? Ja. Daran hat sich durch Deans Festnahme absolut gar nichts geändert. Im Gegenteil – jetzt fürchte ich, dass mir nicht nur von seinen Feinden Gefahr droht, sondern auch von ihm. Und Gefängnismauern können ihn kaum davon abhalten. Dean hat überall seine willigen Erfüllungsgehilfen.

„Ich gehe rasch duschen", rufe ich nach unten und betrete das Schlafzimmer. Gabriel hat eines seiner Bilderbücher aus dem Regal gezogen, sitzt auf dem cremefarbenen runden Teppich und blättert konzentriert darin.

„Kommst du mit?", frage ich ihn und zeige auf die Tür zum angrenzenden Bad. Er schüttelt stumm den Kopf und blättert weiter.

„Okay, ich bin im Badezimmer."

Die Tür lasse ich offen stehen, während ich ins Bad gehe.

Ich weiß, wie wichtig es für Gabriel ist, mich jederzeit zu hören. Man könnte meinen, dass er noch zu klein ist, um zu begreifen, wie sehr unser Leben aus dem Takt geraten ist. Aber seitdem ist alles anders. Mein fröhliches, aufgewecktes Kerlchen ist verstummt. Er sagt kaum mehr ein Wort, ist total anhänglich und kann es kaum ertragen, wenn er mich aus den Augen lassen muss. Carmen ist die Einzige, die er vorübergehend als Ersatz akzeptiert. Kein Wunder: Die Polizei hat ihm seinen Daddy genommen. Woher soll er wissen, dass sie ihm nicht auch die Mama nehmen wird?

Während Gabriel weiter in dem Buch blättert, springe ich unter die Dusche. Als Mutter entwickelt man bei solchen Tätigkeiten eine ungeahnte Geschwindigkeit, und keine fünf Minuten später stehe ich im Handtuch vor dem Waschbecken, schminke mich und bürste meine dunklen Locken, die ich zu einem Knoten hochstecke. Danach gehe ich zurück ins Schlafzimmer, wähle aus dem Kleiderschrank eine dunkle Chino, eine blaue Bluse und einen Cardigan. Es ist heute kühl in Los Angeles.

Ich höre Carmen die Treppe hochkommen. „Im Schlafzimmer", rufe ich.

„Die stehen immer noch da draußen." Sie kommt herein. Gabriel lässt die Bücher links liegen und läuft zu ihr. Carmen hebt ihn hoch, sie kitzelt ihn, was er mit einem scheuen Lächeln quittiert.

Nicht mal ein Lächeln kann ich ihm jetzt noch abringen. Das schafft nur Carmen. Dabei versuche ich inzwischen wirklich, mich so viel wie möglich um Gabriel zu kümmern.

„Wir warten, bis sie verschwunden sind", sage ich nach kurzem Nachdenken.

Carmen nickt.

Bevor ich etwas hinzufügen kann, hören wir den Türklopfer durchs Haus hallen. Ich seufze. Gabriel klammert sich an Carmen und heult auf. Sie streichelt beruhigend seinen Kopf. „Alles gut", flüstert sie und will ihn mir übergeben.

Ich schüttele den Kopf. „Ich gehe schon", sage ich.

Case Lincoln steht auf der Stufe vor dem Haus. Er mustert mich überrascht, als ich öffne. Was denn? Hat er gedacht, ich bin immer noch im Schlafanzug?

„Was gibt's?", frage ich. Höflichkeit ist jetzt langsam mal aus. Er soll endlich sagen, was er mir vorwirft oder aus meinem Vorgarten verschwinden.

„Eine Sache wäre da noch", sagt er. „Kann ich reinkommen?"

Ich blicke über seine Schulter zu Bruce Fox, der sich eine Zigarette angezündet hat und auf den verdorrten Rasen in meinem Vorgarten ascht. Wenn da ein Feuer ausbricht, mache ich ihm aber selbiges in seinem fetten Arsch.

„Muss das sein?", frage ich. Von oben hören wir beide Gabriels verzweifeltes Weinen.

„Wenn es Ihnen nichts ausmacht." Er lächelt. Das soll wohl ein entwaffnendes Lächeln sein. Was denn, ist er jetzt doch der gute Cop? Ging es darum? Haben sie gerade ihre Rollen getauscht und er versucht jetzt selber sein Glück bei mir?

„Es macht mir was aus", erkläre ich, mache die Tür trotzdem auf und gehe in die Küche. Mir doch egal, ob er mir folgt oder nicht.

„Sie haben es sehr hübsch hier."

Ich schnaube, schiebe einen Kaffeebecher unter die Kaffeemaschine und schalte sie ein. Die Becher sind ein Geschenk von Deans Stiefmutter Charlotte zur Hochzeit. Sie passen perfekt in diese Küche. Hellblau, dickwandig und aus mattem Steingut. Sie sehen auf eine sehr untertriebene Art teuer aus und spiegeln damit Charlottes exquisiten Geschmack wieder.

Ich mag Charlotte. Sie ist die einzige Vernünftige in dieser Familie voller Wahnsinniger.

„Werden Sie beim FBI so mies bezahlt, dass Sie sich nebenher als Innenarchitekt betätigen?"

Er grinst weiter, als wäre das Lächeln hinter seinen Ohren festgetackert. Ich lächle schwach. Verdammt. Das wollte ich gar nicht. Jetzt denkt er bestimmt, er kann mich doch noch irgendwie um den Finger wickeln.

Dabei wird das auf gar keinen Fall passieren. Niemals. Er ist der Feind.

„Meine Frau hat den guten Geschmack. Sie ist ständig damit beschäftigt, irgendwelche Möbel umzustellen oder neue Vorhänge aufzuhängen. Unsere Esszimmerstühle haben solche ... Anzüge."

„Hussen."

„Wie bitte?"

„Diese ‚Anzüge' für Stühle nennt man Hussen."

„Wenn Sie das sagen ..." Er zuckt mit den Schultern. Ich gebe ihm seinen Kaffeebecher und er nippt daran. Dann verdreht er verzückt die Augen.

Man könnte fast meinen, beim FBI gibt's ein Drehbuch für solche Situationen. *Wie ich einer Verdächtigen ein paar Details entlocke, die sie nicht preisgeben will. Ein Programm in drei Schritten.*

Erster Schritt: Kaffee trinken und loben.

Zweiter Schritt: Die persönliche Ebene herstellen. Von der eigenen Ehefrau, dem Familienhund oder dem Angelausflug am vergangenen Wochenende erzählen.

Dritter Schritt: Beiläufig eine Frage stellen, die die Verdächtige dann völlig überrumpelt aufrichtig beantwortet.

Tja. Schade nur, dass ich zu den Frauen gehöre, die auf solche billigen Tricks nicht reinfallen. Darum gehe ich zum Angriff über.

„Sie sind nicht hier, um meinen Kaffee zu loben. Oder meine geschmackvolle Inneneinrichtung."

„Hm, nein." Er stellt den Becher ab, wühlt in der Innentasche seiner hässlichen FBI-Windjacke und zieht einen Zettel hervor. „Ich habe noch das hier und überlege die ganze Zeit, was ich damit machen soll."

Er gibt mir den Schrieb. Ich überfliege ihn nur kurz, denn schon das erste Wort oben auf der Seite lässt mein Herz stocken.

„Ein ... Haftbefehl?"

„Ausgestellt auf Ihren Namen, Mrs. Tevez."

Ich starre ihn an.

Vierter Schritt: Überspringe Schritt drei und jage deinem Gegenüber einfach eine Scheißangst ein.

„Aber wieso?", hauche ich. „Was habe ich getan?"

Er zuckt mit den Schultern. „Wo soll ich anfangen? Verschleierung einer Straftat? Mitgliedschaft einer kriminellen Vereinigung? Geldwäsche?"

„Das sind alles Vorwürfe, die Sie meinem Mann machen. Ihre Beweislage ist vermutlich alles andere als wasserdicht, weshalb Sie sich ja auch hier rumdrücken und das Arbeitszimmer ausgeräumt haben. Aber ich hatte damit nie etwas zu tun." Ich gebe ihm den Wisch zurück. Meine Hand zittert, und wir sehen das beide. Er kommentiert es nicht.

„Ihm wird außerdem noch Mord zur Last gelegt, ja. Wann beginnt sein Prozess noch mal?"

Ich schlucke. „In ein paar Wochen."

„Hat schon eine Weile gedauert, bis es zur Anklageerhebung kam. Wir haben die Vermutung, dass es da im Hintergrund Strippenzieher gibt, die dafür gesorgt haben, dass die Staatsanwaltschaft kein gesteigertes Interesse daran hatte, das Verfahren zu eröffnen. Schade, dass unsere Kollegen vor ein paar Wochen einen gewissen Rodrigo Valdez drüben in Mexiko festgenommen haben. Sieht nicht gut aus für ihn. Er schmuggelt wohl Kokain im großen Stil und wird auch mit dem Black-Swan-Kartell in Verbindung gebracht."

Ich lächele ihn zuckersüß an. „Ich weiß leider überhaupt nicht, wovon Sie sprechen, Mr. Lincoln."

„Aber Sie kennen Rodrigo Valdez."

Ich tue so, als müsste ich nachdenken. „Naja, kennen", meine ich schließlich. „Das ist wohl zu viel gesagt. Wir sind zur selben Highschool gegangen. Aber im Gegensatz zu mir ist Rodrigo immer wieder von der Schule geflogen."

Mr. Lincoln wirkt sehr zufrieden. „Und er wohnte in der Nachbarschaft."

„Bei mir?"

„Nein, Mrs. Tevez. Bei Ihrer Schwester Chrissa."

Ich drehe mich abrupt von ihm weg.

Chrissas Name allein genügt, dass mir wieder Tränen in die Augen schießen. Verdammt, das hört nie auf. Dass man die vermisst, die man verloren hat. Klar, Chrissa und ich waren Schwestern, und Blut ist dicker als Wasser. Trotzdem – Schwestern sind manchmal so verschieden, wie es auch zwei Fremde sein können, die sich zufällig auf der Straße begegnen. So war das auch bei Chrissa und mir. Trotzdem oder gerade deswegen habe ich sie abgöttisch geliebt. Ihr Tod ist immer noch eine tiefe Wunde. Das wird er auch bleiben, bis an mein Lebensende.

„Ist es nicht erstaunlich", spricht Case Lincoln weiter, ohne sich um meinen inneren Aufruhr zu scheren, „dass ein Kleinkrimineller, der sich vorher mit Dealen und kleinen Ladendiebstählen mehr schlecht als recht durchgeschlagen hat, von heute auf morgen nicht nur einen Lebensstil pflegt, der eher an einen Drogenboss denken lässt, sondern zufällig auch Kontakte zu dem Kartell pflegt, das kein Interesse daran haben dürfte, wenn der Prozess gegen Ihren Ehemann verschleppt wird? Ich kam an dem Punkt ans Nachdenken, als ich seine Aufzeichnungen fand. Erstaunlich oft war in diesem kleinen, unscheinbaren schwarzen Notizbüchlein von einer gewissen JT die Rede. Können Sie sich vorstellen, wer damit gemeint sein könnte?"

Ich starre ihn weiter an. Mein Herz galoppiert, ich spüre, wie meine Wangen rot werden.

Schließlich finde ich meine Stimme wieder. „Ich habe keine verdammte Ahnung", sage ich.

„Schade", sagt er leise. „Ich dachte, Sie könnten Licht ins Dunkel bringen. Ich habe da nämlich so eine Theorie."

Ich zwinge mich zu einem Lächeln. „Tatsächlich? Dann erheitern Sie mich mit ihrer Theorie."

„Ich denke mir das so. Da ist jemand, der möchte etwas unbedingt verhindern. Zum Beispiel wäre da eine Ehefrau. Sie möchte, dass ihrem Mann etwas Bestimmtes nicht zustößt. Aber sie selbst hat nicht die Mittel, um sich darum zu kümmern. Sie hat nur das Geschäft des Mannes, das sie im Tausch für seine Immunität anbieten könnte. Nur wem? Denen, die ihm den Prozess machen wollen? Wohl kaum. Bleibt nur noch der größte Konkurrent. Der könnte sich ja darum verdient machen. Und dafür braucht man einen Strohmann." Er zuckt mit den Schultern. „Klingt doch ganz plausibel, finden Sie nicht, Mrs. Tevez?"

„Das wäre alles vollkommen logisch, wenn diese Ehefrau, von der Sie da sprechen, ihren Mann nicht selbst angezeigt hätte wegen der beiden Morde. Er hat meine Schwester umgebracht, vielleicht haben Sie das vergessen."

„Ah ja", sagt Case Lincoln. „Ihre ehrenwerte Schwester Chrissa Myers. Die Freundin Ihres verstorbenen Schwiegervaters, nicht wahr? Sie haben da in eine interessante Familie eingeheiratet, Mrs. Tevez."

Mit interessant meint er tödlich.

„Sind Sie fertig?"

Er grinst. Ich möchte ihm dieses Grinsen aus dem Gesicht schlagen.

Nein. Ich will es ihm von den Lippen küssen. Ich will sein Lächeln auf meinem Mund spüren, seine Hände auf meinem Körper.

Noch so ein Grund, weshalb ich keine Männer im Haus haben möchte. Ich bin offenbar so verzweifelt und vereinsamt, dass ich mich in den erstbesten verknalle, der durch die Tür kommt. Der in diesem Fall die schlechteste Wahl ist, die ich treffen kann.

Ich stehe auf. „Ich bitte Sie jetzt zu gehen", sage ich steif. „Es sei denn, Sie wollen den hier tatsächlich auf ihrer schwachen Theorie aufbauen." Ich halte ihm den Haftbefehl hin.

Case Lincoln nimmt ihn wieder zur Hand, faltet ihn ganz auseinander und schlägt mit dem Handrücken auf das Blatt, als ginge ihm jetzt erst auf, dass er einen Fehler gemacht hat. „Sehen Sie sich das an! Der Richter hat nicht unterschrieben. Zu dumm." Er tritt ganz nah an mich heran und flüstert: „Aber das wird er, Mrs. Tevez. Das wird er tun, Juno. Und dann komme ich und lege Ihnen Handschellen an. Dann können Sie sich nicht länger verstecken."

Mir läuft ein eisiger Schauer über den Rücken, als er meinen Namen sagt. Angst? Ich bin längst darüber hinaus, vor irgendwem Angst zu haben. Trotzdem gibt es Dinge, die ich fürchte. Dass man mich aus meinem Haus holt. Mir Handschellen anlegt, mich abführt. Vor den Augen meines Kindes.

Ich werde das nicht zulassen.

„Dann kommen Sie wieder", erkläre ich kühl. „Aber vorher will ich Sie nicht mehr in meinem Haus sehen. Sollte das trotzdem der Fall sein, werde ich Sie anzeigen."

Er lächelt fein, weil er genauso gut wie ich weiß, wie fruchtlos diese Drohung ist. Die Polizei wird sich nicht mit einem FBI-Agenten anlegen. Nicht, solange es um offene Ermittlungen geht.

„Wir werden sehen."

Er tritt zu mir. Ich rieche sein Aftershave, darunter ganz dezent sein Duschgel. Irgendwas mit Kiefernnadeln, glaube ich. „Ich komme wieder", flüstert er. Dann drückt er mir den Becher in die Hand und verlässt ohne ein weiteres Wort mein Haus.

Ich atme aus. Ein, aus, ein, aus. Schließe die Augen und versuche, nicht länger darüber nachzudenken, was hier geschieht. Ich höre die Haustür, die donnernd ins Schloss fällt, dann Schritte im oberen Stockwerk. Schließlich irgendwann Carmens Stimme. Zeitgefühl? Das habe ich verloren. „Er ist weg?", fragt sie.

Ich nicke stumm. Die Augen lasse ich geschlossen. Eine kleine Hand zupft an meiner Hose. Endlich kann ich die Augen öffnen. Ich nehme Gabriel hoch, der sich an mich schmiegt. „Mama", flüstert er.

„Ja", antworte ich und lege meine Stirn an seine. Er strampelt und will wieder vom Arm. Carmen folgt ihm, als er ins Wohnzimmer läuft, wo er eine Spielecke hat.

Ich sinke auf einen Küchenstuhl. Doch dann springe ich auf. Ich renne nach oben in mein Schlafzimmer.

Eins muss man den Leuten vom FBI lassen. Sie waren nicht nur gründlich, sondern auch erstaunlich ordentlich. Sie haben sicher in meiner Wäsche gewühlt, aber davon sieht man nichts. Die Schubladen sind geschlossen, und als ich sie aufziehe, liegen Höschen, Hemdchen und BHs nur etwas durchwühlt darin.

Im Kleiderschrank ist es genauso.

Ich gehe ins Masterschlafzimmer und von dort in das angrenzende Ankleidezimmer. Dort ziehe ich an der Schnur, die von der Decke hängt, und das Licht geht an. Schränke an beiden Seiten, Schuhe, Jacken, Hosen, Hemden, Blusen, Kleider, Röcke. Eine Seite für Dean, eine Seite für mich. Seine Sachen lasse ich hängen, als hätte ich die stille Hoffnung, dass er eines Tages zurückkommt. Dass ein Wunder geschieht. Dass die Polizei ihn doch laufen lässt, weil die Beweise nicht erdrückend genug sind. Ich denke, wenn er eines Tages überraschend vor der Tür steht, wird es ihn beruhigen zu sehen, dass seine Sachen noch da sind. Dass ich mit seiner Rückkehr gerechnet habe. Vielleicht redet er sich auch ein, ich hätt e auf seine Rückkehr gehofft.

Das werde ich niemals tun.

Ich atme tief durch, knie mich hin und hebe ein Bodenbrett von Deans hinterstem Schrank an. Darunter verborgen ist ein Hohlraum. Meine Finger tasten an der Leiste entlang, bis ich …

Er ist noch da. Meine Finger ertasten den kleinen Schlüssel, den ich mit Gaffatape dort festgeklebt habe.

Gott sei Dank.

Case Lincoln hat Recht. Ich habe etwas zu verbergen. Aber nicht vor ihm, sondern vor meinem Ehemann Dean und dem

Rest des Kartells Tevez. Vor den Männern, die immer noch daran arbeiten, dass Dean irgendwann nach Hause kommt. Ich bete jede Nacht, dass sie keinen Erfolg haben werden.

2

Juno

Ich erfuhr kurz vor meiner Hochzeit mit Dean, was für ein Monster er ist.

Man könnte meinen, kurz vor der Hochzeit wäre doch genug Zeit gewesen, um die Beine in die Hand zu nehmen und so schnell wie möglich wegzulaufen.

Ja, könnte man meinen.

Leider war ich damals dumm und bis über beide Ohren in ihn verknallt. Dee-Dee, so nannte ich ihn in den verliebtesten Momenten. Wenn wir nach dem Sex verschwitzt und mit ineinander verkeilten Gliedern auf dem Bett lagen und ich nach Atem rang. Wenn mir die Kehle brannte und ich mich nach einem Schluck Wasser sehnte, damit dieses Brennen nachließ. Wenn ich meinen Hals betastete, weil ich wissen wollte, ob dort etwas geschwollen war oder ob man später sehen würde, was er getan hatte.

Dean lachte dann. „Keine Sorge, ich bin vorsichtig", versicherte er mir stets.

So fühlte es sich nur leider nicht an.

Er erzählte mir selbst, was er getan hatte. Er tat es mit einem sadistischen Vergnügen, er beobachtete mich dabei. Sah zu, wie das Entsetzen sich in mir festsetzte. Wie ich *verstand*.

Sein Blick, seine Worte, seine Hände um meinen Hals, wenn wir Sex hatten – sie alle sagten mir dasselbe.

Wenn du dich gegen mich auflehnst, werde ich dich bestrafen.

Wenn du vor mir fliehst, werde ich dich finden.

Wenn du mich verrätst, werde ich es dir mit gleicher Münze heimzahlen.

Wenn du mich verlässt, werde ich dich töten.

Während ich mit ein paar Freundinnen und seiner Schwester Lea auf einer Junggesellinnentour in Las Vegas war, vergnügte er sich mit einem Callgirl, das man kurz darauf erwürgt in einem Müllcontainer in Compton fand.

Er leugnete nicht mal, dass er sie ermordet hatte. Er nannte es „Dampf ablassen". Ich sah ihn an, ich war froh, weil er das nicht mit mir getan hatte – und ich bekam das erste Mal Angst vor ihm.

Aber da war es schon zu spät.

Ich war verloren. Ich konnte keinen Rückzieher mehr machen. Die Hochzeit fand statt, und obwohl ich nicht schwanger werden wollte, geschah genau das – schon vor der Hochzeit. Wir haben verhütet. Natürlich haben wir das, ich bin ja nicht doof. Später habe ich im Internet gelesen, es gebe etwas, das sich Stealthing nennt – wenn der Mann heimlich das Kondom wieder abnimmt, weil er keinen Bock auf Safer Sex hat. Weil es ohne eben für ihn geiler ist. Oder weil er seine Verlobte schwängern will, damit sie ihm für immer ausgeliefert ist. Es ging alles so schnell. Er hat mich gelinkt, davon bin ich überzeugt.

Aber das hat er von Anfang an getan, nicht wahr?

Dienstags ist Besuchstag im Gefängnis. Nachdem ich heute Früh mit Carmen und Gabriel gefrühstückt habe, ziehe ich mir ein hübsches Kleid an – Dean mag es, wenn ich ein Kleid trage, das ist ihm lieber als Hosen – schminke mich sorgfältig und wähle die hübschen roten Riemchensandalen, von denen ich weiß, dass Dean auf sie steht. Dazu noch eine rote Lederclutch, fertig bin ich für meinen Ausflug in das California State

Prison von Los Angeles County in Lancaster. Ich verlasse das Haus, steige in meinen Wagen und fahre Richtung Norden aus der Stadt. Unterwegs werfe ich mir im Rückspiegel immer wieder ein Lächeln zu – ein verzweifelter Versuch, damit es mir später auch gelingt, sobald ich Dean gegenübersitze.

„Hi Liebster!", lächele ich mich an. „Geht es dir gut?"

Nein, du dreckige Fotze. Ich sitze im Knast.

„Ich habe gute Nachrichten für dich. Gestern war das FBI bei uns und hat den ganzen Papiermüll abgeholt."

Was soll daran eine gute Nachricht sein, Miststück? Solange ich nicht hier rauskomme, gibt es keine guten Nachrichten. Sag schon, warum dauert das so lange? Wann komme ich endlich raus?

Tja, das ist so eine Sache mit Deans Entlassung aus dem Gefängnis.

Case Lincoln hat in einem Punkt Recht. Was er in Bezug auf Rodrigo Valdez gesagt hat, stimmt. Alles. Ich weiß, es war von seiner Seite nur ein Schuss ins Blaue, aber der war mal ein Volltreffer.

Rodrigo Valdez arbeitet für mich. Er ist mein Verbindungsmann, sowohl zu der unteren Ebene unserer eigenen Organisation als auch zu dem Maulwurf, den ich bei Black Swan eingeschleust habe.

Oder das, was von Black Swan noch übrig ist, nachdem Lea und Jax so gründlich ausgepackt haben.

Ich habe Rodrigo nach Deans Festnahme kontaktiert. Er arbeitet schon länger für unsere Organisation, aber er ist so ein typischer Eckensteher. Kleindealer, der sich selbst sein bester Kunde ist. Er verdient sich ein bisschen was dazu, um seine Sucht zu finanzieren. Ich habe mich nur deshalb an ihn gewendet, weil ich sonst niemanden kannte, der mir hätte helfen können. Rodrigo sträubte sich erst. Er hielt das Ganze für eine Falle von Dean. Es dauerte Wochen, bis er mir vertraute. Bis er mir glaubte, dass nicht Dean dahinter steckte, sondern dass ich auf eigene Rechnung handelte. Dass ich jemanden brauchte, dem ich vertrauen konnte.

Vertraue ich Rodrigo? Bis heute nicht. Aber mir blieb damals keine Wahl, und daran hat sich bisher nichts geändert. Er ist meine einzige Chance. Dank seiner Kontakte konnte ich mich mit jemandem aus dem Black-Swan-Kartell in Verbindung setzen.

Okay, das klingt natürlich total unwahrscheinlich. Wieso soll so ein Kleinkrimineller wie Rodrigo Valdez Kontakte zur Spitze eines Kartells haben, das die Tevez-Organisation von den Stadtplänen der Millionenstädte dieses Landes fegen will, auf denen wir uns mit unseren Leuten Reviere erobert hatten, die wir notfalls mit Waffengewalt verteidigen?

Dazu sage ich nur so viel: Die Dinge ändern sich.

„Mrs. Tevez."

Der Besuchstrakt im Staatsgefängnis in Lancaster ist von den Zellentrakten separiert. Dean ist es nicht gestattet, mich in einem der Besuchsräume zu treffen, in dem auch andere Insassen ihre Familienmitglieder treffen. Wir dürfen uns nur von einer Glasscheibe getrennt an einem Tisch gegenüber sitzen und über Telefonhörer miteinander sprechen.

Als ich von einem Officer in den Raum geführt werde, in dem eine ganze Reihe dieser Tische steht, separiert immer durch Trennwände auf beiden Seiten, sitzt Dean bereits in der hintersten Kabine. Seine Finger trommeln auf die Tischplatte, er reißt den Hörer aus der Halterung, kaum dass ich mich hingesetzt habe.

„Endlich", knurrt er.

„Es tut mir leid, es war viel Verkehr."

Lüge. Ich versuche, so spät zu kommen, wie es gerade noch vertretbar ist. Damit ich so wenig Zeit wie möglich mit ihm verbringe.

„Steh auf", befiehlt er.

Ich gehorche widerstrebend.

„Dreh dich um."

Mit dem Hörer in der Hand, dessen gerolltes Kabel schon ganz ausgeleiert ist, drehe ich mich um die eigene Achse.

„Was habe ich dir letzte Woche gesagt?"

Seine Stimme ist gefährlich leise; seine Augen blitzen.

„Ich darf hier keinen kürzeren Rock tragen", erkläre ich ihm und setze mich wieder hin.

„Habe ich dir erlaubt, dich hinzusetzen?"

Ich stehe wieder auf. Sein Blick mustert mich von den perfekt frisierten Wellen meiner dunklen Haare über die Schlüsselbeine, die unter de m Ausschnitt meines Kleids hervorblitzen, und die Brüste unter dem Stoff bis hin zu dem knielangen Saum und den Schuhen.

„Bleib stehen."

Ich habe gelernt, dass es besser ist, wenn ich tue, was er von mir will. Es erspart mir fruchtlose Diskussionen und ihm im Idealfall die Isolationshaft, weil er einen Ausraster bekommt.

Ich will ihn hassen – und tue das auch – aber irgendwie hat er es geschafft, dass ich mich immer noch für ihn verantwortlich fühle. Für sein Seelenheil. Seine Gesundheit.

Ich habe versucht, ihn zu retten. Ich bin gescheitert.

„Was läuft draußen?", fragt er.

„Nicht viel", lüge ich. Auf keinen Fall will ich ihm erzählen, was das FBI gestern Morgen bei uns abgezogen hat.

„Nicht viel, so so."

Er weiß es.

Ich erkenne es daran, wie er mich abschätzig mustert. Wie er den Kopf leicht schief legt, einem Deutschen Schäferhund ähnlich, der überlegt, ob sein Gegenüber ihm wohlgesonnen ist.

„Da habe ich aber was Anderes gehört. Das FBI war bei uns?"

Ich atme aus. „Ja", sage ich leise.

„Wann?"

„Gestern."

„Und?" Als ich nicht sofort antworte, hämmert er die Faust gegen die Scheibe, die unter den Schlägen erbebt. Ich zucke zusammen. „Antworte mir, du Fotze!"

„Nichts und", erwidere ich. „Sie haben nichts gefunden. Haben nur die Wäschekörbe mit den Rechnungen mitgenommen."

„Ah, okay." Er wirkt zufrieden. Doch bevor er seine nächste Frage stellen kann, nähert sich ihm von hinten ein Gefängniswärter. „Was ist hier los?", fragt dieser feiste Kerl. Das braune Hemd spannt sich über seinem Bierbauch, die Haare trägt er borstig kurz geschnitten und seine Augen verschwinden fast in dem hochroten, fetten Gesicht.

„Nichts", sagt Dean, ohne den Blick von mir abzuwenden. „Oder doch, warte mal."

Der Gefängniswärter, der sich schon wieder abwenden wollte, kommt näher.

„Schau mal, Dick. Das ist meine Frau. Heißer Feger, findest du nicht auch?"

Dick – was für ein passender Name! – grinst. Er leckt sich über die Lippen. „Wirklich ein heißes Gerät", höre ich ihn sagen. „Da haben Sie aber einen Grund zur Freude, wenn Sie wieder rauskommen, Mr. Tevez."

Mir stockt der Atem. Denn mit diesem kurzen Gespräch verrät Dean mir gleich mehrere Dinge, die ich nicht für möglich gehalten habe.

Erstens: Er hat mindestens einen Gefängniswärter in der Hand. Duzt ihn einfach, während dieser ihn im Gegenzug sehr höflich, geradezu unterwürfig mit Mr. Tevez anspricht.

Zweitens: Dean wurde von Dick nicht gemaßregelt. Ich bin überzeugt, dass es nicht erlaubt ist, dass ich während des Besuchs drei Meter von der Scheibe entfernt stehe, damit er mich mit Blicken ausziehen kann (was er übrigens ununterbrochen tut, wovon mir schlecht wird).

Drittens: Selbst sein Wutausbruch wird nicht geahndet. Er wird registriert, aber statt wie bei anderen Gefangenen sofort Konsequenzen zu ziehen, verwickelt Dean ihn in ein Gespräch. Mr. Tevez.

Also hat er nicht nur mich hier draußen im Griff. Auch da drin sind inzwischen alle darauf abgerichtet, ihm zu gefallen.

Und er hat Kontakte, die ihm mitteilen, was beim FBI abläuft.

Es ist kein Zufall, dass er mir das gerade heute erzählt. Alles, was Dean tut und sagt, geschieht mit einer Absicht. Heute erklärt er mir nur: *Ich sehe, was du tust. Pass auf, was du sagst. Sei vorsichtig, mit wem du dich anlegst. Ich bin jedenfalls der Falsche, um irgendein Spiel zu versuchen.*

Ich sehe ihn an. Sage nichts.

Er weiß es, er weiß es …

Nein. Er kann nichts wissen, sage ich mir. Unmöglich. Niemand weiß davon. Ich habe niemandem davon erzählt, nicht mal Carmen.

„Juno? Du hintergehst mich doch nicht?"

Wir sehen uns an, und ich versuche zu atmen. Nur atmen, mehr kann ich gerade nicht. Ich spüre, wie kühl es in dem Raum ist, ich höre das Murmeln der anderen Besucher, die mit ihren Liebsten oder ihren Mandanten reden, je nachdem, wie sie zu den Gefängnisinsassen stehen. Ich spüre sogar einen leisen Luftzug, als am Ende des Gangs eine Tür geöffnet und wieder geschlossen wird.

Ich atme aus.

Ich atme ein.

„Juno?"

„Ich hintergehe dich nicht", sage ich fest.

Er lächelt. Legt seine Hand an die Scheibe. „Komm her, Juno."

Meine Knie zittern. Sieht er das? Sieht er, wie sehr meine Hand bebt, als ich sie hebe und gegen die Scheibe drücke, sodass nur das zentimeterdicke Glas noch unsere Handflächen trennt?

„Wenn du mich hintergehst, Juno", sagt Dean langsam, „dann wirst du sterben. Ich werde hier rauskommen. Und wenn das geschieht und ich erfahren muss, dass du *irgendwas* unternommen hast, um gegen mich zu arbeiten …" Er spricht nicht weiter.

Ich schlucke hart. „Ich hintergehe dich nicht", wiederhole ich.

Ich habe dich verpfiffen. Es grenzt an ein Wunder, dass du es bis heute nicht mitbekommen hast. Oder du weißt es und wartest, bis du tatsächlich da rauskommst. Bis du frei bist und dein erster Weg dich nach Hause zu deiner Frau führt, dieser dreckigen Schlampe, die dir alles genommen hat. Die dich hinter Gitter gebracht hat …

„Das ist gut." Er klingt nun fast fröhlich. „Denn weißt du, ich freue mich darauf, nach Hause zu kommen. Zu dir und Gabriel."

„Wir freuen uns auch, wenn du heimkommst." Ich ersticke fast an den Worten.

„Gut." Er wirkt sehr zufrieden. „Es würde mir so leid tun, wenn ich dich vor den Augen unseres kleinen Sohns umbringen müsste. Langsam und qualvoll. Es wäre kein leichter Tod, Juno. Den hättest du nämlich nicht verdient."

Dean hat Recht.

Ich habe keinen leichten Tod verdient.

Aber wer hat das schon?

Jeder lädt irgendeine Form von Schuld auf sich.

Ich weiß nicht, wie ich es schaffe, die Besuchsstunde einigermaßen rumzukriegen, ohne in Panik zu verfallen. Dean ist für die letzten vierzig Minuten bester Laune. Er erkundigt sich nach Gabriel. Ich habe Fotos ausgedruckt und mitgebracht, die ich ihm nach einer Prüfung durch einen Wärter sogar durch eine Klappe am Ende des Raums übergeben lassen darf. Gabriel lacht auf einem der Fotos – auf einem anderen sieht er sehr ernst aus.

Dean streicht über die Fotos, als könnte er so seinen Sohn berühren. „Fragt er nach mir?"

„Er vermisst dich", sage ich wahrheitsgemäß.

Gabriel kann nicht wissen, wozu sein Vater imstande ist. Und ginge es nach mir, darf er es auch nie erfahren.

„Und das Kindermädchen macht sich gut?"

„Das letzte hat geklaut wie ein Rabe."

Er nickt. „Sie passt gut auf euch auf."

„Ja."

„Das ist gut. Grüß sie von mir. Carmen, richtig? So heißt sie doch."

„Ja."

Wieder dieses flaue Gefühl, als wäre ich überall nur von Feinden umgeben. Carmens Namen habe ich ihm nie verraten. Aber ich sage nichts, sondern lächle.

Schließlich ist die Besuchszeit vorbei. Zum Abschied legen wir wieder die Hände auf die Scheibe.

„Ich liebe dich", flüstere ich.

Das ist nicht mal eine Lüge, denn auf eine sehr verquere, verdrehte Art muss ich ihn lieben. Er hat mich zu dem gemacht, was ich jetzt bin.

Ich bin stark.

Stärker als alles, was er mir antun kann.

Ich fahre nicht direkt nach Hause, sondern mache einen Umweg über ein Lagerhaus in Van Nuy. Die einzelnen Abteile sind teilweise klein, gerade mal groß genug für ein Doppelbett. Aber das reicht mir. Mehr brauche ich nicht.

Ich stehe in dem Gang, links und rechts erstrecken sich die Reihen der Rolltore, hinter denen die Lagerräume sind. Die benutzten sind alle mit Schlössern gesichert. So auch meins. Ich gebe den Code ein, öffne das Schloss und schiebe das Rolltor hoch.

Im Innern schalte ich das Licht an und ziehe das Rolltor wieder nach unten.

Das Abteil ist bis auf eine Kiste leer. Ich hebe den Deckel. Alles ist noch genauso da, wie ich es vor zwei Wochen zurückgelassen habe, als ich zuletzt hier war.

Aus der Handtasche hole ich ein Bündel Dollarnoten und lege es in einen großen, braunen Umschlag, in dem bereits mehrere ähnliche Bündel liegen. Ich muss das Geld nicht zählen, um zu wissen, dass es genau 17.580 Dollar sind.

17.580 Schritte in die Freiheit.

Außerdem sind in der Kiste eine Pistole und eine Schachtel mit Munition.

Mehr nicht.

Ehrlich gesagt wüsste ich auch gar nicht, was ich noch hier sammeln sollte außer Geld und einer Waffe. Für den Moment ist der Gedanke an eine Flucht auch eher eine vage Möglichkeit. Eine, die ich nicht in Betracht ziehen möchte. Trotzdem muss ich vorbereitet sein.

Dean misstraut mir. Er sieht nur, dass ich hier draußen bin und mich relativ frei bewegen kann, während er da drin darauf wartet, dass ihm der Prozess gemacht wird – oder eben nicht. Ich habe keine Ahnung, was als nächstes passiert. Nachdem das FBI bei uns war, ist so ziemlich alles möglich.

Leider auch, dass das FBI mich nicht in Ruhe lässt.

Als ich nach Hause komme, steht wieder so ein verfluchter schwarzer Escalade am Bordstein. Ich fahre den Wagen in die Garage, schließe das Tor und betrete die Küche durch die Tür, die Garage und Haus direkt verbindet. Dean ist nicht nur paranoid, sondern hat für unser Haus auch ein ausgefeiltes Sicherheitskonzept entwickelt, zu dem nicht nur dieser praktische Fluchtweg gehört, sondern auch ein Panic Room hinter dem Elternschlafzimmer und eine Alarmanlage, die sofort die Polizei anrücken lässt, wenn sie ausgelöst wird.

Schon witzig, dass er als Kopf des Drogenkartells das LAPD herbeiruft, wenn irgendwer bei uns einbrechen will.

In der Küche ist niemand. Ich höre Stimmen aus dem Wohnzimmer und nähere mich langsam der Tür, die nur angelehnt ist. Ich bewege mich möglichst leise. Carmen und ich haben dieses Vorgehen vereinbart, falls mal in meiner Abwesenheit jemand ins Haus kommt.

Ich erkenne Case Lincolns Stimme.

„Sie müssen schon entschuldigen, dass wir uns der Sache annehmen", höre ich ihn sagen. „Aber wir müssen in dieser Situation jedem Hinweis nachgehen."

„Ich weiß nur nicht, was das mit mir zu tun hat."

„Wir möchten einfach, dass Sie die Augen offenhalten, Miss …"

„Nennen Sie mich Carmen."

„Okay, Carmen. Wir nehmen diese Drohungen gegen Mrs. Tevez und ihren Sohn sehr ernst. Leider bin ich bei meiner letzten Begegnung etwas mit ihr … aneinandergeraten."

Carmen schweigt höflich.

„Darum möchte ich Sie bitten, dass Sie ein wenig die Augen offen halten. Und wenn Ihnen etwas auffällt – egal was – rufen Sie mich bitte an."

Es ist kurz still im Wohnzimmer, und ich stelle mir vor, wie Case Lincoln gerade eine Visitenkarte über den Couchtisch schiebt.

„Oh", sagt Carmen. „Aber darf ich das denn? Ich meine, Mrs. Tevez war sehr gut zu mir. Sie hat mir Arbeit gegeben. Sie bezahlt mich gut. Ich möchte nicht Ärger bekommen, weil ich sie bespitzele."

Ich lächele. Carmen ist gut, aber das habe ich schon vorher gewusst. Für Mr. Lincoln hat sie noch mal ihren mexikanischen Akzent rausgeholt, den sie eigentlich im Alltag vollständig abgelegt hat.

„Machen Sie sich keine Sorgen."

„Ist nicht wegen Mrs. Tevez."

Ich spitze die Ohren. Jetzt wird's interessant.

„Okay, Carmen. Hören Sie. Wenn Sie aktuell keine Aufenthaltsgenehmigung für die USA haben, könnte ich das auch in Ihrem Sinne regeln."

Wow. Bietet er ihr gerade wirklich an, für sie bei der Einwanderungsbehörde ein gutes Wort einzulegen?

Das ist krass.

Natürlich weiß ich, dass für das FBI vieles möglich ist. Sie sind eine Bundesbehörde, damit gleichberechtigt neben den anderen Bundesbehörden wie Finanzbehörde oder eben die Einwanderungsbehörde. Ihn kostet es vermutlich nur einen Anruf an der richtigen Stelle, um für jemanden wie Carmen etwas zu bewegen.

Interessanterweise wusste ich bisher auch nicht, dass sie illegal im Land ist. Aber das ist kein Wunder; unsere Übereinkunft ist allein auf den Schutz von Gabriel und mir ausgerichtet. Privates haben wir bisher nicht ausgetauscht.

Vielleicht war das ein Fehler, denn jetzt darf ich belauschen, wie sie gerade Informationen über mich gegen eine Aufenthaltserlaubnis eintauscht.

„Nicht für mich. Mein Bruder ist untergetaucht."

Aha, okay. Dass sie einen Bruder hat, wusste ich bisher auch nicht.

„Ich bin sicher, da lässt sich etwas arrangieren. Geben Sie mir einfach seinen Namen und ich werde nachfragen. Solange er sich nichts hat zuschulden kommen lassen, wird die Einwanderungsbehörde ein Nachsehen haben."

Das peinliche Schweigen, das diesem Versprechen folgt, lässt mich fast losprusten. Klar, der Bruder einer halbillegalen Personenschützerin wie Carmen ist natürlich kein unbeschriebenes Blatt.

„Das ist ein Problem", sagt Carmen schließlich.

Ich höre, wie Case Lincoln etwas murmelt. Dann sagt er: „Schreiben Sie mir den Namen auf. Ich werde sehen, was ich tun kann."

„Bald?", fragt Carmen.

„Ich komme morgen zurück, wenn Sie wollen."

„Morgen nicht gut. Morgen Mrs. Tevez ganzen Tag mit Junge zu Hause. Besser übermorgen."

„Okay, übermorgen. Aber bitte verstehen Sie, dass wir schon jetzt wissen müssen, wenn Ihnen irgendwas auffällt. Rufen Sie mich umgehend an, ja?"

„Ich werde machen, ja."

Ich höre, wie die beiden zur Haustür gehen. Case Lincoln sagt noch etwas, so leise, dass ich es nicht verstehe. Dann schließt sich die Haustür. Ich weiche neben das Küchenfenster zurück und beobachte, wie er zu seinem Wagen geht.

Er trägt wieder ein schwarzes T-Shirt und Jeans. Die Muskeln seiner breiten Schultern glaube ich selbst unter dem Stoff arbeiten zu sehen. Sein Knackarsch ... über den denke ich lieber nicht nach.

Es ist seine Haltung, die mein Herz höher schlagen lässt. Er strahlt ein Selbstbewusstsein aus, das ich selten bei Männern in dieser Form erlebt habe. Dean hat es, in gewisser Weise. Doch bei Dean ist es verdorben, es ist verroht und rottet vor sich hin, es wird mit jeder Gewalttat, die er begeht, noch verdorbener.

Case Lincoln jedoch ... Bei ihm kann man sich kaum vorstellen, dass er irgendwas Brutales tut. Dass er eine Frau verprügelt oder würgt. Dass er eine Nutte ermordet, nur „um Dampf abzulassen".

Er ähnelt Dean und ist doch völlig anders. Ein Raubtier, geschmeidig und gefährlich. Ein Raubtier, das es nicht nötig hat, auf die Jagd zu gehen.

„Er kann einem ganz schön den Kopf verdrehen." Carmen taucht in der Küchentür auf. Sie ist nicht im Geringsten überrascht, mich zu sehen.

„Ich wusste nicht, dass du einen Bruder hast."

Sie zuckt mit den Schultern. „Ich auch nicht. Irgendwas musste ich ihm ja erzählen. Also hab ich ihm den Namen von einem Kumpel aufgeschrieben, der schon länger untergetaucht ist. Vermutlich ist er längst zurück in Mexiko und hat sich dort im Drogenkrieg abknallen lassen."

„Warum hast du das gemacht?"

Sie zeigt nach draußen, wo der schwarze Escalade inzwischen verschwunden ist.

„Er will unbedingt wissen, was hier los ist. Und er will mich dafür entlohnen. Soll er doch die Einwanderungsbehörde auf Theo ansetzen. Die werden ihn nicht finden. Ich weiß ja selber nicht, wo er steckt. Das ist also eine Sackgasse, an der er sich aufreiben kann. Aber er wird denken, er hätte was für mich tun können, wenn die Umstände anders wären."

„Schlau", kommentiere ich.

Sie zuckt mit den Schultern. „Kann sein."

„Wirst du ihm mitteilen, wenn hier was Ungewöhnliches vorfällt?"

„Nur wenn du das willst", erklärt Carmen.

„Es wird nichts passieren", sage ich fest. „Wir sind vorsichtig."

„Ja", sagt Carmen. „Wir sind vorsichtig."

Juno

In meiner Familie haben wir Frauen immer aufeinander aufgepasst.

Meine Mum hat sich um uns gekümmert, bis sie krank wurde und nicht mehr konnte. Als sie starb, übernahm Chrissa, gerade mal siebzehn geworden, diesen Job. Sie schmiss die Schule, ging arbeiten und sorgte dafür, dass ich weiter gute Noten nach Hause brachte, meine Hausaufgaben erledigte und mich nicht von Typen wie Rodrigo Valdez auf die Straße locken ließ, wo auf mich nur Drogen und Prostitution warteten. Wir wohnten nicht gerade in der besten Gegend, aber das lag daran, dass wir einfach kein Geld dafür hatten, uns irgendwo einen Palast oder so zu mieten.

Dann kam Lea. Ich lernte sie erst nach Chrissas Tod kennen, und ehrlich gesagt wollte ich sie hassen, weil sie die beste Freundin meiner Schwester war. Aber Lea war so unglaublich fürsorglich, und damals war ich noch jung, ich glaubte, jeder, der nett zu mir ist, wollte mir nur Gutes tun.

Letztlich war Lea wie alle anderen. Sie wollte ihre eigene Haut retten, und das sah dann so aus, dass sie mich ans Messer lieferte. Dean und mich. Ich habe keine Ahnung, was aus

Lea geworden ist. Ehrlich gesagt interessiert es mich auch nicht. Sie hat sich mit ihrem Jackson im Zeugenschutz hübsch eingerichtet. Ich kann sie noch nicht mal darum beneiden, dass sie sich in das vom FBI bequem eingerichtete Nest hat kuscheln dürfen. Das wäre einfach nichts für mich. Alle Menschen hinter mir lassen, die ich liebe?

Andererseits ist außer Gabriel niemand mehr da, den ich zurücklassen könnte. Und wenn ich abtauche, würde ich ihn bis ans Ende der Welt mitnehmen. Diese Sache mit der Mutterliebe ist schon krass. Man kann sich nicht dagegen wehren, so sehr man es auch versucht.

Aber es gibt noch einen anderen Grund, warum Leas Weg für mich nie in Frage käme.

Ich bin keine Verräterin.

Wenn ich verschwinde, mache ich das auf meine Art. Nicht auf die irgendwelcher Bullen, die zu wissen glauben, wie man dem Tevez-Kartell entkommt. Mich würde es nicht wundern, wenn Lea und ihr so heiß geliebter Jax eines Tages tot in ihren Betten liegen. Hingerichtet von irgendwelchen Idioten, die Dean geschickt hat.

Ich mache mir nichts vor. Dean hat seine Augen überall. Ich könnte mich in Neufundland verstecken oder in einer Forschungsstation in der Antarktis. Mich in einer Düne in der Sahara einbuddeln. Alles egal. Dean wird mich aufspüren. Er wird mich nicht vom Haken lassen, wie er es bei Lea und Jax offensichtlich getan hat.

Ich schrecke hoch.

Etwas hat mich geweckt. Ein leises Klirren?

Da, schon wieder.

Sofort sitze ich im Bett. Ich lausche angestrengt, doch weil ich nichts weiter höre, schiebe ich die Bettdecke zurück und taste unter meinem Kopfkissen nach der Waffe, die ich dort immer deponiert habe.

Mir ist klar, dass ich keine Chance habe, wenn ich im Schlaf überrascht werde. Aber das ist noch so ein Vorteil als Mutter: Ammenschlaf. Beim kleinsten Geräusch bin ich hellwach.

Gabriel schläft ruhig in seinem Gitterbett. Ich stehe auf, ziehe seine Decke etwas höher, die er im Schlaf abgestrampelt hat, und schleiche zur Tür, die nur angelehnt ist. Angestrengt versuche ich, irgendwas zu hören.

Jemand ist im Haus. So viel ist klar. Aber wer? Warum?

Ich öffne die Tür und trete in den Flur. Am anderen Ende des Flurs unweit der Treppe sehe ich eine Gestalt, aber ich erkenne sofort, dass von ihr keine Gefahr ausgeht.

Carmen schläft in dem Zimmer, das direkt an der Treppe liegt. Sie trägt eine Pyjamahose und ein Spaghettitop, die Füße sind nackt. Auch sie hält eine Waffe mit beiden Händen umfasst. Sie bedeutet mir, ich solle zurück in mein Zimmer gehen, doch ich schüttele nur den Kopf. Auf keinen Fall lasse ich sie damit allein!

Carmen verzieht kurz das Gesicht und will etwas sagen, doch dann hebt sie die Hand. Jetzt höre ich es auch; jemand geht unten durch die einzelnen Räume.

Sie hebt Zeigefinger und Mittelfinger. Zwei. Sie sind zu zweit gekommen.

Ich folge ihr, als sie langsam die Treppe nach unten geht. Von irgendwo kommt ein kühler Luftzug, und ich fröstele, weil ich nur ein kurzes Nachthemd trage.

Bevor ich die Treppe nach unten gehe, bleibe ich oben stehen. Alles in mir schreit danach, in mein Schlafzimmer zu stürzen, Gabriel an mich zu reißen und so schnell wie möglich das Weite zu suchen. Außerdem fürchte ich, er könnte aufwachen und losweinen. Was passiert dann?

Andererseits kann ich Carmen nicht allein lassen.

Ich umfasse den Griff meiner Pistole fester. Dean hat mich im Schießen unterwiesen, und in den Monaten seit seiner Festnahme gehörte es zu meiner wöchentlichen Routine, dass ich zu einem Schießstand fuhr und dort meine Fähigkeiten verfeinerte. Trotzdem habe ich das unangenehme Gefühl, auf diese Gefahrensituation nicht ausreichend vorbereitet zu sein.

Carmen steht am Fuß der Treppe. Sie zeigt nach links in die Küche. Ich nicke, und während sie dort verschwindet, warte ich zwischen Treppe, Küche und dem Durchgang zum Wohnzimmer.

Aus dem Wohnzimmer kommt ein Geräusch.

Ich fahre herum, die Waffe auf den Durchgang gerichtet.

„Halt!", höre ich Carmen rufen. „Sonst ..."

Weiter kommt sie nicht.

Ein Knall. Bäm, bäm, bäm.

Ich ducke mich. Kämpfen oder fliehen? Mein inneres Programm schaltet auf Flucht.

In meinen Ohren ist ein Dröhnen von den lauten Knallen. Schüsse, denke ich. Das waren Schüsse.

Dann ist da ein dumpfes Geräusch. Wie ein Sack Kartoffeln, der umfällt. Ich bin schon halb die Treppe hoch, als ich begreife, was dieser dumpfe Laut ist.

Ein Körper, der auf den Boden prallt. Der einfach hinfällt, sich nicht mehr regt.

Carmen.

Aber ich bleibe nicht stehen, sondern rase die Treppe weiter hoch. Ich höre Gabriel schreien; sofort bin ich an seinem Bett, ich weiß nicht, wie ich hierher gelangt bin, ich stehe vor ihm, er schreit sich die Seele aus dem Leib. Ich packe ihn, wickle ihn in fliegender Hast in seine Decke und drücke ihn an meine Brust. Mit der anderen Hand ziehe ich unter dem Bett eine Tasche hervor.

Meine Fluchttasche.

Ich schlinge die Tasche irgendwie über Kopf und Arm. Den Schulterriemen habe ich so eingestellt, dass er mich beim Laufen nicht stört. Dann nehme ich die Pistole, die ich zwischendurch aufs Bett gelegt haben muss. Keine Ahnung, wann ich das getan habe. Bevor ich Gabriel hochnahm, nehme ich an.

Mein kleiner Sohn klammert sich schluchzend an mich. Ich atme tief durch. Es bringt ja nichts, wenn ich ihn jetzt anschreie, damit er ruhig ist. Also rede ich leise auf ihn ein und hoffe einfach, dass die Eindringlinge sich inzwischen verzogen haben, weil sie nicht mit so viel Widerstand gerechnet haben.

Gabriel beruhigt sich. Es dauert ewig, aber ich stehe dabei direkt hinter dem Türrahmen, blicke immer wieder den Gang entlang, der zur Treppe führt.

Ich könnte auch in den Panikraum flüchten, fällt mir ein. Aber der liegt hinter dem Elternschlafzimmer, und das erreiche ich nur, wenn ich die Hälfte des Flurs entlang laufe.

Schaffe ich das?

Ich muss.

Stille. Gabriel ist zu müde, um sich noch länger schreiend zu verausgaben, und ich lege kurz die Pistole vor mir auf den Boden und streichle beruhigend seinen Kopf.

Ich höre keinen Laut.

Der Panikraum hinter dem Elternschlafzimmer ist mit einem Code gesichert. Man kann ihn theoretisch schon vorher mit dem Smartphone entriegeln, aber das liegt tief unten in meiner Fluchttasche. Da komme ich jetzt nicht dran.

Ich unterdrücke einen Fluch. Also muss ich den Code in das Tastenfeld eingeben, eine sechsstellige Kombination. Unser Hochzeitstag, etwas Blöderes ist uns damals nicht eingefallen.

Aber es ist zumindest ein Datum, das sich mir eingebrannt hat. Das ich niemals vergessen werde.

Der Tag, an dem meine Unschuld endete.

Ich schiebe mich langsam durch die Tür. Gabriel auf meinem Arm schnauft leise. Als ich mich mit ihm im Arm hinhocke und die Waffe wieder in die linke Hand nehme, merke ich erst, dass ich zittere.

Von unten dringt kein Laut herauf.

Ich bewege mich langsam. Vorsichtig. Wenn ich auch nur ein Flüstern höre, den Hauch eines Geräuschs, muss ich losrennen. Gabriel auf meinem Arm ist schwer. Ich versuche, sein Gewicht mehr auf meine Hüfte zu verlagern, sein Händchen klammert sich in mein Nachthemd. Ich höre meinen Atem, so laut, dass ich denke, er muss meilenweit zu hören sein.

Wir durchqueren den Flur. Die Tür zum Schlafzimmer steht offen; eins dieser vielen, winzigen Details, auf die ich jeden Abend achte, wenn ich eine letzte Runde durchs Haus drehe.

Ich betrete das Elternschlafzimmer und sehe bereits die Wand, in der die Tür zum Panikraum eingelassen ist. Im Dunkeln sind die Umrisse der Tapetentür, hinter der die Tür aus Panzerstahl ist, kaum zu erkennen.

Nur noch drei Meter. Zwei.

Geschafft. Ich löse den Mechanismus aus, mit dem die Tapetentür nach außen aufschwingt. Rot leuchtend begrüßt mich die LED-Anzeige, darunter das Nummernfeld. Ich gebe die sechs Ziffern ein. Lautlos wird die Tür entriegelt, nur die Zahlen leuchten grün auf. Perfekt. Wer auch immer diesen Panikraum geplant hat, wusste was er tat.

Leider hat derjenige nicht damit gerechnet, dass ich mich mit einem Anderthalbjährigen in die Dunkelheit dahinter begeben muss. Ich verfluche mich, weil ich nicht daran gedacht habe, das Handy aus der Fluchttasche zu ziehen, bevor ich mich auf den Weg gemacht habe. Jetzt habe ich nämlich eindeutig ein Problem. Sobald die Tür des Panikraums verriegelt ist – und das ist ja mein Ziel – werde ich in absoluter Dunkelheit sein. Im Moment dringt noch genug Licht von draußen in die Zimmer des Hauses, dass ich mich zumindest einigermaßen orientieren kann.

„Mama?"

Gabriels Stimme ist so laut an meinem Ohr, dass ich vor Schreck fast in die Luft springe.

„Ja, mein Schatz. Mama überlegt."

Schließlich treffe ich eine Entscheidung. Ich betrete den Panikraum, schiebe die schwere Stahltür hinter uns zu und taste nach dem Riegel. Dann setze ich Gabriel auf dem Boden ab und wühle in der Tasche nach meinem Handy, das ich schnell zu Leben erwecke. Schon das kleine bisschen Licht des Bildschirms hilft uns. Ich prüfe, ob die Tür sicher verriegelt ist – und atme auf.

Wir sind in Sicherheit. Keine Ahnung, ob uns die Einbrecher gehört haben, aber wir sind in Sicherheit.

Halleluja.

Jetzt müssen wir nur noch warten. Und die Polizei rufen.

Letzteres wird mir schwerfallen, aber es muss wohl sein … Der Panikraum ist mit den Stahlbetonwänden ungefähr so dicht wie der Sarkophag über dem Kernreaktor in Tschernobyl. Das heißt, dass man zwar sicher vor so ziemlich allem ist, was vor der Tür stattfindet, aber es heißt eben auch, dass nichts nach draußen dringt. Auch kein Handysignal.

Aber ich erwähnte es bereits – Dean hat an alles gedacht. Der kleine Raum bietet gerade mal genug Platz für die beiden Ausklapppritschen, die links und rechts an der Wand montiert sind. Darüber befinden sich die Schrankfächer, in denen alles gebunkert ist, was man für das kurzfristige Überleben braucht: Wasser in kleinen Flaschen, Kekse, Konserven, Kaffeepulver, Milchweißer, Zucker (Dean ist ein Koffeinjunkie, das war ihm sehr wichtig), außerdem ein Wasserkocher, Tütensuppen, Schokolade, Hygieneartikel, zusätzliche Decken und Kissen (falls mal nicht nur wir drei hier eingesperrt sind), Ersatzhandys, eine Pistole nebst Munition.

Im Stillen danke ich ihm für seine Umsicht, als ich das Festnetztelefon zur Hand nehme und auf die Tastatur starre. Es verfügt über eine sichere Leitung, die nicht einfach gekappt werden kann. Und tatsächlich funktioniert es einwandfrei.

Ich will die Polizei nicht anrufen. Die kommt, wird im Erdgeschoss eine Leiche finden – nämlich die von Carmen, davon bin ich überzeugt – und anschließend tausend Fragen stellen. Vermutlich war dieser Angriff kein zufälliger Raubüberfall und die Männer, die in mein Haus eingedrungen sind, haben es nicht gerade auf das Geld im Tresor von Deans Arbeitszimmer abgesehen. Oder auf die Playstation im Wohnzimmer.

Nein, das hier ist größer. Es reicht tiefer. Dieser Angriff galt Gabriel und mir. Er zielte direkt auf das Herz des Tevez-Kartells. Eine Warnung an Dean? Oder schon der Eröffnungsschachzug der Gegenseite, die einen blutigen Krieg um die Ecken im Valley anzetteln will? Und wer ist diese Gegenseite? Hat sich Black Swan wieder aus der Versenkung erhoben? Oder habe ich es mit einem noch viel gefährlicheren Gegner zu tun?

Ich wäge meine Optionen ab. Wenn ich die Polizei rufe, werden sie den Vorfall aufnehmen, sie werden versprechen, dass sie ermitteln, dann werden sie ein paar Wochen gar nichts von sich hören lassen und mir dann auf Nachfrage mitteilen, dass sie nichts herausgefunden haben, was bei über achtzig Prozent der Raubüberfälle leider so sei. Dabei hätten sie vermutlich gar nicht ernsthaft ermittelt, denn sie wissen, wer ich bin. *Was* ich bin. Die Frau eines Drogenbarons, dem in Kürze der Prozess wegen zweifachen Mordes gemacht wird. Da braucht man sich ja nicht anstrengen, die soll selber sehen, wie sie sich aus dem Dreck zieht.

Nein, den Notruf kann ich nicht einfach wählen.

Aber ich kann Case Lincoln anrufen.

Der Gedanke ist im ersten Moment so absurd, dass ich selbst lachen muss. Case Lincoln, das größte Arschloch diesseits der Rockys? Dieser selbstgefällige Schnösel mit seinen welligen Haaren und diesen unverschämt eisblauen Augen? Der so wenig Ähnlichkeit mit Dean hat, dass ich mich unweigerlich zu ihm hingezogen fühle?

Stopp.

Nein.

Das tue ich auf gar keinen Fall. Niemals. Case Lincoln ist ja wohl der Falscheste, um ihn in dieser Situation anzurufen.

Aber aus irgendwelchen Gründen, die mir selbst wohl auf ewig verborgen bleiben werden, habe ich seine Visitenkarte in meine Fluchttasche gesteckt. Und die halte ich jetzt in der Hand. Ich starre auf den Namen, darunter steht „FBI Zweigstelle Los Angeles", und dann die Nummer. Er hat mit Kugelschreiber noch eine zweite Nummer daruntergeschrieben, seine private Handynummer?

Gabriel hat sich inzwischen von meinem Arm runterge-strampelt und sitzt auf dem Teppich, mit dem der Panikraum ausgelegt ist. Er drückt seinen Stoffelefanten an sich und zieht eine Decke von der Pritsche neben sich. Dann legt er sich auf dem Fußboden hin und schläft einfach wieder ein.

Kinder. Ich finde es echt bewundernswert, wie die überall schlafen können. Zumindest meins.

Ich starre immer noch auf das Telefon.

Dann treffe ich eine Entscheidung.

4

Case

Ich bin auf dem Weg zur *Casa Tevez*, als mein Handy auf dem Beifahrersitz anfängt zu klingeln. Ganz der pflichtbewusste, obrigkeitshörige FBI-Agent angele ich es im Fahren vom Sitz und gehe ran. Wahrscheinlich meldet sich das Team mit einem Statusbericht.

„Ja?", belle ich.

„Mr. Lincoln? Sind Sie das?"

Ich trete so abrupt auf die Bremse, dass der Toyota schlingernd zum Stehen kommt. Zum Glück ist es mitten in der Nacht, da kann man das auf den Straßen von L.A. schon mal machen. Tagsüber würde ich nicht dazu raten.

Ihre Stimme habe ich sofort erkannt. Dunkel, fast rauchig. Ein bisschen zu verführerisch für meinen Geschmack.

„Mrs. Tevez."

„Bitte, können Sie kommen? Ich … wir wurden überfallen."

„Moment, was ist passiert?"

Sofort bin ich hellwach. Das war ich vorher auch, aber jetzt bin ich *hellwach*. Denn so etwas dürfte gar nicht passieren.

„Da waren zwei Männer … Sie sind ins Haus eingedrungen … Carmen …" Ich höre sie schluchzen. Mein Gott.

„Haben Sie die Polizei gerufen?", frage ich.

„N…nein. Die können ohnehin nichts tun. Verdammt, sie haben Carmen erschossen, ich bin mit Gabriel im Panikraum eingeschlossen, ich weiß nicht, was ich jetzt tun soll …"

Sie plappert. Das ist der Schock, dessen bin ich mir bewusst. Aber sie weiß es nicht, gerade weil sie unter Schock steht.

„Stopp."

Juno Tevez verstummt.

„Ich bin in fünf Minuten bei Ihnen."

Ich lege auf und rufe direkt im Anschluss beim Observationsteam an.

„Was ist da bei euch los?", will ich wissen, während ich wieder aufs Gas trete und mit der freien Hand den Wagen in halsbrecherischem Tempo um die nächste Ecke lenke. Bis zum Haus von Juno Tevez sind es noch knapp zwei Meilen. Aber es ist Nacht; ich werde mein Versprechen halten können und in fünf Minuten da sein.

„Was soll hier los sein?", fragt meine Kollegin Natasha.

„Ruf Bruce an, er soll sofort zu euch kommen. Irgendwas ist bei Mrs. Tevez passiert, während ihr offenbar gepennt habt."

Ich legte auf und hämmerte wütend mit der Hand auf das Lenkrad ein.

„Scheiße, scheiße, scheiße!"

Ich hasse es, wenn ein Plan schiefgeht.

Der Plan sah folgendermaßen aus:

Nachdem wir vor zwei Tagen das Haus von Dean Tevez durchsucht haben – ohne Ergebnis, was mir von Anfang an klar war – sollte seine Frau observiert werden. Ich war überzeugt, dass sie mit drinhing. Sie war nicht so unschuldig, wie sie tat.

Und siehe da – gestern hat sie erst den lieben Gatten im Gefängnis besucht und anschließend einen Abstecher zu einem Lager gemacht. Dumm nur, dass sich der richterliche Durchsuchungsbeschluss ausdrücklich nur auf die *Casa Tevez* erstreckt. War schwer genug, den zu bekommen. Die werte Richterin Greer meinte nämlich, die arme Juno Tevez hätte nichts mit den schmutzigen Geschäften ihrer Familie zu schaffen.

Ich bin da anderer Meinung, und ich bin gerne bereit, ihr das früher oder später zu beweisen. Es wird mir ein persönliches Freudenfest sein, wenn ich in das Büro der heißen Richterin spazieren und ihr die Beweise auf den Tisch knallen kann. Vielleicht gibt sie dann mal ihren Widerstand auf, der so vollkommen lächerlich ist, und ich darf sie mal zum Essen einladen.

Wir standen also vor diesem Lager und kamen nicht weiter. Und das frustrierte mich so sehr, dass ich die halbe Nacht wach lag und auf die Geräusche im Haus lauschte. Kim hatte wieder eine ihrer Spielpartys, und obwohl ihre Mitspieler überall auf der Welt saßen, hörte ich doch genug, um zu wissen, dass sie wieder mal gewann.

Schön für sie. Auch ganz nett für mich, aber vor allem freute ich mich für sie.

Irgendwann stand ich dann auf, zog mich an und fuhr los. Und hier bin ich nun. Parke meinen Wagen drei Häuser von der *Casa Tevez* entfernt und jogge lässig rüber zu dem dunkelblauen Van ohne Aufschrift, den meine Leute am Bordstein geparkt haben. Theoretisch müssten sie von hier aus gute Sicht aufs Haus haben. Praktisch hat Dean Tevez ganze Arbeit geleistet. Das Grundstück ist von einer hohen Mauer umgeben, und falls jemand sich von der rückwärtigen Seite der Festung nähern wollte, hätte derjenige kein Problem mit uns gehabt, weil wir schlicht nichts gesehen hätten.

Aber Juno hat davon gesprochen, dass jemand erschossen worden sei.

Schüsse müssten meine Leute mitbekommen haben. Und darum will ich jetzt erst mal hören, was da schief läuft, bevor wir zu dritt reingehen.

Tasha öffnet die hinteren Türen, als ich klopfe. Sie sieht

müde aus, aber verdammt, wer ist nicht um diese Zeit müde? Das entschuldigt nicht, dass sie offenbar gepennt hat. Nicht im wörtlichen Sinne, sondern einfach nicht ihren Job gemacht.

„Was ist da los?", will ich wissen.

„Komm rein."

„Dafür habe ich keine Zeit. Da drin ist eine verängstigte Frau mit ihrem kleinen Kind."

Ich hasse diese Frau, aber niemand sollte länger als unbedingt nötig Todesangst ausstehen müssen.

„Ich habe keine Ahnung, was da los ist, Case." Sie verzieht den Mund. „Wollen wir da jetzt rein oder was?"

„Willst du lieber hier draußen sitzen und nichts tun?"

„Und wenn das eine Falle ist? Wir sollten Verstärkung rufen."

Ich fluche und drehe mich um. Verstärkung. Was bringt uns jetzt das LAPD? Die brauchen erstens ewig, bis sie hier sind, und zweitens kann ich es nicht brauchen, wenn diese Bauerntrampel durch das Haus stampfen und alle Spuren des Überfalls vernichten.

Also gehe ich allein rein.

Zum Glück habe ich meine Waffe dabei. Nie ohne aus dem Haus, das ist eine Weisheit, die mir in Fleisch und Blut übergegangen ist. Ich ziehe die Glock aus dem Holster, entsichere sie und gehe Richtung Haus.

Das Tor ist natürlich verschlossen. Also zücke ich das Handy und wähle die Nummer, von der Juno Tevez mich angerufen hat.

„Ich bin da", sage ich, als sie sich meldet. „Können Sie das Tor öffnen?"

Statt einer Antwort öffnet sich das Tor.

„Danke", murmele ich und stecke das Handy wieder ein.

Ich nähere mich dem Haus. Von außen betrachtet sieht es nicht so aus, als wäre jemand gewaltsam eingedrungen. Kein Licht brennt, alles ist still.

Vermutlich sind die Räuber längst über alle Berge. Aber ich gehe lieber kein Risiko ein.

Systematisch durchsuche ich das untere Stockwerk. Im Wohnzimmer sehe ich eine Gestalt liegen, dunkel gekleidet. Unter dem Körper ein dunkler Fleck, der sich auf dem Parkettboden ausbreitet. Ich brauche die Vitalfunktionen nicht zu überprüfen. Ich weiß, dass die Person tot ist, weil ich die Kopfwunde sehe. Ich gehe weiter. Was auch immer die Eindringlinge suchten, haben sie entweder sofort gefunden, oder sie wurden gestört und sind wieder weggerannt. Auf jeden Fall sehen die Räume nach wie vor ordentlich und makellos aus. Ich schleiche nach oben. Meine Hand wieder am Handy. Die Waffe stecke ich ein, nachdem ich mich davon überzeugt habe, dass alle Räume leer sind.

Niemand da.

Nur Juno Tevez steckt hier irgendwo.

Ich wähle ihre Nummer.

„Alles sauber", erkläre ich, ohne auf die Leiche im Wohnzimmer einzugehen. „Wo stecken Sie?"

„Im Panikraum. Sind Sie sicher? Ich habe gerade irgendwie Geräusche gehört."

Das war vermutlich ich. Aber ich erkläre nur mit Engelsgeduld: „Hier ist niemand. Wo finde ich den Panikraum?"

„Im Elternschlafzimmer."

Ich betrete das Schlafzimmer und schalte das Deckenlicht ein.

„Okay, da bin ich. Und jetzt?"

Ich drehe mich im Kreis. Dann höre ich ein Klicken. Eine Tapetentür schwingt auf, dahinter sieht man eine Panzertür. Juno Tevez ist noch am Telefon. Sie sagt: „Ich komme jetzt raus. Ich bin bewaffnet, hören Sie? Stecken Sie ihre Waffe weg, ich will Sie nicht erschießen."

Mein Blick fällt auf ein rotes Blinken in der Zimmerecke. Klar, eine Kamera. Die *Casa Tevez* ist tatsächlich eine Festung.

„Nein, Juno." Ich verstehe ihre Panik. Aber sie muss auch kapieren, dass ich ihr nichts tun werde. Dass ich, verdammt noch mal, hier bin, um sie zu retten. „Sie öffnen jetzt die Tür und legen vorher ihre Waffe auf den Boden."

Kurz herrscht Stille. „Da sitzt mein Kind“, sagt sie dann. „Legen Sie sie irgendwo ab, egal. Wenn Sie die Waffe in der Hand haben, muss ich schießen.“

Sie legt auf. Scheiße. Läuft ja großartig.

Es dauert etwa zwanzig Sekunden, bis die Panzertür aufschwingt. In dem kleinen Raum dahinter hockt Juno Tevez auf dem Boden und hält ihren kleinen Jungen im Arm. Keine Waffe. Ich atme auf, stecke meine Glock in das Holster und nähere mich den beiden.

„Sind Sie okay?“, frage ich und strecke ihr die Hand hin, um ihr aufzuhelfen.

„Okay?“, zischt sie. „Wie soll ich okay sein, wenn ich Todesangst habe?“

5

Juno

„Sind Sie okay?"

Dieses Arschloch. *Sind Sie okay?* Klar, ich bin total okay. Ich schließe mich ja nur aus Spaß mit meinem kleinen Sohn im Panikraum ein und hoffe, dass so ein beschissener FBI-Agent uns rettet. Vielen Dank übrigens.

Ich fauche ihn an. Case Lincoln wirkt nicht im Geringsten beeindruckt. Dann erst blicke ich an ihm vorbei. Offensichtlich hat er Wort gehalten und ist alleine gekommen.

Statt auf meinen Ausbruch einzugehen, erklärt er: „Das Haus ist sicher. Unten liegt eine Leiche, aber darum kümmern wir uns jetzt. Und ich muss das LAPD rufen."

Kaum hat er sich als Retter aufgespielt, will er sich von den lieben Kollegen auf die Schulter klopfen lassen.

Bevor ich Einspruch erheben kann, verlässt Case Lincoln das Schlafzimmer. Ich höre ihn im Flur telefonieren.

Gabriel streckt mir die kleinen Ärmchen entgegen. Ich nehme ihn auf den Arm und folge Case.

Wie schon vor zwei Tagen trägt er eine Jeans und ein dunkles T-Shirt. Ich beobachte das Spiel seiner Muskeln unter dem Stoff, während er auf und ab geht. Das Telefonat dauert lange, was mich überrascht; ich hätte gedacht, er wählt den Notruf.

„Okay", höre ich ihn sagen. Er legt auf und dreht sich zu mir um. Der Blick, mit dem er mich mustert, geht mir durch und durch. Verlegen senke ich den Blick; ich trage immer noch das Nachthemd und bin barfuß. Ich fühle mich nackt, und weil so langsam auch die Nachwirkungen vom Schock einsetzen, fange ich außerdem an zu frieren.

„Die Kollegen sind in fünf Minuten hier. Wollen wir nach der Leiche sehen?"

Entsetzt weiche ich einen Schritt zurück und schüttele stumm den Kopf. Wie stellt er sich das vor? Ich habe ein Kind, verdammt noch mal. Das soll auf gar keinen Fall sehen, was da unten passiert ist.

„Ich ..." Meine Stimme versagt. „Umziehen." Mehr bringe ich nicht über die Lippen. Eigentlich will ich sagen: *Ich muss mich duschen, umziehen, mir die Angst von der Haut waschen und einen Panzer anlegen, damit du mich nicht mit deinen Blicken verletzen kannst, Case Lincoln. Mit Blicken, die mich nicht ausziehen, aber trotzdem tief in meinem Innern etwas anstellen, das ich nicht begreife. Das ich nicht benennen würde, selbst wenn ich es könnte.*

„Okay. Ich warte hier." Und als ich mich nicht rühre, fügt er hinzu: „Ich passe auf, Mrs. Tevez. Sie brauchen keine Angst zu haben. Ich kann mit meiner Waffe durchaus umgehen."

Das glaube ich ihm. Und hätte er nicht die Waffe, könnte er vermutlich mit den Fäusten jeden Angreifer in Schach halten.

Ich schließe die Schlafzimmertür hinter mir. Fürs Duschen bleibt keine Zeit, zumal ich nicht wüsste, was ich solange mit Gabriel machen soll. Der Kleine reibt sich die Augen. Er ist müde, und ich möchte ihm möglichst bald ermöglichen, dass er wieder schläft. Er soll von dem ganzen Chaos so wenig wie möglich mitbekommen.

Ich lege ihn in das Bett und decke ihn zu. Er ist so müde, dass ihm sofort die Augen zufallen.

Gut so. Ich husche ins Badezimmer, wasche mich und ziehe dann die Kommode im Schlafzimmer auf.

Klar. Keine Wäsche. Die liegt in meinem Schlafzimmer den Gang hinunter. Verdammt.

Also bleibt mir nichts Anderes übrig als Mr. Lincoln um Hilfe zu bitten.

Ich stecke den Kopf durch die Tür. Er steht mit dem Rücken zu mir, dreht sich aber sofort um, als er mich hört.

„Können Sie mir was zum Anziehen holen?", frage ich.

Er runzelt die Stirn. „Haben Sie denn da drin nichts?"

Ich zucke mit den Schultern und zeige auf die angelehnte Tür des Gästezimmers. „In der Kommode ist meine Wäsche. Und in der unteren Schublade Hosen und Shirts."

Er mustert mich, als ob er überlegt, ob das mein Ernst ist.

„Warum gehen Sie nicht selbst?", fragt er.

„Gabriel", sage ich nur.

Er runzelt die Stirn.

„Mein *Sohn*", füge ich hinzu. Herrgott, wie begriffsstutzig kann man sein? „Er schläft. Ich möchte ihn nicht allein lassen. Wenn er aufwacht …"

„Wenn er aufwacht, sind Sie in drei Sekunden wieder bei ihm."

Ich seufze. Kapiert er nicht, wie sehr mein Mutterherz zu kämpfen hat? Sieht er denn nicht, wie erschüttert ich bin? Mein Sohn soll keine drei Sekunden auf mich warten müssen, wenn er aufwacht.

„Bitte", sage ich leise. „Sie würden mir damit einen großen Gefallen tun, Mr. Lincoln."

„Na gut." Er steckt die Pistole ins Holster und geht Richtung Gästezimmer. Erst als er die Tür aufschiebt und drinnen Licht macht, fällt mir ein, was er in der obersten Schublade finden wird.

Ich Idiotin. Was denkt er jetzt von mir? Schicke ihn einfach los, damit er meine Wäsche holt. Wäsche! Ist ja nicht so, als würde ich Baumwollslips der Marke „Brave Schülerin" tragen. Dean stand immer auf diese verruchten Spitzendinger, und weil Geld ja kein Argument war, habe ich ständig was Neues gekauft.

Ich stelle mir vor, wie Case Lincoln die Schublade aufzieht und ein einziges Gewühl aus schwarzer Spitzenunterwäsche vor sich sieht – Strings, Hemdchen, BHs, sogar Strümpfe und Strumpfhalter habe ich immer recht wahllos und ohne System reingeworfen. Ob er gerade versucht, ein passendes Höschen zu einem BH zu finden? Überlegt er, ob ich auch Strümpfe brauche? Halterlose oder doch lieber die mit Strumpfgürtel? Ich spüre einen Stromstoß, der meinen Körper durchfährt. So intensiv, dass ich mich am Türrahmen festhalten muss. Ich drehe mich zu Gabriel um, doch er liegt auf dem Bett, die Augen geschlossen, das kleine Gesicht an den Kuschelelefanten gedrückt. Sein Atem geht ganz ruhig.

Case hat Recht. Wenn Gabriel wach wird, bin ich binnen drei Sekunden wieder bei ihm.

Ich gebe mir einen Ruck und betrete den Flur. Meine nackten Zehen graben sich in den dichten, hellen Teppich. Ich höre, wie Case eine Schublade aufzieht. Dann Stille. Oder höre ich ihn fluchen? Ich lächle. Es war gemein von mir, ihn in diese unmögliche Situation zu bringen. Gemein, aber nicht zu ändern.

Ich nähere mich der Tür zum Gästezimmer. Ein blassgelber Keil aus Licht fällt in den Flur. Mit angehaltenem Atem schiebe ich mich näher. Wie man schleicht, lernt man ja als Mutter irgendwann, aber meine Spezialität ist eher das Wegschleichen, nicht das Anschleichen.

Er steht vor der Kommode, die oberste Schublade ist offen und meine Wäsche quillt heraus. Seine Stirn ist leicht gerunzelt, seine Hände sind in den zarten Stoffen vergraben, die sonst meine Haut schmeicheln. Ich bleibe stehen. Mein Atem geht ganz flach. Diese großen Hände, gebräunt und mit diesem goldenen Flaum auf den Handrücken … Ich stelle mir vor, wie sie mich berühren. Wie diese Hände nicht nur in meiner Wäsche wühlen, sondern in meinen Haaren, wie sie mir ein Höschen vom Arsch reißen, wie sie meine Brüste aus den Schalen eines Spitzen-BHs heben, damit er sie küssen kann …

Ich schließe die Augen. Woher kommen diese Fantasien? Bin ich wirklich so ausgehungert? Habe ich nicht genug von den Männern?

Nein. Ich habe nur genug von dem einen Mann. Dem Mann, der mir so schreckliche Dinge angetan hat.

Etwas lässt ihn aufblicken. Vielleicht habe ich unwillkürlich einen Laut von mir gegeben, ich weiß es nicht.

„Hier."

Er reißt irgendwas aus der Schublade und wirft es mir zu. Dann bückt er sich, zieht aus dem untersten Fach eine ausgewaschene Jeans mit ausgefransten Säumen und ein dunkelgraues Langarmshirt, die er mir ebenfalls zuwirft.

„Ich hoffe, er ist nicht aufgewacht."

Sein Blick verrät ihn. Seine Gedanken.

Ihn lässt das nicht kalt. Er wühlt in meiner Wäsche und es erregt ihn.

Widerlich, denke ich.

Oder nein: Will ich denken. Ich will es widerlich finden, wie dieser lüsterne FBI-Agent an meinen Sachen schnüffelt und sich daran aufgeilt.

Leider ist das Gegenteil der Fall. Ich spüre, wie ich feucht werde und verlasse fluchtartig das Zimmer.

Sein Lachen hallt mir noch in den Ohren, als ich die Tür zum Schlafzimmer hinter mir schließe. Dann höre ich seine Schritte auf dem Teppich, selbst bei dem dichten Flor dröhnen die Stiefel. Ich stehe hinter der Tür, mein Herz schlägt bis zum Hals und meine Kehle ist wie ausgedörrt. Ich lausche, doch er sagt keinen Ton. Vermutlich hat er wieder vor der Zimmertür Stellung bezogen.

Ich schlüpfe aus dem Nachthemd und dem Slip. Zum Glück hat er neben ein paar Höschen auch einen dezenten BH erwischt, also muss ich ihm gleich nicht unter die Augen treten, während meine harten Nippel sich gegen den Stoff des

Shirts drücken. Obwohl ihm dabei vermutlich die Augen aus dem Kopf springen würden. Ich bin zwar Mutter und so eine Schwangerschaft geht am Körper einer Frau niemals spurlos vorbei, aber ich finde, ich habe Glück gehabt. Nur ein paar Dehnungsstreifen am Unterbauch verraten, dass ich ein Kind geboren habe. Sonst ist alles schön straff und kurvenreich.

Ich schleiche ins Badezimmer. Meine Kosmetika sind natürlich nicht hier, aber im Schrank finde ich noch eine ungeöffnete Mascara und eine Creme, die offensichtlich noch gut ist. Immerhin. Alles andere muss warten.

In der Ferne ist bereits das Geheul von Polizeisirenen zu hören. *Showtime, Baby.*

Ich straffe die Schultern und sehe mich ein letztes Mal im Spiegel an. Ich schaffe das, rede ich mir ein. Ich schaffe alles.

Aber dann fällt mir Carmen ein, und alle Dämme brechen.

„Schhhh", höre ich eine Stimme. „Schhhh. Alles wird gut."

Starke Arme umfangen meinen Körper, ziehen mich wieder auf die Füße. Ich bin zusammengebrochen, wo ich stand, habe mich einfach auf den Badezimmerfußboden gelegt und meinen Tränen freien Lauf gelassen, weil man irgendwann eben an den Punkt gelangt, an dem man nicht mehr kann.

Und in diesem Moment meiner größten Schwäche, da ich nicht mehr weiß, wie es weitergehen soll, ist er da.

Case Lincoln.

Der Feind.

Der Mann, den ich hassen müsste. Den ich hassen *will*, weil er in mein Haus eingedrungen ist. Weil er mit seinen Leuten in meinen Sachen wühlt und mir droht, dass ich alles verlieren könnte, was mir geblieben ist.

Dabei habe ich nichts mehr. Meine Schwester ist tot, und ich war so dumm, mich ausgerechnet in den Mann zu verlieben, der sie auf dem Gewissen hat. Meine Familie spricht nicht mehr mit mir, und da war schon vorher kaum jemand außer Chrissa. Mein Vater? Hat sein Interesse an mir verloren, seit ich auf der anderen Seite der Stadt lebe. Ich bin allein mit diesem Schmerz. Mein Leben ist total verkorkst. Was nützen mir all die Reichtümer dieser Welt, wenn ich doch nur ein ruhiges Fleckchen haben möchte, wo ich meinem Sohn beim Aufwachsen zusehen kann?

Ich will mich aus Cases Umarmung befreien, obwohl sie mir so gut tut. Seine Hand ruht auf meinem Kopf, drückt mich an seine breite Brust. Ich höre sein Herz schlagen. Regelmäßig, langsam, beständig. Sein Herzschlag ist etwas, woran ich mich festhalten kann. Pa-Damm, pa-Damm, pa-Damm. Ich schließe die Augen und lausche auf seine Stimme, rau und dunkel.

Ich möchte mich in dieser Stimme verlieren.

„Ich verspreche dir, dass du in Sicherheit sein wirst. Was auch geschieht, ich passe auf dich und deinen Sohn auf. Ich werde immer das tun, was für euch beide das Beste ist."

Seine Worte sind wie ein Traum. Ich muss es wissen. Bilde ich mir das nur ein? Sagt er das wirklich zu mir?

Ich hebe ihm mein tränennasses Gesicht entgegen.

„Warum?", flüstere ich. „Warum tun Sie das für mich?"

Er blickt mich an. Diese Augen … Jetzt sind sie von einem dunklen, fast rauchigen Blau, und ich stelle mir vor, wie dieser Blick nicht nur deshalb auf mir ruht, weil er sich ganz professionell um mich sorgt. Sondern weil sein Herz an mir hängt.

Den Gedanken schiebe ich sofort beiseite.

„Weil Sie Hilfe brauchen", erklärt er.

Ich nicke. Das stimmt … Ich brauche Hilfe.

Aber nicht von ihm.

„Danke, aber das ist nicht nötig." Ich löse mich aus seiner Umarmung und verschränke schützend die Arme vor der Brust. Draußen vor den Fenstern tanzt inzwischen das flackernde Blaulicht der eingetroffenen Streifenwagen, die als Vorhut für die vielen Kriminaltechniker, Mordermittler und Gerichtsmediziner dienen, die in Kürze in mein Haus eindringen werden.

Meine Festung. Schon wieder wird sie von diesen Leuten überschwemmt, die in jede Ecke schauen. Ich ekle mich davor, doch ich weiß auch, dass ich mich nicht dagegen wehren kann.

Weil unten im Wohnzimmer Carmen liegt. Ermordet.

„Musste sie leiden?", frage ich ihn.

Seine Miene versteinert. Jetzt ist er wieder der Profi. Knallhart. Ich habe das, was ich kurz habe aufblitzen sehen, in seine Schranken verwiesen.

„Ich muss Ihnen was zeigen", sagt er. „Kommen Sie."

Er nimmt meinen Arm und führt mich aus dem Schlafzimmer.

Mein schlafendes Kind lassen wir zurück.

6

Case

Ich stehe gerade mit dem Gerichtsmediziner im Wohnzimmer, drei Schritte von der Leiche entfernt, die er bereits kurz untersucht hat, als Bruce dicht gefolgt von Natasha hereinstürzt.

„Was ist hier los?", will er wissen.

„Die Hölle", bemerke ich trocken. Ich nehme ihn am Arm und ziehe ihn ein Stück weg. Natasha will uns folgen, aber ich bedeute ihr, sich einen Moment zu gedulden.

„Die Kacke ist hier richtig am Dampfen, was?", meint Bruce. „Hat unsere schwarze Drogenkönigin einen nervösen Finger oder was ist passiert? Wer ist das? Wo steckt sie?"

Ich atme tief durch. Das sind mindestens drei Fragen zu viel.

„Wir wissen nicht, wer das ist", beantworte ich die drängendste Frage und zeige auf die Leiche, die gerade von allen Seiten und in allen nur erdenklichen Winkeln von den Jungs in den weißen Schutzanzügen abgelichtet wird, während ein paar andere Kollegen von der Kriminaltechnik auf Knien durch den Raum rutschen und jede Faser, jedes Härchen und jeden Fitzel auflesen und katalogisieren, den sie auf die Schnelle fangen können.

Diese Nacht hält einige Überraschungen für uns bereit.

Erste Überraschung: Juno Tevez hatte in ihrer Not keine

bessere Idee, als mich anzurufen. Dabei muss ich für sie das personifizierte Böse darstellen, den Teufel, der sie zur Strecke bringen will. Was ich auch bin, übrigens.

Zweite Überraschung: Sie ist nicht nur die toughe Gattin eines Drogenbosses, sondern hat unter diesem dicken Panzer aus Überheblichkeit und Zorn auch einen erstaunlich weichen Kern. Und den zeigt sie ausgerechnet mir. Fast hätte ich sie vorhin im Badezimmer geküsst. Dabei war sie völlig aufgelöst, und ein Kuss wäre dermaßen unprofessionell und unpassend gewesen, dass ich mir vermutlich bei der nächsten Dienstbesprechung vor allen Kollegen etwas hätte anhören können darüber, wie ich mich mit so einer Frau einlassen kann.

Sie müssten es ja nicht erfahren.

Klar. Ich habe ja nicht schon jetzt genug Geheimnisse, die ich vor meinen Kollegen bewahre.

Dritte Überraschung: Die Leiche im Wohnzimmer ist nicht Carmen Suárez.

Nachdem Juno das mir gegenüber am Telefon erwähnt hat, gab es für mich keinen Grund, diese Information zu bezweifeln. Aber der dunkel gekleidete Leichnam, der gerade von zwei Kriminaltechnikern in einen Leichensack verstaut wird, ist eindeutig ein Mann. Ungefähr eins siebzig groß, mit Bart und kurz geschnittenen Haaren. Er trägt keine Waffe bei sich, aber das muss nichts heißen. Der Kopfschuss jedenfalls war meisterhaft. Das hat mir Dr. Watt bereits bestätigt, der diensthabende Gerichtsmediziner.

„Vermutlich irgendein Junkie", meint Natasha mit Blick auf den Leichnam. Der Ärmel seines schwarzen Hoodies ist hochgerutscht und offenbart einen Unterarm, der von entzündeten Einstichstellen übersät ist.

„Also nur ein Raubüberfall?", fragte Bruce zweifelnd und sprach damit genau das aus, was ich dachte.

Kein simpler Raubüberfall. Dahinter steckt mehr.

Aber das sage ich nicht.

Ich gehe in die Küche, wo Juno Tevez mal wieder auf einem Küchenstuhl sitzt. Eine junge Frau mit raspelkurzen blonden

Haaren hockt vor ihr und redet leise auf sie ein. Sie ist von der psychologischen Krisenintervention.

„Hi Rachel", begrüße ich sie. „Kannst du uns einen Moment allein lassen?"

Sie fragt Juno: „Ist das für Sie okay?"

Juno nickt. Sie hat sich wieder gefasst.

Ich ziehe einen zweiten Stuhl heran und setze mich ihr gegenüber. „Wir brauchen möglichst heute Nacht noch eine Aussage von Ihnen."

„Mein Sohn ..."

Sie sieht mich an. Jetzt sehe ich, wie erschöpft sie ist. Dunkle Schatten liegen um ihre blauen Augen, und darin ist etwas Müdes, als könne sie sich kaum aufrecht halten. Ihr herzförmiges Gesicht ist ganz spitz vor Erschöpfung. Sie wirkt sehr blass.

„Um Ihren Sohn wird man sich kümmern, Mrs. Tevez. Das versichere ich Ihnen." Ich überlege kurz, ob die folgende Information irgendwas an ihrer Aussage ändern könnte, entscheide dann aber, dass es vertretbar ist, sie ihr mitzuteilen. Darum erkläre ich: „Sie haben sich geirrt."

„Inwiefern?"

„Die Leiche. Es ist nicht Carmen Suárez."

Einen Moment sieht sie aus, als wollte sie mir widersprechen. Ein ganz leichtes Lächeln zupft an ihrem Mundwinkel und verschwindet so schnell, wie es gekommen ist.

„Wer ist das dann?", fragt sie. „Und wo ist Carmen?"

„Diese zwei Fragen werden uns in den kommenden Stunden vorrangig beschäftigen", erkläre ich ihr. Ich bin jetzt wieder ganz der professionelle FBI-Agent. Diese kurze Gefühlswallung, die mich vorhin in ihrem Badezimmer überkam, haben wir hoffentlich beide verdrängt. „Wir vermuten allerdings, der Tote ist einer der beiden Eindringlinge, die Sie gehört haben."

„Aber wo ist Carmen?", wiederholt sie.

„Das wissen wir noch nicht. Haben Sie schon versucht, sie anzurufen?"

Sie starrt mich aus großen Augen an, als wäre das so ziemlich die dümmste Frage, die ich ihr stellen konnte. Klar, bisher hatte sie ja gedacht, ihr Kindermädchen wäre tot.

„Können Sie versuchen, sie anzurufen?", frage ich daher möglichst ruhig.

„Mein Handy liegt oben im Schlafzimmer."

„Ich schicke meine Kollegin rauf, damit sie es holt."

Sie nickt. Ich gebe Rachel ein Zeichen, die sofort weiß, was ich will. Sie stößt sich vom Türrahmen ab, an den sie sich gelehnt hat.

„Wo liegt ihr Handy?", fragt sie leise.

Juno runzelt die Stirn, als würde es ihr schwerfallen, sich zu erinnern. „In der Fluchttasche", sagt sie dann. „Im Panikraum. Aber die Tür steht offen."

„Okay. Ich hole das Handy und schaue bei der Gelegenheit auch nach Ihrem Sohn, ja?"

Juno nickt dankbar. Das ist gut; es bedeutet, dass sie zu Rachel Vertrauen gefasst hat.

Darum warte ich, bis Rachel zurück ist.

„Er schläft", sagt sie und händigt Juno das Handy aus. „Eine Kollegin sitzt bei ihm und ruft uns, falls er wach wird."

Erstaunlich, denke ich. Die Kollegen von der Spurensicherung und dem LAPD sind alles andere als leise. Aber offensichtlich ist der kleine Junge so müde, dass er einfach schlafen muss.

Juno sieht auch aus, als würde sie nicht mehr lange durchhalten. Der Schock. Ich gebe mir einen Ruck und zeige auf das Handy. Die Nacht wird noch lang für sie, darum will ich etwas Tempo machen.

Juno atmet tief durch, entsperrt den Bildschirm und wählt aus dem Telefonbuch eine Nummer. Sie hält das Telefon auf der flachen Hand, der Lautsprecher ist eingeschaltet.

Freizeichen. Freizeichen.

Wir warten.

Dann, nach einer gefühlten Ewigkeit, meldet sich eine Stimme.

„Juno? Scheiße, bist du das?"

„Carmen", höre ich sie seufzen.

Juno

Die Erleichterung lässt mich zittern. Alle Anspannung der letzten Stunden fällt abrupt von mir ab.

Carmen lebt.

Aber ich reiße mich zusammen. Das ist nicht der richtige Augenblick, um Schwäche zu zeigen.

„Wo steckst du, Carmen?"

Meine Hand zittert. Ich werfe Case Lincoln einen Blick zu, der mit verschränkten Armen nur drei Schritte von mir entfernt steht.

„Fuck, ich … Diese Arschlöcher. Ich habe keine Ahnung, wo ich bin. Die wollten mich erschießen, Juno. Warst du schon im Wohnzimmer? Bist du in Sicherheit? Was ist mit Gabriel?"

Ich versuche ruhig zu bleiben. „Gabriel geht es gut", beantworte ich ihre drängendste Frage.

„Gott sei Dank", höre ich Carmen murmeln.

„Ich habe die Leiche gesehen. Carmen …"

Bevor ich mehr sagen kann, beugt sich Case Lincoln vor und reißt mir das Handy aus der Hand. Ich will protestieren, aber da hat er es schon am Ohr.

„Miss Suárez? Hier spricht Case Lincoln vom FBI. Zu ihrem eigenen Schutz rate ich Ihnen, jetzt nicht zu viel zu sagen."

Ich starre ihn sprachlos an. *Zu ihrem eigenen Schutz?* Was soll das denn heißen?

„Hören Sie mir jetzt gut zu. Ich werde sofort einen Kollegen darauf ansetzen, dass ihr Handy geortet wird. Erzählen Sie mir ganz genau, was passiert ist."

Er verlässt die Küche. Seine Kollegin – Ruth? Rebecca? – bleibt zurück. Sie drückt mir einen Becher Kaffee in die Hände, und ich lächle sie dankbar an. Der Becher gibt mir Halt, und im Moment ist das wohl das Beste, was mir passieren kann.

„Was passiert jetzt?", frage ich sie.

Nach kurzem Zögern erklärt sie: „Wir werden ermitteln, was genau hier passiert ist. Wenn es tatsächlich zwei Einbrecher waren, wird der zweite zur Fahndung ausgeschrieben. Der Tote wird hoffentlich bald identifiziert und Ihr Kindermädchen gerettet, wo auch immer sie sich gerade aufhält. Man wird Sie befragen."

Okay, so weit keine Überraschungen. Klar ermitteln sie in alle Richtungen und werden mich vermutlich so lange befragen, bis ich mich in irgendwelche Widersprüche verstricke.

Aber da gibt es keine Widersprüche. Wir wurden angegriffen, ich habe mich und Gabriel in Sicherheit gebracht, weil ich dachte, Carmen sei tot. Dann habe ich Case Lincoln angerufen. Ende der Geschichte.

„Machen Sie sich keine Sorgen. Die Spurenlage ist eindeutig."

Ich mache mir keine Sorgen. Es ist nur diese Vorstellung, ich könnte die ganze Nacht wach bleiben müssen und dann noch von Case Lincoln befragt werden. Mit ihm zusammen in so einem kleinen, engen Verhörraum sitzen, während er mir immer wieder dieselben Fragen stellt …

Seine dunkelblauen Augen gehen mir nicht aus dem Sinn.

Darin liegt etwas verborgen, das ich kaum deuten kann. Er hält etwas zurück.

Da sind wir schon zu zweit.

Morgens um halb sieben ist nicht unbedingt meine beste Zeit, aber seit ich Mutter bin, habe ich gelernt, um diese Uhrzeit zumindest zu funktionieren. Nachdem alle Spuren gesichert waren, packten die Techniker ein. Case und seine Kollegin Rachel boten mir an, Gabriel und mich ins nächstgelegene Revier zu bringen. Noch ist diese Ermittlung eine Sache des LAPD. Das FBI wird sicher versuchen, sie an sich zu reißen. Dafür spricht auch Cases Anwesenheit.

Jetzt sitze ich in einem winzigen Verhörzimmer, in dem Tisch und Stühle mit dem Boden verschraubt sind. Durch das kleine Fenster in der Tür sehe ich immer wieder draußen irgendwelche Leute vorbeigehen. Ich bin allein. Sie haben mir Kaffee und eine Flasche Wasser gebracht, außerdem ein pappiges Brötchen mit einem welken Salatblatt, zwei jämmerlich blassen Tomatenscheiben und Analogkäse. Ich schiebe den Pappteller angewidert weg. Ist ja nett gemeint, aber nein.

Case kommt nicht allein. Er hat wieder den bulligen Glatzkopf an seiner Seite, den er mir als Bruce Fox vorstellt, nur für den Fall, dass ich seinen Namen in den letzten zwei Tagen vergessen habe. Was wirklich nett ist, junge Mütter haben nämlich bekanntermaßen ein Gedächtnis wie ein Sieb. Zumindest mir geht es so.

Beide setzen sich, sein Kollege räuspert sich verlegen und ergreift zuerst das Wort.

„Zunächst mal, Mrs. Tevez, wie geht es Ihnen?"

Ich mustere ihn überrascht. Ehrlich jetzt? Muss er das fragen? Wir sind doch alle erwachsene Leute, da könnte er auf diese „Guter Cop, böser Cop"-Nummer verzichten. Hat doch schon vorgestern bei mir zu Hause nicht funktioniert.

Zumal Bruce Fox gerade den Netten gibt. Das heißt, dass Case Lincoln den Job als böser Cop abbekommen hat.

„Es ging mir schon mal besser", erkläre ich gefasst.

„Das verstehen wir natürlich. Also, um Ihren Sohn kümmert sich ja unsere Kollegin Rachel."

Ich lächele. Rachel hat ein Händchen für Kinder, weshalb es mir nicht schwerfiel, ihn in ihrer Obhut zu lassen. Obwohl es mir lieber wäre, wenn Carmen wieder da wäre und sich um ihn kümmern würde.

„Haben Sie Carmen schon gefunden?"

„Ja, tatsächlich." Cases dunkle Stimme durchfährt mich wie ein Stromschlag. „Sie wurde von dem Einbrecher offensichtlich bewusstlos geschlagen und anschließend in seinem Kofferraum mitgenommen. Er hat sie am Mulholland Drive ausgesetzt. Sie wurde im Krankenhaus versorgt und wird in Kürze hier sein."

„Gott sei Dank", murmele ich.

Noch einen Verlust hätte ich nicht ertragen.

„Mrs. Tevez, es gibt da ein paar Details an ihrer Darstellung, die … widersprüchlich sind." Jetzt spricht wieder Case. Ich richte mich auf und sehe ihn an. Sein Kinn ist stoppelig, seine dunkelblauen Augen wirken glanzlos. *Er hat die ganze Nacht nicht geschlafen.* Ich könnte fast Mitleid mit ihm haben, aber er ist gerade im „böser Cop"-Modus, und ich muss auf der Hut sein, damit nicht ich diejenige bin, die in ein paar Stunden in einem Gefängnis landet. Das würde diesen Arschlöchern ähnlich sehen: Eine junge Frau, die von zwei Männern in ihrem eigenen Haus überfallen wird, von denen aus bisher ungeklärten Gründen einer erschossen wurde, für schuldig an dieser Tat befinden. Nicht etwa aus Notwehr, sondern weil sie den Kerl töten wollte oder so ein Scheiß.

Ich habe nichts verbrochen. Ich wollte nur mein Leben und das meines Kinds schützen, mehr nicht.

„Schießen Sie los", sage ich und merke selbst, wie unpassend die Bemerkung ist.

Case lächelt kaum merklich. Er schaut in seine Notizen.

„Sie haben vorhin meiner Kollegin erzählt, Sie hätten ein Geräusch gehört und wären nach unten gegangen."

„Das ist korrekt. Ich habe einen leichten Schlaf. Ammenschlaf", füge ich hinzu.

„Wie bitte?" Er ist verwirrt.

„Ammenschlaf. So nennt man den leichten Schlaf von Müttern. Sie wachen bei jedem Geräusch auf, weil es ja das Kind sein könnte, das etwas braucht."

Ich merke, dass ich plappere, und das ist selten ein gutes Zeichen.

„Aha, ja. Also, Sie sind aufgewacht und nach unten gegangen."

„Ja. Dort habe ich dann Carmen gesehen, und sie hat mir bedeutet, ich solle wieder nach oben gehen, sie werde sich um die Angelegenheit kümmern."

„Ihr Kindermädchen sollte sich also um zwei Einbrecher kümmern?"

Ich beiße mir auf die Unterlippe. Verdammt. Der Schlafmangel und der Schock haben mich dazu gebracht, etwas zu sagen, das niemand wissen sollte. Und Case ist nicht dumm …

„Wie kommt es, dass Sie ihrem Kindermädchen die Auseinandersetzung mit zwei offensichtlich gefährlichen Einbrechern überlassen, wieder nach oben gehen, sich im Schlafzimmer verschanzen und nicht die Polizei rufen, wie es jeder vernünftige Bürger tun würde, der in so eine Situation gerät?"

Ich sehe ihn stumm an.

Er kennt die Antwort. Aber er will sie von mir hören.

Also gebe ich mir einen Ruck und erkläre: „Weil Carmen nicht nur das Kindermädchen ist."

Einen Moment lang sieht es so aus, als wollte Case sich darüber wundern, dass ich mein Kindermädchen nicht nur für die Aufsicht von Gabriel eingestellt habe. Aber dann verkneift er sich jeglichen Kommentar.

„Sie haben Schüsse gehört", sagt er. „Mehrere?"

Ich kneife die Augen zusammen und versuche, mich zu erinnern. „Zwei … nein, drei. Ganz bestimmt drei."

Er notiert etwas. Dann lehnt er sich zurück.

Showtime. Ich sehe es daran, wie er mich mustert, wie sein Blick von seinem Partner zu mir und zurück geht.

Bruce Fox ergreift das Wort.

„Wir müssen leider Zweifel an ihrer Aussage anmelden", sagt er behutsam und räuspert sich. „Es gibt Details, die dagegen sprechen."

„Zum Beispiel?", frage ich. Herrgott, ich weiß doch wohl, was ich gesehen und gehört habe!

„Zum Beispiel fehlt nichts. Es wurden keine Schränke durchwühlt und an der Tür haben sich auch keine Einbruchspuren gefunden."

„Dann sind sie eben durch die Terrassentür gekommen." Ich werde ärgerlich. Im Ernst? Die glauben mir nicht, weil diese Schweine so professionell sind, dass diese Stümper von LAPD und FBI keine Spuren im Haus gefunden haben? Ich fasse es nicht.

„Die Terrassentür ist auch unbeschädigt."

„Kann es nicht eher so gelaufen sein?", mischt sich Case wieder ein. „Sie waren schon im Bett, als Sie von unten etwas hörten. Einen Streit etwa. Also gehen Sie runter und sehen, wie ihr Kindermädchen Carmen Suárez mit einem Mann kämpft, den Sie nicht kennen. Der Mann hat eine Waffe, die Carmen ihm entringen kann. Sie schießt auf ihn, weil sie Angst vor ihm hat. Und da Ihr Kindermädchen nicht nur als Babysitter bei Ihnen arbeitet, sondern zufällig auch ein Bodyguard ist, schießt sie ziemlich gut und erledigt den Kerl leider. Pech gehabt. Er hat sich mit der Falschen angelegt. Aber jetzt haben Sie beide ein Problem – eine Leiche und keine passende Geschichte dazu. Also denken Sie sich eine aus."

„Nein, so war das nicht", erkläre ich fest. „Ich habe gedacht, Carmen sei tot. Darum habe ich Sie angerufen. Wenn ich einen Mord hätte vertuschen wollen, hätte ich Sie doch nicht angerufen, Mr. Lincoln."

Er sieht mich lange an. Ich starre zurück; schließlich wendet er den Blick ab.

„Haben Sie sonst noch irgendwelche Fragen?", will ich wissen.

„Nein", sagt Case. Er steht abrupt auf. „Mach du hier weiter", sagt er zu Mr. Fox. Die Tür knallt hinter ihm ins Schloss.

Ich blicke ihm nach; sein Hinterkopf mit den gewellten braunen Haaren ist noch einen Moment im Sichtfenster der Tür erkennbar, bevor er geht.

Mr. Fox räuspert sich. Er steht ebenfalls auf. „Ich hole Rachel", murmelt er. Klar, es ist ihm vermutlich nicht gestattet, mit mir allein hier zu sitzen.

Als ich allein bin, atme ich erst mal tief durch. Meine Hände zittern unkontrolliert, und ich umklammere den Becher mit dem lauwarmen Automatenkaffee, damit man es nicht sieht. Ich bin sicher, dass sie mich beobachten. Keiner wird in so einem Raum allein gelassen, ohne dass man ihn im Blick hat.

Ich starre an die nackten Betonwände, bis die Tür aufgeht.

„Das ist Natasha Brown", stellt Mr. Fox mir seine Kollegin vor. Ich nicke ihr knapp zu. Ich kenne sie von der Durchsuchung.

„Also hat das FBI jetzt übernommen?", frage ich.

„Das FBI hat die ganze Zeit die Ermittlungen in der Hand gehabt", erklärt Mr. Fox.

Klar. Es geht immer noch um meinen Mann. Und darum, welche Rolle ich in diesem ganzen Spiel habe.

Ehrlich gesagt weiß ich das nicht so genau.

Ich bin von Anfang an ein Spielball der Mächte rings um mich gewesen – erst Dean und seine Sippe, dann auf mich allein gestellt zwischen den Fronten. Jetzt spielt also auch das FBI mit, und ehrlich, wie toll! Wirklich! Endlich mal ein paar Leute, die mir nicht ständig irgendwas anhängen wollen!

Das mit der Ironie habe ich nicht so drauf.

Aber wundert es irgendwen, dass ich mir in der Situation eine Personenschützerin gesucht habe? Carmen Suárez meldete sich auf meine Anzeige im Darknet. Sie wollte in Bitcoins bezahlt werden. „Süße", sagte ich ihr, „Bitcoins sind so 2017. Wie wäre es mit guten, wohlriechenden Dollarnoten?" Sie war einverstanden. Hauptsache, die Kohle stimmt.

Ich brauchte einfach jemanden, der auf uns aufpasst. Einen Mann ins Haus zu lassen kam von Anfang an nicht in Frage; Dean hätte davon erfahren und mich gezwungen, den Bodyguard wieder vor die Tür zu setzen. Außerdem habe ich genug von irgendwelchen Kerlen, die vor Kraft nicht gehen können, die finster starren und mir das Gefühl geben, ständig in Gefahr zu schweben. Klar, irgendwas kann immer passieren. Muss aber nicht.

Carmen nahm ihre Arbeit wenige Tage nach unserem ersten Gespräch auf. Sie ließ uns allen Zeit, damit wir uns aneinander gewöhnten, aber das ging erstaunlich schnell; Gabriel fasste bald Vertrauen zu ihr, und das tat ich dann auch. Ich weihte sie nicht in meine Pläne ein, obwohl ich mich danach sehnte, irgendwen zu haben, mit dem ich über das sprechen konnte, was ich vorhatte.

Ich bin überzeugt davon, dass sie uns allen letzte Nacht das Leben gerettet hat. Der Angriff galt *uns*, es ging nicht um das Geld oder um irgendwelche Wertgegenstände.

Die Frage lautet nun: Wer wollte uns das antun? Und warum? Das sind Fragen, um die ich mich später kümmern muss. Jetzt will ich erst von hier verschwinden.

„Haben Sie noch irgendwelche Fragen?", erkundige ich mich bei Mr. Fox. „Ich würde sonst gern mit Carmen und meinem Sohn nach Hause gehen."

„Warten Sie noch einen Moment. Mr. Lincoln hat noch eine Frage an Sie."

Also warte ich und weiß derweil nicht, wohin mit meinen Händen. Ich nehme nun doch den Kaffeebecher, trinke ein paar winzige Schlucke und stelle ihn wieder auf den Tisch.

Endlich geht die Tür wieder auf. Case steht im Türrahmen, der Blick so finster wie zuvor.

„Kommen Sie mit", sagt er nur.

Ich stand auf. „Wohin?", will ich wissen.

„Wir bringen Sie nach Hause."

„Was ist mit Carmen?"

„Sie muss noch hier bleiben, aber sie wird anschließend auch nach Hause gebracht."

Er bemerkt mein Zögern. „Es tut mir leid, wenn diese ganze Situation für Sie schwierig ist. Ich war vorhin wohl etwas grob."

Etwas grob ist natürlich auch eine Untertreibung, aber ich nicke. „Entschuldigung angenommen", sage ich knapp.

„Darf ich Sie dann nach Hause bringen?", fragt er.

„Dürfen Sie", sage ich.

Nach Hause. Schlafen.

Ich weiß nicht, ob ich das schaffe nach allem, was passiert ist. Vielleicht ziehe ich auch erst in ein Hotel.

8

Case

Wir haben nichts gegen sie in der Hand.

Selbst bei der Befragung hat sie nicht einen Moment gezögert. Sie hat unsere Fragen beantwortet, ging in keine der gestellten Fallen, blieb bei ihrer Version der Geschichte. Wenn ich ehrlich bin, glaube ich auch nicht, dass sie mit dem Überfall etwas zu tun hat.

Sie hat zu viel zu verlieren.

Ich führe sie zu dem Wagen, der beim Revier für solche Fälle vorgehalten wird, wenn wir Zeugen irgendwohin bringen. Er verfügt sogar über einen Kindersitz. Während Juno ihren kleinen Sohn festschnallt, stehe ich daneben. Ihre dunklen Locken fallen ihr ins Gesicht, sie wendet mir den Rücken zu, und ich denke darüber nach, wie hübsch doch so eine Kehrseite ist. Sehr hübsch. Verdammt heiß sogar. Sie hat einen richtigen Knackarsch in der engen Jeans, die ich heute Nacht für sie rausgesucht habe.

Bei der Erinnerung daran, wie sie mich dabei ertappte, als ich in ihrer Wäscheschublade wühlte, spüre ich ein leichtes Ziehen in der Lendengegend. Verdammt. Es ist lange her, dass allein die Erinnerung an eine verfängliche Situation mich so sehr erregt hat.

Ich will sie. Das wird mir in diesem Moment klar.

Ich wollte sie schon die ganze Zeit. Seit ich vor drei Tagen mit einem Durchsuchungsbeschluss vor ihrer Tür stand und sie mir verschlafen und in roter Seidennachtwäsche die Tür geöffnet hat. Nicht wegen der Nachtwäsche, in der man mehr von ihrem nackten Körper hat erahnen können als für meinen Seelenfrieden gut war. Sondern ihretwegen. Weil sie so stolz ist. So stark.

Sie richtet sich auf. „Wir können los", sagt sie.

„Haben Sie Hunger? Soll ich irgendwo Halt machen, damit Sie frühstücken können?"

Sie lächelt schwach. „Ich habe zu Hause alles für ein Frühstück. Danke."

Klassisch abgeblitzt, könnte man sagen. Wir setzen uns vorne ins Auto und ich fahre vom Parkplatz und fädele den Wagen in den frühmorgendlichen Pendelverkehr ein.

„Es könnte etwas dauern, bis wir da sind", erkläre ich.

Sie verdreht die Augen und würdigt mich danach keines Blickes mehr.

„Okay. Da ich vermutlich bei Ihnen gleich kein Frühstück bekomme, muss ich gerade noch bei Joe's Coffee Halt machen. Stört Sie hoffentlich nicht."

„Tun Sie, was Sie nicht lassen können", faucht sie und verschränkt die Arme vor der Brust.

Süß. Wenn sie so neben mir hockt, ist sie wie ein schmollender Teenager.

Ich habe ihre Akte gesehen und weiß daher, dass Juno Tevez gerade mal 22 ist. Viel zu jung, um schon mit so einer großen Verantwortung umzugehen. Der Mann im Knast, das Kind allein großziehen …

„Wollen Sie wirklich nichts?" Ich biege zum Drive-In-Schalter ab.

„Mama, Hunna!", kommt es von der Rückbank.

„Also gut." Sie seufzt. „Mein Kind hat Hunger. Ich habe aber kein Geld dabei."

„Machen Sie sich deshalb keine Sorgen." Ich lege den Rückwärtsgang ein und fahre aus der Drive-In-Spur auf den Parkplatz. „Das FBI lädt Sie ein."

Als wir uns zehn Minuten später auf den beiden mit Kunstleder bezogenen Bänken einer Nische im Café gegenübersitzen, hat sich etwas zwischen uns verändert. Ich weiß nicht, ob es an dem Kaffee liegt, den sie hier ausschenken und der tausendmal besser ist als das Gebräu, das im Polizeirevier an die Zeugen verteilt wird. Übrigens auch an die Polizeibeamten. Es gibt nur eine große Kaffeemaschine, aus der alle ihre Styroporbecher befüllen. Wenn man mich fragt, ist es ein Wunder, dass da noch keiner Amok gelaufen ist.

„Das habe ich wohl gebraucht", sagt sie leise, nachdem sie einen großen Schluck Kaffee getrunken hat. Sie lehnt sich etwas zurück.

„Den Kaffee?"

Sie nickt. Ihr kleiner Sohn ist müde und hat sich an sie gekuschelt. Mir ist noch nie aufgefallen, wie hübsch eine Mutter ist, nur weil ihr Kind sich an sie schmiegt.

„Warten Sie erst auf das Frühstück. Die servieren hier ein lauter Leckereien, die sämtliche Lebensgeister wecken."

„Vielen Dank, aber ich fühle mich eh schon mehr als wach." Sie zeigt auf den Kaffee. „Den brauche ich nur, um mich daran festzuhalten."

Erst jetzt begreife ich, dass Juno Tevez nach dem Vorfall vermutlich immer noch unter Schock steht.

„Möchten Sie lieber, dass ich Sie ins Krankenhaus bringe?"

Sie schüttelt den Kopf. „Die können mir auch nicht helfen. Ich will gleich einfach nach Hause und meine Sachen packen."

Als sie meinen verständnislosen Blick bemerkt, fügt sie hinzu: „Ich kann da nicht länger bleiben. Das Haus ... Ich hätte es schon verlassen müssen, nachdem Dean festgenommen wurde."

Dean. Es ist das erste Mal, dass sie ihren Mann erwähnt, und ich werde von einer überraschend heftigen Eifersucht gepackt.

„Der Prozess fängt nächsten Monat an."

„Ja." Sie seufzt und zieht das Halstuch des kleinen Jungen

zurecht und knöpft seine Strickjacke zu, um nicht mehr dazu sagen zu müssen. Auch ich schweige, denn es ist mir nicht erlaubt, etwas zu laufenden Ermittlungen oder einem bevorstehenden Prozess zu sagen.

„Danach …", versuche ich es trotzdem.

Ihr Kopf ruckt hoch, und ihre Augen blitzen gefährlich dunkel. „Danach ist er entweder frei oder kommt nie mehr zurück. Danke, aber daran müssen Sie mich nicht erinnern. Beides ist eine Katastrophe. Wenn er weggesperrt wird, muss Gabriel ohne Vater aufwachsen. Wenn nicht …" Ihre Augen werden feucht. „Scheiße. Sie sind echt ein Arschloch."

Bevor ich widersprechen kann, hebt sie ihren Sohn hoch und schiebt sich aus der Nische. „Danke für den Kaffee. Ach was, scheiß drauf. Was bedanke ich mich ständig bei Ihnen? Sie sind so …" Ihr fehlen die Worte, und statt den Satz zu vollenden, steht sie auf und verlässt das Lokal.

„Zweimal das Frühstück für Champions?" Die Kellnerin kommt an den Tisch. Ich lehne mich zurück und blicke Juno nach. Sie steht draußen auf dem Parkplatz und wischt sich mit heftigen Handbewegungen die Tränen aus dem Gesicht.

„Einen Moment. Können Sie das warmhalten?"

„Besser wird's davon nicht", meint sie verschnupft, aber sie zieht mit den Tellern wieder ab. Ich gehe nach draußen.

„Verschwinden Sie", sagt Juno, als sie mich sieht.

Ich stelle mich neben sie. Ihr Sohn beobachtet mich über ihre Schulter, und als ich eine Grimasse schneide, versteckt er kichernd sein Gesicht an ihrem Hals.

„Sie haben Hunger", sage ich. „Und ihr Sohn auch."

„Wir können ein Taxi nach Hause nehmen."

„Bitte, Juno. Es tut mir leid, was ich gesagt habe."

Ich könnte ihr jetzt eine Menge darüber erzählen, wie das ist, wenn man Cop wird. Wie einsam das Leben danach wird, weil so recht niemand mehr mit einem reden will. Oder dass ich mich manchmal frage, ob ich das Richtige tue. Ist sie wirklich so schuldig, wie es auf dem Papier aussieht?

Ich könnte ihr auch versichern, dass ich nichts von dem, was sie mir anvertraut, gegen sie verwenden werde. Aber das wäre eine Lüge. Ich bin immer noch FBI-Agent, und das ist etwas, was man nicht ablegt, selbst wenn man die Frau, mit der man sich gerade unterhält, ins Bett kriegen will *und* weiß, dass sie bis zum Hals in dem Drogensumpf steckt, mit dem ihr Mann die Stadt der Engel überzieht.

„Was tut Ihnen leid? Dass Sie mich wie einen Paria behandeln? Wie eine Verbrecherin?"

Ich schweige.

„Sie glauben mir nicht. Das ist das Problem. Sie denken, ich habe mir das nur ausgedacht. Warum sollte ich das tun? Sieht so eine Frau aus, die sich einen Überfall ausdenkt, um etwas Anderes zu vertuschen?"

Sie sieht mich an. Die Mascara ist verschmiert, und als sie die freie Hand hebt und sich eine Locke aus dem Gesicht streichen will, sehe ich, wie sehr ihre Hand zittert.

Ich greife nach der Hand.

Sie will sich mir entziehen, aber ich packe fester zu.

„Lassen Sie mich los", zischt sie wütend.

„Nicht, wenn Sie mir nicht zuhören."

Sie entreißt mir gewaltsam ihre Hand, geht auf wackligen Beinen zur Straße und winkt einem Taxi, das gerade vorbei kommt. Der Taxifahrer fährt rechts ran, sie spricht durch das offene Beifahrerfenster ein paar Sätze mit ihm. Dann steigt sie hinten ein, setzt ihren Sohn neben sich und ist im nächsten Moment verschwunden.

Ich starre ihr nach.

Sie hat keinen Kindersitz.

Aber das ist offensichtlich noch das geringste Problem der Juno Tevez.

Eine Dreiviertelstunde später komme ich nach Hause. Zusammen mit Kim bewohne ich ein ziemlich schickes Haus in einem dieser reichen Vororte von Los Angeles, wo man schon ein bisschen Geld auf der hohen Kante haben muss, um sich das Leben hier leisten zu können.

Ich habe einfach das Glück gehabt, dass meine Eltern mir einiges vererbt haben. Zumindest erzähle ich das jedem, der sich über den mondänen Lebensstil eines Cops wundert.

Kim ist in ihrem Arbeitszimmer, die Tür ist fest verschlossen. Ich schaue auf die Uhr. Halb elf. Die beste Zeit für Geschäfte mit Asien. Vermutlich wird sie in zwei oder drei Stunden völlig dehydriert und übernächtigt aus dem Zimmer stolpern, einen halben Krug Margaritas runterkippen wie Wasser und danach schlafen gehen, damit sie kurz nach Sonnenuntergang fit ist, wenn die Geschäfte an der Ostküste in Fahrt kommen. Manchmal frage ich mich, ob dieses Leben sie glücklich macht.

„Hey."

Als ich in die Küche komme, steht sie am Tresen und bestückt den Mixer mit Avocados, Grünkohl, Bananen und einem Glaskrug Orangensaft. Ich hebe überrascht die Augenbrauen.

„Du bist wach? Und machst dir ein gesundes Frühstück?"

Kim lacht. Mit ihren schwarzen Haaren, der porzellanweißen Haut und den Mandelaugen sieht man ihr die Herkunft an – sie ist halb Koreanerin, halb Spanierin. Leider besitzt sie damit keine Staatsbürgerschaft, die ihr per Se ein dauerhaftes Aufenthaltsrecht für die USA ermöglicht. Kim ist vor vier Jahren mit einem Touristenvisum in New York gestrandet und hat sich seitdem mehr schlecht als recht durchgeschlagen, bis sie merkte, dass sie ziemlich gut pokern kann. Zumindest deutlich besser als die ganzen Freizeitzocker, die ihrerseits glauben, sie hätten es voll drauf. Seitdem hat Kim einen ziemlich strikten Tagesablauf. Sie richtet ihre innere Uhr nach den Zeiten aus, zu denen die meisten Zocker vor den Bildschirmen hocken und versuchen, ihr online das Geld aus der Tasche zu ziehen. Spoiler: Sie zieht eher denen das Geld aus der Tasche. Und zwar sehr erfolgreich. Sie sagt, ihr Ziel ist die erste Million bis zum Jahresende. Ich sage dann immer, sie ist verrückt. Aber dass sie es schaffen wird, daran besteht für mich kein Zweifel.

Das Haus, von dem alle denken, ich hätte es dank eines Vorschusses auf mein Erbe bereits jetzt gekauft, gehört in Wahrheit ihr und ich darf kostenlos bei ihr wohnen. Auf dem Papier ist sie nämlich meine Ehefrau, bis sie hoffentlich in Kürze ihre Staatsbürgerschaft bekommt. Danach warten wir noch ein paar Monate, ehe sich unsere Wege trennen. Das Haus gehört danach mir. Ein Arrangement, mit dem wir beide gut leben können.

Und wenn mir jetzt jemand damit kommt, dass es ja wohl illegal und hochgradig unmoralisch ist, weil ich die Einwanderungsgesetze unseres Landes zugunsten meines eigenen Vorteils aushebele: Stimmt. Aber dieses Land ist nicht mehr das, was es früher mal war. Früher hätte es jemandem wie Kim eine Chance gegeben, ohne dass sie sich dafür in die Illegalität hätte flüchten oder einen Mann hätte heiraten müssen, den sie nicht liebt.

»Ich bin wach und mache mir ein gesundes Frühstück, weil ich heute Nacht so erfolgreich war, dass ich mir für den Rest der Woche freigeben kann.« Sie drückt auf den Knopf des Standmixers, der die Zutaten zu einem leckeren Green Smoothie zerkleinert und aufschäumt. Erst nachdem das nervtötende Geräusch erstirbt, fragt sie: »Auch Frühstück?«

Ich lehne dankend ab. »Ich hatte unterwegs was.«

»Bestimmt total gesund, richtig?«

Mein Grinsen genügt ihr als Antwort.

»Warum warst du gestern Nacht noch unterwegs?«

»Lange Geschichte.« Ich mache mich auf den Weg Richtung Schlafzimmer. Die Müdigkeit, die ich die ganze Nacht dank der Arbeit erfolgreich vor mir herschieben konnte, meldet sich jetzt mit aller Macht zu Wort. Vermutlich werde ich nach drei Stunden Schlaf müder sein als jetzt, aber ich muss auch wieder an meinen Schreibtisch. Der Tote in Junos Haus wird uns eine Menge Mehrarbeit bescheren.

»Lange Geschichte? Wenn du das sagst und noch nach Mitternacht aufbrichst, um durch die Straßen dieser Stadt zu cruisen, steckt eine Frau dahinter.«

Ich bleibe mitten im Flur stehen und starre auf die Milchglastür, hinter der das Badezimmer liegt. „Es steckt keine Frau dahinter", erkläre ich mit aller Überzeugungskraft. Auf nackten Füßen kommt Kim hinter mir her. Sie hält in einer Hand ein riesiges Smoothieglas, doch der andere Arm schlingt sich um meinen Bauch. Ihre Hand findet sofort, was sie sucht. „Lügner", flüstert sie mir ins Ohr. „Du bist steinhart. Soll ich dir einen runterholen, damit du besser schlafen kannst?" Ich schließe für einen winzigen Moment die Augen. Das wäre schön, denke ich. Jetzt einfach Kim machen lassen, bis ich in ihre warmen Hände abgespritzt habe. Sie hat dieses ganz besondere Talent – man kann mit ihr Sex haben, ohne dass es sich falsch anfühlt. Freundschaft mit Extras – so könnte man unsere Beziehung vielleicht noch am besten bezeichnen.

Aber dann sehe ich Juno wieder vor mir. In ihrer roten Nachtwäsche steht sie in der Tür zu dem Schlafzimmer, ihr Blick auf meine Hände gerichtet, mit denen ich in ihrer Wäsche wühle. Das war der Moment, in dem ich wusste, dass ich verloren war. In dem ich mir eingestehen musste, dass ich sie wollte – und das nicht nur, weil sie so heiße Wäsche besitzt, dass jeder Mann an nichts anderes mehr denken kann als daran, wie sie darin aussieht.

Ich will sie. Aber ich darf sie auf keinen Fall haben.

Ich mache mich von Kim los.

„Ein anderes Mal vielleicht", sage ich. Mein Atem geht schwer. Verdammt, nach dieser Nacht bräuchte ich dringend Erleichterung. Aber Kim ist nicht die Richtige für diesen Job.

„Schade." Sie grinst frech. Auch das ist bewundernswert an ihr – sie nimmt mir eine Abfuhr nicht übel. Kim ist vermutlich die entspannteste Frau in Liebesdingen, die ich so kenne.

Leider habe ich gerade mein Herz an Juno verloren. Und ich fürchte, mit ihr wird es ziemlich kompliziert, wenn ich mein Verlangen ausleben will.

Juno

Ich will ihn. Aber ich darf mich um keinen Preis verlieben.

Ich liege im Bett. Gabriel hat sich an mich gekuschelt und schläft. Er ist nach dieser Nacht völlig erledigt, und ich bringe es nicht übers Herz, ihn schon wieder aus seiner gewohnten Umgebung zu reißen.

Außerdem warte ich auf Carmen. Aber sobald sie da ist, werde ich unsere Sachen packen. Ich muss hier raus. Dieses Haus war von Anfang an ein Fehler. Ich hätte nicht hier bleiben dürfen. Das stellt mich vor das nächste Problem. Wo sollen wir hin? Bis ich Dean wieder besuchen und ihn um Rat fragen darf, vergehen noch anderthalb Wochen. Ich weiß, dass Dean ein Mitspracherecht haben will, wo ich hingehe. Und ich weiß auch, dass er überall seine Augen und Ohren hat. Ihm wird nichts verborgen bleiben.

Ich könnte zu Charlotte ziehen. Aber sie hat sich inzwischen aus der Familie zurückgezogen, nachdem Deans Vater gestorben ist. Als wäre sie vom Radar verschwunden. Manchmal schreibt sie mir Textnachrichten, erkundigt sich nach Gabriel. Aber jedes Mal, wenn ich sie frage, wo sie steckt, antwortet sie nicht mehr.

Oder ich fahre auf das Pferdegestüt, wo sein Bruder Vic völlig abgeschieden vor den Toren von L.A. lebt, seit er als junger Mann nach einer Schießerei im Wachkoma liegt. Aber beides wird Dean nicht gefallen. Er hasst Vic, weil sein älterer Bruder ihm immer im Weg stand, damit er das Familienunternehmen übernehmen konnte. Und nachdem Vic so schwer verletzt wurde, hasst er ihn noch mehr, weil Vic in seinen Augen nur noch „ein Gehirn so dumm wie Blumenkohl" hat und seine Pflege jeden Monat ein Vermögen verschlingt. Charlotte war ihm von Anfang an ein Dorn im Auge, weil er davon überzeugt war, dass sie ihm irgendwann Schwierigkeiten machen würde, obwohl er selbst sie mit seinem Vater bekannt gemacht hat, nachdem er Charlotte vom Drogenstrich geholt hatte. Überraschung: Nicht Charlotte hat ihm Schwierigkeiten gemacht, sondern seine eigene Schwester Lea.

Tja. Und Lea ... Sie wäre jetzt definitiv die richtige Ansprechpartnerin. Aber sie lebt inzwischen am anderen Ende der Welt. Selbst wenn ich wollte, könnte ich keinen Kontakt mit ihr aufnehmen. Außerdem sind wir damals mehr oder weniger im Streit auseinandergegangen. Es scheint mir schwer vorstellbar, dass sie jetzt auch nur einen Finger für mich krumm macht.

Und dann ist da immer noch die Frage, was ich eigentlich will. Sicherheit für meinen Sohn und für mich, klar. Aber was bin ich bereit, dafür zu geben? Will ich wirklich wie Lea und ihr Mann Jax ein Leben in ständiger Angst führen?

Ich hätte genug gegen Dean in der Hand, um ihn bis an sein Lebensende ins Gefängnis zu bringen. Aber ich habe auch ein Kind. Und wenn Gabriel etwas passiert, könnte ich mir das nie verzeihen.

Mein Kind ist seine Geisel, ohne dass er hier ist.

Bevor ich über diesen Umstand zu sehr nachgrübeln kann – was ich übrigens schon oft genug getan habe, nur leider immer mit demselben Ergebnis – höre ich, wie unten jemand das Haus betritt. Sofort springe ich auf und laufe in den Flur.

„Carmen?", rufe ich leise.

„Juno!"

Sie blickt die Treppe hoch. Ich laufe nach unten; einen Moment lang stehen wir voreinander, und wir wissen beide nicht, was wir sagen sollen. Dann nimmt Carmen mich behutsam in den Arm.

„Dios mío, ich habe gedacht, sie bringen dich um."

„Das habe ich auch gedacht", flüstere ich.

Carmen schiebt mich ein Stück von sich weg. „Du bist blass. Hast wenig geschlafen, mh?"

„Und du?" Ich kann mich nicht entscheiden, ob ich lachen oder weinen soll, deshalb mache ich am besten beides. Ich zeige auf das Pflaster an ihrer Stirn. „Hat er dich arg erwischt?"

„Ach was. Das verheilt. Fünf Stiche", fügt sie nicht ohne Stolz hinzu. „Gibt aber keine Narbe. Hat mir dieser süße Arzt in der Notaufnahme versprochen." Ihre Augen blitzen vergnügt, doch genauso schnell wird sie wieder ernst. „Es tut mir leid, dass ich nur einen erwischt habe."

„Also hast du geschossen?" Bis zu diesem Moment schien mir das noch schwer vorstellbar.

„Dachtest du, ich kann meinen Job nicht machen? Ich soll euch doch beschützen. Tut mir leid, dass ich nicht da war", fügt sie hinzu. „Er hat mich auf dem falschen Fuß erwischt."

„Was ist mit der Waffe?", frage ich.

„Was soll damit sein?" Carmen runzelt die Stirn.

„Wo ist sie? Die Cops haben wohl keine gefunden."

„Die gehörte den beiden. Haben sie mitgebracht und derjenige, der mich danach entführt hat, hat sie auch wieder mitgenommen."

Hm. Das klingt alles plausibel, aber zugleich bin ich irgendwie misstrauisch. Vielleicht liegt es an den Fragen, die Case mir gestellt hat. Ich habe jedenfalls nicht das Gefühl, dass sie mir die ganze Geschichte erzählt.

„Ich kümmere mich erst mal ums Essen."

„Das ist nicht nötig", sage ich hastig. „Wir gehen in ein Hotel."

„Zum Essen?"

„Nein." Ich erwidere ihren Blick. „Zum Wohnen."

„Okayyyy …"

„Ich kann hier nicht bleiben. Dieses Haus … Es fühlt sich nicht richtig an." Ich spüre wieder dieses Zittern, das ich schon mehrmals in den letzten Stunden hatte. Bisher ließ es sich immer wieder beruhigen, aber ich weiß, was das ist. Ich bekomme gerade eine ziemlich heftige Panikattacke, wenn ich nicht …

Scheiße.

Das nächste, was ich weiß, ist, wie ich unter der Dusche stehe, in voller Montur, während eiskaltes Wasser auf mich niederprasselt. Carmen steht vor mir, sie hält mich an den Armen fest, damit ich nicht auf den Boden knalle, weil meine Beine zittern wie verrückt. Irgendwo höre ich Gabriel brüllen. Ich bestehe nur aus Angst. Irgendwas passiert mit mir, aber ich kann es nicht in Worte kleiden. Ich kann gar nichts tun außer unkontrolliert schreien.

Das alles … es nimmt mir die Luft zum Atmen. Der Überfall, mein Leben, all diese beschissenen Dinge, die mit mir passieren. Und niemand ist da, der mich einfach mal in den Arm nimmt. Stattdessen werde ich von meinem resoluten Kindermädchen, das Gabriel und mir gestern Nacht das Leben gerettet hat, unter diesen eiskalten Wasserstrahl gehalten. Vermutlich, damit ich wieder zur Vernunft komme.

Was auch funktioniert. Irgendwie schaffe ich es, die Hand zu heben und ihr damit zu signalisieren, dass ich mich soweit beruhigt habe. Carmen dreht das Wasser ab, wirft mir ein Handtuch zu und verlässt das Badezimmer. Ich höre, wie sie beruhigend auf Gabriel einredet, der sich in der Zwischenzeit fast in Rage geschrien hat.

Wie beängstigend das alles für ihn sein muss …

Ich trete aus der Dusche und pelle mich aus den nassen Klamotten. Ich zittere immer noch, aber diesmal ist es nicht der Schock oder die Angstattacke, sondern nur die Kälte. Mühsam schäle ich die Skinnyjeans von meinen Beinen und ziehe das klatschnasse Shirt über den Kopf. In Unterwäsche starre ich in den Spiegel über dem Waschbecken. Ich sehe eine Frau, die mit ihrer Kraft am Ende ist. Alles, was ich in den letzten Wochen und Monaten noch aufbringen konnte, habe ich für Gabriel geopfert. Für ein Mindestmaß an Normalität für meinen Sohn.

Ich erinnere mich wieder an den Tag, als ich ihn geboren habe. An die Nacht davor, in der ich mit Wehen wachlag, während Dean auf irgendeiner Party abhing und vermutlich ein paar Huren bumste. Als er nicht ans Handy ging, obwohl ich es alle fünf Minuten versuchte. Alle fünf Minuten, weil auch die Wehen in diesem Abstand kamen. Irgendwann gab ich auf, rief mir ein Taxi und bestach den Taxifahrer mit zweihundert Dollar, damit er mich ins Krankenhaus brachte. Der hatte ziemlich viel Respekt vor einer Schwangeren in den Wehen und wollte nicht, dass ich ihm die Polster einsaue. Erst mein Versprechen, ich würde für einen eventuellen Schaden aufkommen und die Tatsache, dass ich in einer guten Gegend wohnte, wo Geld kein Problem war, überzeugte ihn.

Dean kam auch nicht, während ich im Kreißsaal meine Runden drehte. Während eine Hebamme mich untersuchte. Während ein Arzt mit mir sprach und eine PDA vorschlug, die ich ablehnte, weil ich den Geburtsschmerz gut aushalten konnte. Ich hatte schon Schlimmeres durchgemacht als das hier.

Die Geburt verlief dann auch so, wie man sich eine Traumgeburt vorstellt: schnell, relativ schmerzarm, ruhig. Ich war der Hebamme dankbar, die in diesen Stunden nicht von meiner Seite wich. Auch der Arzt, der mir nach der Geburt gratulierte, lobte mich. Und dann, als mir der Säugling auf den Bauch gelegt wurde, noch ganz glitschig und sehr warm, wo er sofort von einem fuchsiafarbenen Handtuch abgedeckt wurde und mich aus großen Augen anstarrte, passierte das, was ich unter allen Umständen verhindern wollte.

Ich verliebte mich unrettbar in dieses Menschenkind.

Die Schwangerschaft war ebenso wenig geplant wie diese Liebe für meinen Sohn. Ich hatte mir sogar während der Schwangerschaft eingeredet, dass er mir gleichgültig sein würde. Dass ich mein Leben nicht nach seinen Wünschen und Bedürfnissen ausrichten und ihn nicht über alles stellen würde. Tja. Da habe ich die Rechnung nicht mit der Biologie gemacht. Die ist nämlich eine Bitch, wenn es darum geht, die Liebe einer Mutter zu ihrem Kind zu festigen.

Die Hebamme fragte mich, ob ich den Kleinen stillen wollte, und ehe ich mich versah, suchte dieser kleine Knospenmund nach meiner Brustwarze und saugte sich dort fest. Das Bonding nahm seinen Lauf, und als eine Stunde später Dean in das Zimmer der Wöchnerinnenstation stolperte, in dem ich mit Gabriel im Arm lag, starrte er mich nur an und sagte dann: „Was für eine Nacht."

Spätestens da begriff ich, dass er und ich nicht nur aus zwei unterschiedlichen Welten stammten, sondern von zwei unterschiedlichen Planeten.

Dean stank nach Schnaps, Kippen und den Mösen anderer Frauen, als er unseren Sohn das erste Mal im Arm hielt. Am liebsten hätte ich ihm Gabriel aus den Armen gerissen, aber ich war müde. Und ich hoffte wohl immer noch in einem kleinen Winkel meines Herzens, dass dieser kleine Junge den Mann ändern könnte, von dem so viel Dunkelheit und Gewalt ausging.

Ich habe mich geirrt.

Ich reiße mich von meinem Spiegelbild los, streife auch die Unterwäsche ab, die Case mir heute Nacht zugeworfen hat und gehe nackt ins Schlafzimmer. Von unten höre ich Carmen, die Gabriel irgendwelche spanischen Kinderlieder vorsingt.

Ich stehe vor meiner Kommode und wähle möglichst schlichte Wäsche aus. Ich möchte nicht mehr diese teuren Kreationen aus Seide und Spitze auf meiner Haut spüren. Das bin ich nie gewesen und will ich auch nie wieder sein.

Aus dem Schrank ziehe ich eine Jeans und ein T-Shirt mit einem Totenkopf aus Pailletten. Auf nackten Füßen laufe ich nach unten und will mich gerade zu Carmen und Gabriel ins Wohnzimmer gesellen. Eine halbe Stunde unbeschwertes Spiel für meinen Sohn, bevor ich unseren Koffer packe.

Doch als ich an der Haustür vorbeikomme, sehe ich ihn. Case Lincoln steht auf der anderen Straßenseite und spricht in sein Handy.

Fuck. Was hat er schon wieder hier zu suchen?

Sein Anblick lässt mich erbeben. Ich bin wütend, weil er sich in mein Herz schleicht und ich kein Mittel dagegen finde. Ich bin aber auch wütend, weil ich ganz genau weiß, dass er mich überführen will. Er glaubt, ich habe mich ebenso schuldig gemacht wie Dean. Und darum muss ich bestraft werden. Er hasst mich, davon bin ich überzeugt.

Ich reiße die Haustür auf und stürme auf das Tor zu. Mit einem Knopfdruck gleitet es lautlos auf, und ich renne auf ihn zu.

„Verschwinden Sie!", fauche ich ihn an.

Er lässt überrascht das Handy sinken und will gerade etwas sagen, doch ich schlage nach seiner Hand, und das Handy fliegt im hohen Bogen auf den Gehsteig, wo es mit einem lauten Klappern landet. Aus dem Lautsprecher dringt eine Frauenstimme, aber das ist mir egal.

Er soll verdammt noch mal verschwinden!

Case Lincoln hebt die Hände. Als würde er versuchen, ein wildes Pferd zu zähmen. Vielleicht habe ich gerade auch wie eines geschnaubt. Ich bin wirklich extrem wütend auf ihn und diese Selbstverständlichkeit, mit der er vor mir steht.

„Mrs. Tevez ..."

„Hauen Sie schon ab! Was wollen Sie noch hier? Reicht Ihnen denn nicht, dass mein Leben ohnehin schon aus den Fugen geraten ist? Müssen Sie dann wieder hier auftauchen? Was machen Sie überhaupt hier? Wollen Sie mich festnehmen? Hier!", rufe ich, halte ihm meine Hände entgegen, die Handgelenke nackt und schmal. Zerbrechlich. Ich sehe selbst, wie zerbrechlich ich bin. Meine Haare sind noch nass, ich trage Klamotten, die viel zu groß an mir sind.

Ich esse nicht genug. Schon seit Wochen. Und man sieht es meinem Körper allmählich an.

„Bitte beruhigen Sie sich, Mrs. Tevez."

Aber ich will mich nicht beruhigen.

Da macht Case etwas, das sich für mich extrem verstörend anfühlt. Er macht einen Schritt auf mich zu. Ich lasse die Hände sinken, denn sonst hätte ich ihn unweigerlich berührt. Wir stehen so dicht voreinander, dass es schon fast unangenehm ist. Case macht noch einen Schritt, und jetzt glaube ich, seine Körperwärme zu spüren. Immer noch dringt die Frauenstimme aus dem Handy (das also nicht komplett schrott ist, immerhin), doch er ignoriert sie ebenso wie alles andere um uns herum.

Und auch für mich gibt es plötzlich nur noch diesen Mann. Seine Körperwärme, die mich zu umhüllen scheint. Seine Hand berührt ganz sacht mein Handgelenk, und ich wäre am liebsten aus der Haut gefahren, weil diese Berührung mich elektrisiert.

„Juno", flüstert er. „Hör mir zu."

Ich blicke zu ihm auf. „Was tust du mit mir?", höre ich mich fragen. „Bitte, ich … Ich will doch nur meine Ruhe habe."

Ich versuche, mich zu wehren. Gegen seine Berührung. Seine Worte, die mich irgendwo tief in meinem Innern berühren. Er macht nichts. Er hält mich nicht fest, nur seine Finger streicheln mein Handgelenk, sein Blick geht über meinen Kopf hinweg zum Haus, während seine Worte leise in meinen Verstand eindringen, wo ich versuche, sie zu fassen.

„Wir haben etwas herausgefunden, Juno. Über die beiden Männer, die heute Nacht bei euch waren. Und ich kann dir jetzt nicht mehr sagen, außer dass die Gefahr noch nicht vorbei ist. Ich kann auch nicht mit einem Dutzend Kollegen hier auflaufen, die dir die ganze Geschichte bestätigen. Im Moment weiß nur mein Partner Bruce davon. Und das auch nur, weil ich ihm absolut vertraue. Alle anderen dürfen nichts davon erfahren."

Ich blicke zu ihm hoch, doch er meidet Blickkontakt.

„Was ist da los, Case?", hauche ich.

„Ich kann es dir nicht erklären. Noch nicht. Aber ihr seid in großer Gefahr. Du und auch dein Sohn. Wir müssen euch irgendwie in Sicherheit bringen."

In Sicherheit. Fast hätte ich gelacht. Sicherheit ist ein trügerisches Gefühl. So viel habe ich inzwischen begriffen.

„Wohin?"

„Das weiß ich noch nicht. Ihr müsst untertauchen." Er zögert, bevor er das Folgende sagt. Als wüsste er ganz genau, dass er mir damit das Herz bricht. „Zu eurer Sicherheit müssen wir euch trennen. Deinen Sohn und dich."

„Nein", flüstere ich. Alles in mir wehrt sich gegen seine Worte. „Das könnt ihr nicht machen."

Er sieht mich endlich an. Sein Blick ist schwer zu deuten, aber ich sehe in diesen dunkelblauen Augen eine Antwort, die ich gar nicht hören will. „Das müssen wir tun, Juno. Oder willst du, dass er stirbt?"

10

Case

Zwei Stunden zuvor

„Sieh dir das an."

Bruce kommt an meinen Schreibtisch. Er hat einen Computerausdruck in der Hand.

„Was ist das?", frage ich.

„Ein Abgleich der Fingerabdrücke vom Tatort."

Ich nehme den Zettel und studiere ihn lange. Dann hebe ich den Blick.

„Das ist nicht gut, Case", sagt mein bester Freund und Kollege Bruce, den so leicht nichts aus der Ruhe bringt.

„Nein", sage ich. „Das ist ganz und gar nicht gut."

Ich nehme Schlüssel, Handy und Dienstmarke aus der obersten Schublade meines Schreibtischs und stehe auf.

„Wo willst du hin?", ruft Bruce mir nach.

Juno und ihren Sohn holen.

Aber das sage ich nicht laut, denn selbst beim FBI könnten die Wände Ohren haben.

Ich sitze bei Juno im Wohnzimmer. Sie hat ihren kleinen Jungen auf den Schoß gezogen und ihr Kindermädchen in die Küche geschickt, damit sie Kaffee kocht. Carmen Suárez sieht nicht aus, als hätte die nächtliche Episode sie besonders erschüttert.

„Sie ist Ihr Bodyguard", mutmaße ich daher.

Juno zuckt mit den Schultern. „War nötig, oder?"

„Vertrauen Sie ihr?"

„Uneingeschränkt. Wem sollte ich sonst vertrauen, wenn nicht der Frau, die gestern Nacht für uns ihr Leben aufs Spiel gesetzt hat?"

Sie hat recht. Aber sie kennt noch gar nicht das Ausmaß der Katastrophe. Ich warte, bis Carmen mit drei Kaffeetassen und einem Trinkbecher mit Kakao auf einem Tablett zurück ist, bevor ich das Wort ergreife.

„Seit ungefähr einem Jahr wissen wir, dass es beim FBI oder beim LAPD einen Maulwurf gibt", sage ich.

„Was für eine Überraschung", murmelt Juno. Der kleine Junge rutscht von ihrem Schoß und nimmt sich einen Schokokeks aus der Schüssel.

„Nur einen?", fragt Carmen Suárez angriffslustig.

„Ich verstehe Ihren Ärger. Der Abgleich der Fingerabdrücke vom Tatort hat ergeben, dass die beiden Männer keine Unbekannten für uns waren. Sie stehen im Verdacht, mit diesem Maulwurf zu kooperieren."

Ich starre auf den Blutfleck, der auf dem Teppich noch zu sehen ist. Die ganze Situation ist hochgradig unangenehm, aber ich kann sie Juno nicht ersparen.

„Sie meinen, dieser *Maulwurf* liefert Informationen an … ja, an wen?"

„Das wissen wir nicht. Vermutlich an ein anderes Drogenkartell, das jetzt Sie und Ihren Sohn aus dem Weg räumen will."

Unwillkürlich greift Juno nach dem Kind und zieht es wieder auf ihren Schoß.

„Die sollen ruhig noch mal kommen", meldet sich das Kindermädchen zu Wort.

„Bitte, Carmen. Das bringt uns nicht weiter." An mich gewandt fragt Juno: „Und warum meinen Sie, dass wir untertauchen müssen?"

„Wir ermitteln mit Hochdruck, aber wir können aktuell nicht für Ihre Sicherheit garantieren. Selbst wenn wir eine Streife vor Ihrem Haus platzieren ..."

„Ist doch logisch", fällt Carmen Suárez mir ins Wort, und ich starre sie finster an. „Wenn sich der Maulwurf für deine Überwachung einteilen lässt, könntest du ihn sogar zum Kaffee reinbitten und er hätte dann leichtes Spiel. Bumm, Ende der Geschichte."

„So ungefähr. Ich bin einfach um Ihre Sicherheit besorgt, Juno."

Carmen schnaubt.

Juno aber sieht mich an. Sie wirkt nachdenklich. „Sie sagten vorhin, es sei besser, wenn Sie Gabriel und mich trennen. Warum?"

„Eine junge Frau mit kleinem Sohn ist schwerer zu verstecken als eine alleinstehende junge Frau. Wir könnten Gabriel derweil bei ihrer Stiefmutter oder bei Ihrem Schwager unterbringen lassen."

„Nein", sagt sie hastig. „Lassen Sie Charlotte und Vic aus dem Spiel. Außerdem – wer sagt denn, dass die nicht Gabriel entführen und als Druckmittel benutzen, wenn sich das FBI um seine Sicherheit kümmert? Sie haben schließlich einen *Maulwurf*."

Sie sagt das so verächtlich, als wäre das alles nur ein schlechter Scherz.

„Was schlagen Sie dann vor?"

„Ich nehme ihn." Carmen richtete sich auf. „Und dann tauche ich mit ihm unter. Wir könnten über die Grenze und ..."

„Nein!", ruft Juno. Sie drückt ihr Gesicht in den dunklen Lockenkopf des Jungen. „Nicht über die Grenze. Das darfst du mir nicht antun, Carmen!" Ihr Blick geht flehend zwischen Carmen Suárez und mir hin und her.

Ich halte die Idee mit Mexiko allerdings für keine so schlechte. „Sie könnte ihn als ihr Kind ausgeben. Niemand wird Verdacht schöpfen, wenn eine Mexikanerin, die seit vielen Jahren in den USA lebt, zu ihrer Familie fährt und ihren kleinen Sohn dabei hat."

„Verstehen Sie denn nicht?", ruft Juno. „Wenn ich ihn hergebe, wird es sein, als hätte es ihn nie gegeben …"

„Ich passe auf ihn auf", versichert Carmen. „Als wäre er mein eigen Fleisch und Blut, so werde ich ihn beschützen. Und ich schicke dir Fotos, so oft es geht."

Letzteres wird nicht möglich sein, um ihrer eigenen Sicherheit willen. Aber ich bringe es nicht übers Herz, den beiden Frauen schon jetzt dieses Detail unseres Fluchtplans zu offenbaren.

Wenn wir überhaupt einen Plan hätten. Bisher habe ich nur diesen Wunsch, Juno aus der Gefahrenzone zu bringen. Es ist gegen alle Regeln, denen ich mich beim FBI sonst mehr oder weniger gehorsam unterwerfe. Aber Bruce und ich haben sofort gewusst, dass wir nicht tatenlos zusehen dürfen, während der Verräter in unseren eigenen Reihen weiter darauf hinarbeitet, dass Dean Tevez der gerechten Bestrafung entgeht.

Was ich mich frage: Was hat derjenige davon, wenn Juno Tevez verschwindet? Was bringt es, wenn es aussieht, als wäre sie bei einem missglückten Raubüberfall erschossen worden?

Und an diesem Punkt meiner Überlegung musste ich dann meine Meinung über Juno Tevez revidieren. Bisher bin ich davon ausgegangen, dass sie mehr weiß, als gut für sie ist. Inzwischen bin ich überzeugt, dass sie so viel weiß, dass sie für Dean Tevez gefährlich werden könnte. Und weil Dean Tevez im Knast sitzt, wo sie ihn höchstens einmal in der Woche besucht, ist dieser Kontrollfreak darum bemüht, sie im Auge zu behalten. Und irgendwie hat er Verbindung zu dem Maulwurf aufgenommen. Haben die beiden schon vorher gemeinsame Sache gemacht? Es gibt einige unerklärliche Vorfälle beim FBI, die in das Schema passen würden. Ein Verräter in unseren Reihen, der Dean Tevez mit Informationen versorgt. Der außerdem ein paar Leute an seiner Seite hat, die für ihn die Drecksarbeit erledigen. Wie die beiden Unglücksraben, die heute Nacht den fatalen Fehler begingen, sich mit Carmen Suárez anzulegen und sie zu unterschätzen.

So weit jedenfalls ist alles klar. Juno Tevez ist für ihren Ehemann eine Gefahr. Keine Ahnung, ob sie das weiß. Ich vermute, dass sie keine Ahnung davon hat.

Mein Beschützerinstinkt ist geweckt. Und das nicht nur, weil sie mich aus großen, blauen Augen ansieht. Gerade so, als wüsste sie nicht, was sie tun soll. Dabei war sie bisher selten um eine Antwort verlegen.

„Wir müssen an Ihre Sicherheit denken", sage ich sanft. Ich beuge mich vor und nehme Junos Hand, die eiskalt ist. Sie sieht meine Hände an, zieht ihre aber nicht zurück. „Lassen Sie Gabriel mit Carmen gehen. Niemand hat ein Interesse daran, dass dem Jungen etwas passiert. Er wird in Sicherheit sein, solange er nicht bei Ihnen ist."

Juno schluckt schwer. Sie kämpft sichtlich mit den Tränen. Ich verstehe sie, zumindest glaube ich das. Ich weiß nicht, wie es ist, wenn man ein Kind hat.

„Es ist nur …" Sie holt tief Luft und wendet sich an Carmen. „Kannst du Gabriel nehmen und uns einen Moment allein lassen? Und … pack seine Sachen."

„Natürlich. Komm, kleiner Mann." Carmen breitet die Arme aus, und Gabriel fliegt förmlich in ihre Umarmung. Während sie ihn aus dem Wohnzimmer trägt, höre ich, wie sie ihn fragt, ob er mit ihr einen Ausflug machen möchte.

Juno starrt immer noch auf den Blutfleck.

„Dieses Haus …", sagt sie endlich.

„Was ist damit?"

„Ich dachte damals, als ich einzog, dass ich es nicht lebend wieder verlassen werde. Irgendwas Dunkles umgab es. Jetzt weiß ich, was es war." Sie zeigt auf das Blut.

„Sie müssen auch ihre Sachen packen, Juno."

Ich will sie nicht drängen, aber ich habe das Gefühl, dass im Moment jede Sekunde zählt.

Sie blickt auf. „Bleiben Sie bei mir, Case? Sie werden mich doch nicht in irgendeinem Safehaus abladen und dann wieder verschwinden, oder?"

Ich zögere. Natürlich kann ich nicht überall gleichzeitig sein, und es gibt Arbeit, die erledigt werden muss. Aber ich verstehe ihre Sorge.

„Ich bleibe bei Ihnen, wenn Sie das möchten."

Wir haben uns wieder voneinander entfernt, und diese Distanz fühlt sich falsch an. Vorhin vor ihrem Haus, als ich ihre Hand nahm und so vertraut auf sie einredete, als würden wir uns schon seit Jahren kennen, als sie mir so nah war … Da habe auch ich etwas gespürt. Nichts Dunkles. Etwas Helles, das ich mir nicht erklären konnte. Es ging über die körperliche Anziehung hinaus, die ich ganz eindeutig auch für sie empfinde.

Ob sie das auch spürt?

Ihre nächsten Worte berühren mich sehr.

„Lass mich nicht allein", flüstert sie. „Bitte, Case. Ich ertrage es nicht, wenn ich allein bleiben muss."

Sie spürt es auch.

In diesem Moment weiß ich, dass ich für Juno Tevez mein Leben opfern würde.

Los Angeles ist mit über achtzehn Millionen Einwohnern und einer Fläche, die einem der Neuenglandstaaten entspricht, nicht nur riesig, sondern auch dicht besiedelt. Dennoch gibt es Countys, in denen die Wüste vorherrscht und kaum Besiedlung herrscht; Riverside zum Beispiel.

Wo soll man eine Frau verstecken, die niemand finden darf?

Ich habe mir vorher keinen Plan zurechtgelegt. Dabei bin ich unter normalen Umständen gut darin, etwas zu planen und diesen Plan dann auch auszuführen. Aber in diesem Fall bin ich einfach ratlos.

Während Juno oben in ihrem Schlafzimmer ist und packt, rufe ich Bruce an.

„Das Küken ist ausgeflogen", melde ich.

Bruce lacht gutmütig. „Dann ist ja gut", sagt er. „Was passiert mit dem Adler?"

Der Adler – das ist Juno.

„Keine Ahnung. Irgendwelche Ideen?"

„Du könntest sie in einem Motel an einem Highway unterbringen und vierundzwanzig Stunden am Tag überwachen", schlägt Bruce vor. „Bloß dass du dann keine Arbeit mehr hier schaffst, und wir brauchen dich, Bro."

„Ist mir klar, Bro."

Wir lachen etwas verhalten. Die ganze Situation ist absurd. Wir handeln, ohne dass unser Vorgesetzter davon weiß. Weil wir meinem Instinkt folgen.

„Ich kann sie auch zu Kim bringen", schlage ich vor.

„Dort würde aber jeder zuerst suchen, sobald rauskommt, dass du ihr beim Untertauchen geholfen hast."

„Oder auch nicht."

Wir schweigen beide. Ich höre oben Türen knallen. Dann ihre Schritte auf der Treppe. Darum ziehe ich mich in die Küche zurück.

„Tja, irgendwo müsst ihr euch ja verstecken." Bruce klingt so ratlos wie ich mich fühle.

„Ich habe auch schon eine Idee", sage ich.

Bevor Bruce fragen kann, lege ich auf.

„Und?" Juno taucht in der Tür auf. „Wohin bringen Sie mich jetzt?"

„Wann haben Sie zuletzt das Meer gesehen?"

11

Juno

Das Meer habe ich vor Jahren das letzte Mal gesehen. Los Angeles liegt direkt am Meer. Die Strände von Malibu, Santa Monica, der Santa Monica Pier – all das liegt direkt vor meiner Haustür. Trotzdem kann ich mich nicht erinnern, wann genau ich das letzte Mal dort war.

Und je länger ich darüber nachdenke, umso mehr bin ich davon überzeugt, dass es mit Chrissa gewesen ist. Damals war ich sechzehn, das erste Mal unglücklich verliebt in einen Jungen an der Highschool. Er war ein Footballtalent von der allerbesten Güte – nicht als Quarterback, sondern als Runningback. Und rennen konnte er. Kaum hatte er mit mir geschlafen, suchte er das Weite. Für mein sechzehnjähriges Ich war es eine echt bittere Erfahrung, als ich feststellen musste, dass ich für Randy nur eine unter vielen war. Um diesen Kummer zu lindern und weil sie überzeugt war, dass das Meer alles heilen konnte, nahm Chrissa mich mit zum Santa Monica Pier.

Als ich heute auf dem Weg zum Meer bin, ist mein Herz auch schwer. Ich habe mich von Gabriel verabschiedet und weiß nicht, wann ich meinen kleinen Jungen wieder in die

Arme schließen darf. In diesem Alter passiert so viel, ich werde bestimmt irgendeinen bahnbrechenden Entwicklungsschritt verpassen. Aber Case Lincoln hat Recht – es geht um sein Leben. Und bei Carmen ist er sicher. Sie wird mit ihm nach Mexiko reisen, und sobald die Aufregung sich gelegt hat, bin ich zurück bei ihm.

Aber bis es soweit ist, möchte ich mich am liebsten einigeln.

„Es wird Ihnen gefallen."

Case Lincoln wahrt wieder professionelle Distanz, und dafür bin ich ihm dankbar. Wir haben auf dem Weg hierher nicht viel geredet, und als er jetzt den Wagen vor einem Strandhaus parkt, starre ich nur auf das Gebäude, als könne ich nicht glauben, dass es hier steht.

Wir sind nicht, wie ich vermutet habe, aus der Stadt gefahren. Richtung Norden zum Beispiel, wo die Küsten steil sind und sich einige Nationalparks erstrecken. Da draußen im Nirgendwo müsste es doch ein gottverlassenes Motel geben, in dem man den Laken auf den Matratzen ansieht, wer in den letzten vierzig Jahren dort was genau getrieben hat und die dunkelgrünen Kacheln im Badezimmer den schwarzen Schimmel in den Fugen nicht kaschieren können. Stattdessen hält sein Wagen vor einem Strandhaus in Santa Monica. An einem Strandabschnitt, der etwas ruhiger und nicht so touristisch geprägt ist. Es sieht aus, als wären die Häuser, die sich direkt am Strand wie an einer Perlenschnur aufgereiht erstrecken, in Privatbesitz. Nicht übermäßig groß, aber vermutlich kaum zu bezahlen für einen Cop.

„Was ist das?", frage ich.

„Das ist Ihr neues Domizil."

Er steigt aus, und nach kurzem Zögern folge ich ihm.

„Was ist das?", wiederhole ich meine Frage.

Er schließt die Tür auf und blickt kurz über die Schulter.

„Das", sagt er, „war bis vor kurzem das Domizil eines Verbrechers. Keine Angst, hier ist niemand gestorben." Case öffnet die Tür und schaltet die Alarmanlage aus, bevor er eine einladende Geste macht. „Und der Verbrecher war auch kein Mörder."

„Sondern?" Ich nähere mich misstrauisch. Aber der Blick ins Innere des Hauses lässt mich meine Vorsicht vergessen. „Wow", hauche ich.

Case lässt mir den Vortritt. Ich durchquere den kleinen Flur, der direkt in einen großen, modern eingerichteten Wohnraum übergeht. Eine riesige Fensterfront zeigt den Strand und dahinter das Meer. Auf der Veranda stehen zwei Liegestühle nebeneinander, dem Sonnenuntergang zugewandt. Alles ist hell und modern. Links führt eine Glastreppe ins Obergeschoss, rechts gibt es eine offene Küche mit Frühstückstheke, Granitarbeitsplatte und Schränken mit Rauchglasfronten.

„Okay, wenn das FBI solche Safehäuser unterhält, könnte ich mich dran gewöhnen, von Ihnen beschützt zu werden."

„Es ist kein offizielles Safehaus. Zumindest taucht es in keiner Liste auf."

Ich runzle die Stirn.

„Aber ich dachte ..."

„Sie müssen nicht alles wissen. Gefällt es Ihnen?"

Schnapp, schon ist er verschlossen wie eine Auster. Interessant. Ich trete auf die Veranda. Anders als vorhin vor dem Haus kann ich hier draußen das Meer riechen. Der Pazifik brandet gegen den Strand, und es dauert einen Moment, bis ich diesen Anblick in mich aufgenommen habe. Bis ich ihn verinnerlicht habe.

„Fuck, ist das schön hier", murmele ich.

„Ich kann nicht die ganze Zeit bei Ihnen bleiben." Er steht neben mir, und wie durch Zufall berühren sich wieder unsere Hände. Ich zucke zurück, bemerke sein Lächeln.

Er hat es drauf angelegt, denke ich.

Kurz schießt mir ein Gedanke durch den Kopf: Was ist, wenn es die von ihm beschriebene Gefahr gar nicht gibt? Wenn er das alles inszeniert hat, damit er mich aus meinem Haus holen, von meinem Sohn trennen und hier isoliert halten kann, weil er ...

Weil er mich will, so wie ich ihn will.

Der Gedanke verstört mich. Ich ziehe meine Hand zurück, verschränke die Arme vor der Brust und nicke zum Strand.

„Ich habe leider keinen Badeanzug eingepackt."

„Nackt baden ist keine Option?"

Wieder dieses Lachen im Blick, wieder diese Hand, die nach meiner tastet. Aber ich bin vorbereitet und mache einen Schritt nach vorn. Weg von ihm, hin zum Meer.

„Wie geht es jetzt weiter?"

Verdammt. Ich darf mich nicht zu irgendwas hinreißen lassen. Auch wenn ich mich emotional nicht mehr an Dean gebunden fühle, bin ich immer noch mit ihm verheiratet. Und sollte er erfahren, dass ich ihm untreu bin …

Siedend heiß fällt mir etwas ein.

„Ich muss ins Gefängnis", sage ich.

„Jetzt sofort?", fragt Case.

„Nein. Aber einmal pro Woche muss ich zu Dean. Spätestens alle zwei Wochen. Sonst wird er misstrauisch. Oder schlimmer."

Ich drehe mich zu ihm um. Case hat die Stirn gerunzelt.

„Das kann Ihnen doch egal sein. Was soll er denn machen?"

„Was er machen soll? Mir zum Beispiel einen Killer auf den Hals jagen, so wie letzte Nacht?"

Er schweigt betreten. Ich nutze dieses Schweigen und betrachte ihn ausgiebig.

Wenn mir nur irgendjemand garantieren könnte, dass Dean verurteilt wird. Dass er mich nie wieder in die Hände bekommt. Dann … Ja. Dann würde ich aussagen.

So beschränkt sich meine Mithilfe darauf, dass ich ihn ans Messer geliefert habe. Ich habe das nur unter der Bedingung getan, dass niemand etwas davon erfährt. Das LAPD bekam damals von mir die Aussage, aber nur unter der Bedingung, dass sie nicht vor Gericht verwendet wird. Sie müssen ihn anders kriegen. Indizien.

Offensichtlich haben sie genug Indizien, denn nachdem ich

meine Aussage gemacht habe, dauerte es nur zwei Wochen, bis er, kaum einigermaßen von den Schussverletzungen genesen, festgenommen wurde. Vielleicht brauchten sie meinen Hinweis, um in die richtige Richtung zu ermitteln. Spuren so zu deuten, dass sie passten.

„Was kann ich tun?", frage ich leise. „Damit mein Mann nie mehr freikommt?"

„Sie könnten vollumfänglich kooperieren, Mrs. Tevez. Aber das werden Sie nicht, stimmt's? Das haben Sie die ganze Zeit nicht vorgehabt." Case dreht sich um und geht zurück zum Haus.

Es fühlt sich an, als wäre meine Weigerung für ihn eine persönliche Niederlage.

Ich folge ihm ins Haus. Case geht in die Küche, öffnet den Kühlschrank und nimmt zwei kleine Wasserflaschen heraus, von denen er eine über die Theke in meine Richtung schiebt. Ich nehme sie und trinke durstig.

Vollumfänglich kooperieren.

Es klingt zu schön, um wahr zu sein. Wenn ich alles preisgebe, was ich weiß … *Wenn* ich also gegen Dean aussage, *wenn* ich das, was ich über sein Drogennetzwerk in Erfahrung bringen konnte, gegen ihn verwende, *wenn* ich vor Gericht erzähle, was er mir angetan hat … Ja, was dann?

Dann hat er immer noch eine ganze Horde Anwälte, die ihn rausholen wollen. Und falls ihnen das gelingt, blüht mir dasselbe Schicksal wie Chrissa. Oder der Nutte, die man in einem Müllcontainer gefunden hat.

Und was wird dann aus Gabriel? Wird Dean ihn großziehen? Wird er ihm die ganze Zeit sein Gift einträufeln, ihm von seiner Mutter erzählen, die ihn so früh „verlassen" hat? Dean ist geschickt in so etwas. Er könnte meinem Sohn einreden, dass ich an meiner Ermordung selbst schuld sei.

Ich kann das nicht tun.

Und das sage ich ihm auch. Ich stehe in diesem wunderschönen Haus, in dem ich die nächsten Tage verbringen werde, ich sehe diesen wahnsinnig attraktiven Mann an, der in mir ein Feuer entfacht, das ich mit allen Mitteln unterdrücken will – und muss ihm erklären, dass ich, egal was er tut, meinen Mann niemals verraten werde.

„Es tut mir leid", sage ich nur.

An seinem Blick erkenne ich, dass das nicht reicht.

Ich stehe einfach da und sehe ihn an.

Case schraubt seine Flasche zu, stellt sie auf den Tresen und tritt aus der Küche. Er steht jetzt wieder direkt vor mir, so wie er es vorhin in meiner Einfahrt getan hat. Ich spüre seinen Atem. Seine Körperwärme. Mein Bauch kribbelt, etwas zieht sich schmerzhaft in meinem Innern zusammen. Ich weiß, dass ich das, was jetzt passieren wird, bereuen werde. Ich weiß es, aber ich tue nichts dagegen.

Weglaufen wäre eine Option.

Stattdessen blicke ich zu ihm auf. Seine dunkelblauen Augen sind fast schwarz, und als er die Hand hebt und eine widerspenstige Locke aus meiner Stirn streicht, stockt mir der Atem.

Tu es endlich. Küss mich, Case.

Aber er gibt sich einen Ruck, und dieser magische Moment ist vorbei. Dieser winzige Augenblick, in dem ich ihm alles von mir gegeben hätte. Ihm alles versprochen hätte, wenn er mich nur küsst.

„Okay. Dann nicht. Bleiben Sie bis heute Abend hier. Gehen Sie nicht vor die Tür, auch nicht auf die Veranda. Ich bringe was zu essen mit. Benutzen Sie Ihr Handy nicht. Schalten Sie es am besten aus."

„Das klingt nach einem wahnsinnig aufregenden Tag", bemerke ich. „Kein Handy, kein Strand, gar nichts."

„Fernsehen können Sie, wenn Sie wollen." Er nickt zu der Sitzgarnitur und dem riesigen Flachbildschirm, der an der Wand festgedübelt ist. „Dreihundert Kabelkanäle und Netflix sollten für den Anfang reichen."

Ich lächle schwach. „Sollten sie, ja."

„Kommen Sie so lange ohne mich aus?" Er schaut auf die Uhr. „In vier Stunden bin ich zurück."

Ich nicke. „Klar."

Aber mein Herz bebt, und als ich ihm nachblicke, wie er aus dem Haus geht, schreit alles in mir nach ihm. Ich will ihn. So sehr, dass ich gerade fast alles verraten hätte, was mir wichtig ist.

12

Case

Als ich in die Tiefgarage des FBI-Gebäudes fahre, klingelt mein Handy. Ich gehe ran.

„Wo steckst du, Bro?", brüllt er.

„Bin schon im Landeanflug. Was gibt's?"

„Hier ist die Kacke am Dampfen. Irgendwer hat dem Chef gesteckt, dass du grad dein eigenes Ding machst."

Ich fluche. Das hat ja mal lange vorgehalten, dass wir in aller Ruhe unsere Ermittlungen weiterführen.

„Wer hat da gepetzt?"

„Ich war's nicht. Keine Ahnung, was da los ist, aber Natasha schleicht im Moment viel herum, statt an ihrem Schreibtisch zu sitzen und ihren Job zu machen."

Ausgerechnet Natasha. „Ich rede mit ihr", sage ich.

„Mit dem Chef auch?"

„Mit dem auch. Gibt es was Neues von der Autopsie?"

„Nichts, außer dass unser Toter meisterhaft hingerichtet wurde. Aber das wussten wir schon vorher, dafür hätte ich keinen Gerichtsmediziner gebraucht."

Das stimmt. Die Spuren am Tatort sind eindeutig.

„Wir sehen uns, Bro." Ich beende das Gespräch, stelle meinen Sportwagen auf den reservierten Parkplatz und jogge Richtung Treppenhaus.

Drei Minuten später klopfe ich an die Bürotür unseres Chefs, der eigentlich eine Chefin ist. Janin Rodriguez ist Anfang vierzig und hat sich in den vergangenen Jahren geschickt an die Spitze unserer Abteilung manövriert. Zuletzt hat sie es geschafft, mich auszubooten, weil sie mit dem Argument, es sei noch nie eine Frau an der Spitze einer so großen Abteilung gewesen und sie wäre ja genauso qualifiziert wie ich, die Schlipsträger aus der Verwaltung auf ihre Seite geholt hat. Ich könnte sauer auf sie sein, aber das Ganze liegt ja bereits ein halbes Jahr zurück. Und ich mag meinen Job eigentlich ganz gern. Nicht so viel Papierkram.

Finanziell natürlich nicht ganz so attraktiv, aber für das Finanzielle habe ich ja Kim.

„Du wolltest mich sprechen?"

Janin sitzt an ihrem Schreibtisch und tippt gerade etwas in den Computer. Das meine ich: Wenn man eine Abteilung leitet, ist man nicht mehr draußen im Feld, sondern sitzt sich im Warmen den Hintern platt und muss ständig Berichte tippen oder sich mit irgendwelchen wichtigen Leuten treffen, die für jeden noch so kleinen Schritt eine Rechtfertigung verlangen – vor allem dann, wenn etwas schief läuft.

Die Sache mit dem Tevez-Clan droht schon länger völlig aus dem Ruder zu laufen. Bisher hat Janin mir freie Hand gelassen. Ich ahne, dass es damit jetzt vorbei sein könnte.

Dumm nur, dass ich bereits Schritte unternommen habe, die weit über eine freie Hand hinausgehen.

„Gut, dass du da bist, Case." Sie steht auf, umrundet den Schreibtisch und gibt mir einen Handschlag. Ihr Händedruck ist kräftig, was man so einem kleinen Persönchen gar nicht zutraut.

„Setzen wir uns kurz zusammen und du berichtest mir, wie die Lage ist?"

„Okay."

Wir setzen uns, und erwartungsvoll mustert Janin mich. Sie

ist auf eine herbe Art hübsch, etwas zu gebräunt, weshalb sie erste Falten bekommt. Die blonden Haare ergrauen langsam, und erstaunlicherweise tut sie nichts dagegen. Meine Bewunderung ist ihr sicher; in L.A. ist es wichtig, den Schein zu wahren. Sie pfeift drauf.

„Was ist da heute Nacht in der Tevez-Villa passiert?", will sie wissen.

„Ein Einbruch. Einer der Eindringlinge wurde erschossen, der andere entkam mit dem Kindermädchen als Geisel. Später hat er sie wieder laufen lassen."

„Du warst als Erster vor Ort?"

„Ja."

„Wie kam es dazu?"

Ich rutsche auf dem Sofa herum. Schon hat sie mich in eine Ecke gedrängt.

„Mrs. Tevez hat mich angerufen."

„Und wann war das?"

Ich schweige. Dabei weiß ich, dass sie es schon weiß.

„Okay, Case. Ich mache es kurz. Ich weiß, dass du von ihr informiert wurdest. Dass du direkt zu ihr gefahren bist und erst nach deinem Eintreffen dort die Zentrale informiert und den Notruf gewählt hast. Mich würde nur interessieren, warum du das getan hast."

„Wir vermuten einen Maulwurf bei uns."

Sie ist überrascht. „Das … wusste ich nicht."

Ich zucke mit den Schultern. „Bisher wollten Bruce und ich auch niemanden ins Vertrauen ziehen. Weil jeder der Maulwurf sein könnte."

„Auch ich."

„Auch du, ja."

„Und warum erzählst du mir jetzt davon?"

Ich zucke wieder mit den Schultern. „Weil du mich ohne vernünftige Erklärung vom Fall abziehst? Das könntest du immer noch, aber damit würdest du zumindest auf der Liste unserer Verdächtigen ziemlich weit nach oben rutschen."

Sie überlegt einen Moment. „Okay, klingt einleuchtend. Und was, wenn ich dich in dem Glauben lassen würde, dass ich nicht der Verräter bin, indem ich dich am Fall weiterarbeiten lasse?"

Sie ist schlau.

„Werde ich berücksichtigen."

„Ich hätte kein Motiv."

„Niemand hätte ein Motiv. Außer Gier. Wir vermuten, dass größere Geldsummen geflossen sind. Und wir vermuten auch, dass diese Geldsummen ihren Ausgang in einer Zelle des Staatsgefängnisses haben, in der niemand Geringeres als Dean Tevez sitzt."

„Ziemlich komplizierte Gedankengänge, findest du nicht?"

„Es gibt dafür gute Gründe."

„Okay. Mal angenommen, ich glaube dir das alles. Was hast du nun vor?"

„Ich will wissen, wer uns da in die Suppe spuckt. Und das kann ich nur, wenn ich weiter am Fall bleiben kann und absolut freie Hand habe."

Darüber denkt Janin einen Moment nach. Immerhin sagt sie nicht sofort Nein.

„Okay", sagt sie dann zu meiner Überraschung. „Ich gebe dir freie Hand."

„Äh, echt?"

„Ich will auch gar nicht wissen, was du alles anstellst, damit wir diesen Verräter in die Finger kriegen. Aber wenn ich dich zurückpfeife, ist sofort Schluss mit diesem Alleingang. Wer ist außer Bruce noch eingeweiht?"

„Niemand", versichere ich ihr.

„Gut", sagt sie. „Dabei belassen wir es auch bis auf Weiteres. Wenn ihr mehr Leute braucht, komm zuerst zu mir."

Sie steht auf. Das Gespräch ist beendet, aber ich zögere.

Soll ich ihr von Juno erzählen? Dass ich sie aus der Schusslinie geholt habe und ihr kleiner Sohn mit seinem Kindermädchen unterwegs nach Mexiko ist?

„Sonst noch was?", fragt Janin.

Ich treffe eine Entscheidung. „Nichts", sage ich.

Für Junos Sicherheit. Ich gehe kein noch so geringes Risiko ein.

Zwei Stunden später parke ich den Sportwagen direkt vor dem Haus in Santa Monica. Das Meer brandet an den Strand, in der Ferne hört man Musik und das Rufen der Surfer, die eine Stück weiter auf den Wellen reiten. Hier ist es ruhig; die Tagesgäste sind auf dem Heimweg, die Anwohner haben den Strand wieder für sich und genießen dieses Privileg. Die ersten sind schon auf den Terrassen und heizen ihren Grill an.

Ich nicke einem Nachbarn zu, der kurz aus der Haustür schaut. Offenbar hat er mich kommen gehört.

„Ah! Sind Sie ein Freund von Herb?", fragt er.

„Ja, genau. Er lässt schön grüßen."

Herb Dalton war der Eigentümer dieses Strandhauses. Ein Betrüger, der ein Vermögen mit einem todsicheren Schneeballsystem gemacht hat, bei dem er seinen Anlegern eine zweistellige Rendite versprach. Kleiner Tipp: Wenn jemand mal zweistellige Rendite in einer Niedrigzinsphase bietet, muss etwas daran faul sein. Ich würde jedenfalls keine fünf Cent in so ein Unternehmen stecken.

Leider waren Zehntausende Rentner im ganzen Land nicht so schlau und investierten munter einen Teil ihrer Ersparnisse. Herb Dalton und seine Bande zogen eine hübsche Show ab: jährliche Versammlung der Anleger, bei denen es luxuriöse Häppchen und Champagner für alle gab, inklusive einer Goodiebag mit einem Scheck über zweitausend Dollar für jeden, eine kleine Gratifikation, eine Vorausschau auf die zukünftigen Gewinne, die alle zu erwarten hatten. Das Lügengebäude stürzte erst ein, als es an der Börse zu Turbulenzen kam und die ersten Anleger ihr Geld abziehen wollten. Es war nämlich nichts mehr da, und die Schecks, die damals in diesen Tüten waren, platzten allesamt einer nach dem anderen, als die Leute endlich zur Bank gingen und sie einlösten.

Vermutlich hatte Herb Dalton seine Schäfchen vorher ins Trockene gebracht und irgendwo auf den Cayman-Inseln wartete ein fettes Nummernkonto auf ihn, wenn er in dreißig Jahren aus der Haft entlassen wurde. Bis dahin – nun ja.

Das Strandhaus ist nur eine von vielen Immobilien, die vom FBI eingezogen wurden. Seine Frau lebt inzwischen von der Sozialhilfe und seine Kinder, die früher ein Internat in der Schweiz besuchten, gehen auf eine staatliche Schule. Es war ein tiefer Fall für alle.

Also nein, ermordet wurde in diesem Häuschen niemand. Aber viele Lebensträume zerplatzten, weil der Besitzer zu gierig war.

Ich weiß nicht, was ich schlimmer finde – die Dummheit der Menschen oder die Gier von Leuten wie Herb Dalton, die diese Dummheit ausnutzen.

Ich winke dem Nachbarn mit meinen Einkaufstüten zu, er winkt zurück und widmet sich wieder seinem Grill.

Als ich das Haus betrete, ist alles ruhig. Die Terrassentür steht offen, man hört das Meer tosen.

„Juno?"

Keine Antwort. Ist sie entgegen meiner Anweisung etwa nach draußen gegangen?

Ich trete auf die Veranda. Der Strand ist menschenleer, niemand schwimmt nackt im Meer. Schade. Das wäre so ziemlich die einzige Form, in der ich ihr verziehen hätte, dass sie sich nicht an unsere Vereinbarung gehalten hat.

Die Einkäufe räume ich in die Küche, ehe ich die Glastreppe nach oben gehe. Es gibt zwei Schlafzimmer, von denen eins aufs Meer blickt. Dort sind die Vorhänge geschlossen, das Bett zerwühlt ...

Ich trete näher und bleibe dann in der offenen Tür stehen.

Juno liegt im Bett. Sie hat das T-Shirt, die Jeans und die Schuhe einfach abgestreift und auf den Boden geworfen, und einen kurzen Moment lang finde ich es unglaublich erregend, sie mir in ihrer schwarzen Unterwäsche vorzustellen, wie sie sich in der hellgrauen Bettwäsche rekelt. Aktuell sieht man nur ihre dunklen Locken und einen Arm, der über ihrem Kopf liegt. Das Gesicht ist von mir abgewandt, die Decke hat sie bis zur Nasenspitze gezogen.

Ich schleiche auf Zehenspitzen wieder nach unten. Sie soll ruhig weiter schlafen. Vermutlich holt sie einfach nur das nach, was sie gestern Nacht verpasst hat.

13

Juno

Ich höre ihn, als er zurückkommt. Wie er draußen mit einem Nachbarn redet, dann ins Haus kommt. Er tritt auf die Veranda, rumort in der Küche und kommt dann die Treppe rauf. Ich sinke etwas tiefer in die Kissen, ziehe rasch die Bettdecke hoch und atme so flach wie möglich. Stelle mich schlafend. Er bleibt einen Moment in der Tür stehen, und ich stelle mir vor, wie er näherkommt. Wie er die Bettdecke beiseiteschiebt und mich darunter entdeckt. Wie er sich auch auszieht und zu mir unter die Decke schlüpft. Seine Arme umfangen mich, er hält mich fest, er küsst mich …

Seine Schritte entfernen sich. Er geht die Treppe runter, dann höre ich ihn in der Küche. Er klappert besonders laut mit Besteck und Töpfen. Ich bleibe noch ein wenig liegen, dann stehe ich auf, ziehe mich an und schaue kurz auf mein Handy.

Carmen hat sich gemeldet. Sie schickt ein Foto von Gabriel und schreibt dazu: *Alles bestens, er hat aber nach dir gefragt. Ich habe ihm gesagt, er sieht seine Mama ganz bald wieder. Küsschen!*

„Für dich auch ein Küsschen, kleiner Mann", flüstere ich. Noch nie war ich länger als ein paar Stunden von ihm getrennt, und der Gedanke, dass er heute Nacht nicht im selben Zimmer schläft wie ich, ist unvorstellbar.

Aber ich habe auch vorhin ein paar Stunden allein geschlafen. Da sollte ich das heute Nacht auch schaffen.

„Sie sind wach? Das ist gut."

Case blickt auf, als ich die Treppe runterkomme. Er steht an der Kochinsel, vor der eine Frühstückstheke mit Barhockern ist, und rührt in einem Topf.

„Mh, das riecht gut", sage ich. „Was gibt es denn?"

Er schaut in den Topf, als wüsste er das selbst nicht so genau. „Pasta mit Tomatensauce, dazu geröstete Paprika, Zucchini, Rispentomaten und mit Mozzarella überbackene Hackbällchen."

„Klingt köstlich." Ich setze mich auf einen der Barhocker. Case hat eine Flasche Wein aufgemacht und schenkt mir ohne zu fragen ein Glas ein.

„Konnten Sie sich ein wenig erholen?"

„Ich war wohl ziemlich erschöpft."

„Verständlich. Nicht nur wegen letzter Nacht."

Ich mustere ihn scharf, doch er widmet sich weiter seinen Töpfen und der Pfanne, in der bereits zwei Dutzend winzige Hackbällchen schmoren.

„Ich meine, so auf sich gestellt", murmelt er. „Ohne Unterstützung."

„Ich habe Unterstützung", erwidere ich hitzig. Wieso habe ich bei diesem Kerl nur immer das Gefühl, ihm widersprechen zu müssen? Was ist das zwischen uns? Ich habe die Anziehungskraft gespürt, aber dann gibt es auch immer wieder diese Momente, in denen ich ihm ein ganzes Sieb mit heißen Spaghetti über den Kopf kippen will …

Okay. Doofer Vergleich. Wenn ich mir das vorstelle, muss ich kichern.

„Was ist so amüsant?", fragt er prompt.

„Ach, nichts." Ich verstecke meine roten Wangen und das Grinsen hinter dem Weißweinglas.

„Wenn Sie nichts dagegen habe, bleibe ich heute Nacht bei Ihnen. Morgen habe ich leider wieder ziemlich viel zu tun."

„Oh, das …"

Habe ich was dagegen?

„Sie sind hier sicher." Er versteht mein Zögern falsch.

„Das weiß ich." Das Gefühl von Sicherheit kann trügerisch sein, doch sobald ich das Haus betreten habe, wusste ich, dass mir hier nichts passieren wird. Case hat dafür gesorgt. Und dafür bin ich ihm *echt* dankbar. Es ist ohnehin alles schlimm genug, und ich fürchte, ohne Gabriel werde ich früher oder später verrückt.

Vielleicht ist es gar nicht so schlecht, wenn ich heute Nacht nicht allein bin.

Ich möchte diese kleine Stimme in meinem Kopf gern zum Schweigen bringen.

Wenn ich aufwache und Sehnsucht bekomme, ist er nebenan.

Was auf gar keinen Fall passieren wird.

Bevor ich noch etwas sagen kann, piepst mein Handy. Case wirft mir einen scharfen Blick zu. „Ich dachte, Sie haben es ausgeschaltet."

„Ich habe es vorhin wieder eingeschaltet, stellen Sie sich vor." Ich ziehe es aus der Gesäßtasche meiner Jeans und schaue aufs Display.

Beim Anblick dieses Namens habe ich das Gefühl, dass mein Magen tief in den Bauch hinein saust, wie von einem Trampolin abgefedert nach oben springt und ich mich fast übergeben muss.

Tito.

Ausgerechnet Tito.

„Wollen Sie nicht rangehen, wenn Sie das Handy schon eingeschaltet haben?"

„Ich … ja."

Nein, ich will diesen Anruf auf keinen Fall annehmen. Aber ich weiß, dass ich ihn auch nicht ignorieren darf. Meine Finger zittern, als ich den grünen Hörer drücke. Ich drücke das Kreuz durch und hole tief Luft. Hoffentlich hört er meiner Stimme nicht das Zittern an.

„Hallo?", melde ich mich.

„Juno. Da bist du ja."

Das Telefon hat vielleicht fünfmal geklingelt. Kein Grund, deshalb so einen Stress zu machen. Trotzdem habe ich das Gefühl, mich rechtfertigen zu müssen.

„Ja, ich war gerade im Bad", lüge ich.

„Im Bad, ah so. Hör mal, mir sind da Gerüchte zu Ohren gekommen. Und du weißt, was ich höre, muss ich an Dean berichten." Er klingt bedauernd, dabei weiß ich vor allem, dass ihm sein Job als Spion großen Spaß macht.

„Ja, und?", frage ich und versuche dabei, möglichst lässig zu klingen.

Und was für Gerüchte können das schon sein, Tito Ramirez? Dass Juno Tevez ausgeflogen ist? Dass ihr nicht wisst, wo sie steckt?

„Machst du etwa einen kleinen Urlaub? Eine Auszeit vom *Stress* als Hausfrau?"

„Wir machen ein wenig Urlaub, ja."

Case sieht mir stumm zu. Er hat den Löffel aus der Hand gelegt, stützt beide Hände auf die Arbeitsfläche links und rechts vom Herd und lässt mich nicht aus den Augen. Was glaubt er? Dass ich ausgerechnet Tito verrate, wo wir uns versteckt haben?

Das werde ich auf gar keinen Fall tun.

„Dein Mann fragt sich nur, was der hübsche Kerl vom FBI damit zu tun hat, der dich ständig durch die Gegend karrt. Ich frage mich das übrigens auch."

Ständig … Dabei bin ich nur einmal mit Case im Wagen gefahren. Aber das scheint zu genügen.

„Und das hübsche kleine Strandhaus, in das er dich gebracht hat? Sieht für mich aus wie ein Liebesnest. Ehrlich, Juno. Mir ist es egal, was du da mit diesem Bullen treibst. Lass dich meinetwegen von ihm vögeln, wenn es das ist, was du brauchst. Aber Dean? Der wäre sehr enttäuscht, wenn er davon erfährt. Oder falls ihm zu Ohren kommt, dass du nicht nur gevögelt wirst, sondern auch wie ein Vöglein zwitscherst. Du weißt, was ich meine. *Hasta la vista,* Juno."

Klick. Er hat aufgelegt.

Ich lege das Handy ganz behutsam auf die Frühstückstheke.

Wir sehen uns, Juno.

Das war eine Drohung. Nicht mal subtil, wie ich es sonst von Tito gewohnt bin. Eine offene Drohung.

Er beobachtet mich. Er weiß, dass ich mein Haus verlassen habe, er weiß, wo ich bin, er weiß einfach *alles.*

Ich war zu unvorsichtig.

Hasta la vista, Juno.

Obwohl Tito wie Deans Familie aus Mexiko stammt, achtet er penibel darauf, nicht allzu sehr den Mexikaner raushängen zu lassen. Dazu gehört, dass ich ihn noch nie ein Wort Spanisch sprechen gehört habe. Er sieht sich selbst als Amerikaner und glaubt, sich dieses Recht verdient zu haben, einfach weil er hier lebt und sein Geld ausgibt. Dass er es nicht versteuert, verschweigt er bei der Gelegenheit gerne.

Wir sehen uns, Juno. Ich weiß, dass dein Sohn in Mexiko ist. Wir lassen auch ihn nicht aus dem Auge. Eine falsche Bewegung und ...

Das ganze Ausmaß meines Elends wird mir erst jetzt bewusst. Ich habe einen riesigen Fehler gemacht.

„Wo wollen Sie hin?", ruft Case. Aber ich antworte nicht. Ich hetze die Treppe hoch, stürze ins Badezimmer und schaffe es gerade noch zum Klo, bevor ich den Weißwein und bittere Galle erbreche.

Ich höre Case die Treppe hochlaufen. Er bleibt in der offenen Badezimmertür stehen. Ich knie vor der Klo und halte mir mit einer Hand die Haare aus dem Gesicht, wische mit dem Handrücken der anderen die Reste der Kotze von den Lippen. Anziehungskraft am Arsch!

Wäre das auch geklärt. Mr. Perfect will doch garantiert nicht so eine verheulte, zittrige und kotzende Drogenbaronbraut vögeln.

„Juno, Juno ..." Er geht neben mir in die Knie. Seine Arme

umfangen mich, und jetzt spüre ich die Tränen, die sich den ganzen Tag irgendwo tief in meiner Brust wie ein schmerzhafter, riesiger Knoten angesammelt haben. Er drückt mit einer Hand ganz sanft meinen Kopf an seine Brust, und während ich dem Wummern seines Herzschlags lausche, padam, padam, padam, lasse ich den Tränen freien Lauf. Er drückt mich an sich, er spürt mein Zittern, ich vergrabe mein Gesicht in seinem T-Shirt. Er riecht so sauber, nach seinem Aftershave, nach Nudeln mit Hackbällchen und Karamell. Ich möchte mich einfach nur in seiner Umarmung verlieren. Möchte nicht mehr an all das denken müssen, was außerhalb des Strandhauses passiert. Nicht mehr grübeln müssen, ob mich jeder Schritt ins Grab bringen könnte, ob ich meinen Sohn damit in Gefahr bringe, ob ich alles verlieren könnte. Ich bin Dean nicht entkommen, es ist jetzt noch viel schlimmer als damals, als er noch bei mir war. Jetzt weiß ich nie, welche meiner Handlungen er missbilligen könnte, ich weiß nie, wo ich eine rote Linie übertrete.

Dass er mich beobachten lässt, hätte ich mir denken können. Ich hätte es wissen müssen, und diese Naivität gepaart mit der Angst um Gabriel macht alles nur noch schlimmer. Ich spüre, wie das Zittern schlimmer wird. Und bevor Case seine Arme noch fester um mich legt, weiß ich, dass ich gerade kurz vor einer Panikattacke stehe.

„Schhhh", macht er. „Schhhh."

Ich kann nicht mehr.

Würde Dean meinen Sohn in Ruhe lassen, wenn es mich nicht mehr gibt? Wenn ich verschwinden würde, wenn ich tot wäre?

Aber das schaffe ich nicht. Ohne Gabriel wäre mein Leben nichts mehr wert.

„Schhhh, schhhh", macht Case.

Meine Gedanken, die bis zu diesem Punkt ein einziges Durcheinander waren, ordnen sich. Ich weiß immer noch nicht, was ich tun soll. Oder wohin mich dieser Weg führt.

Aber eine Gewissheit steht über allem anderen.

Ich blicke zu Case hoch.

„Das muss aufhören", sage ich und meine nicht, dass er mich im Arm hält.

Ganz im Gegenteil.

Davon kann ich gerade nicht genug bekommen.

„Was willst du tun?", fragt er.

Ich umfasse mit meinen Händen sein Gesicht, ziehe seinen Kopf zu mir herunter und küsse ihn auf den Mund. Er reißt die Augen auf, ihn überrascht der Kuss ebenso wie mich, aber ich küsse ihn noch mal, und dann erwidert er den Kuss. Erst noch behutsam, gerade so, als ob er fürchtet, ich könnte jeden Moment einen Rückzieher machen.

„Juno", flüstert er.

„Ja, Case", sage ich leise.

Wir lehnen die Köpfe aneinander, meine Stirn ruht an seiner.

„Was tun wir hier?", fragt Case.

„Ich weiß es nicht. Fühlt es sich gut an?"

„Ja, sehr." Jetzt umfassen seine Hände mein Gesicht. „Willst du das, Juno? Willst du …?"

Er spricht nicht weiter.

Ich nicke stumm. Ja, ich will es. Ich will ihn nicht nur küssen. Ich will, dass er mich festhält. Dass er mich auszieht, dass er jeden Zentimeter meiner Haut liebkost und küsst, meinen Körper mit seinem zudeckt, meine Hände mit seinen hält, dass seine Lippen mit meinen verschmelzen. Seinen Schwanz tief in mir drin. Das alles will ich. Und noch mehr. Ich will hören, wie er meinen Namen stöhnt. Wie er ihn schreit, wenn die Lust ihn überwältigt. Ich will seinen salzigen Schweiß von seiner Haut lecken, will ihn mit all meinen Sinnen erkunden, erleben, vergessen …

Ich bin verloren.

„Case", höre ich mich flüstern.

„Ja", antwortet er.

„Halt mich einfach fest."

Das tut er. Und er tut noch mehr. Seine Arme heben mich hoch; ich halte mich an ihm fest. Er küsst mich. Ein letztes Mal fragt er: „Ist das in Ordnung? Dürfen wir …?"

„Ja", sage ich atemlos. Wir müssen sogar. Wenn wir es nicht endlich tun, werde ich verrückt.

Er trägt mich nach nebenan und legt mich aufs Bett. Dann zieht er sich das T-Shirt über den Kopf und will sich zu mir legen.

„Stopp!", rufe ich.

„Was ist?"

Er runzelt die Stirn, gehorcht aber.

„Ich will dich einfach einen Moment betrachten."

Trotz meiner Ungeduld – dieser Moment ist wichtig. Ich will mich für den Rest meines Lebens daran erinnern.

Sein Anblick ist berauschend. Das Spiel seiner Muskeln, die leicht gebräunte Haut, das Sonnengeflecht feiner, goldener Haare rings um seinen Bauchnabel …

„Darf ich jetzt ins Bett kommen?", fragt Case. Er klingt belustigt, aber seine Stimme ist auch rau, belegt. Als könnte er es nicht abwarten.

Ich breite die Arme aus. „Komm her", flüstere ich.

Er legt sich neben mich, umfängt meinen Körper und hält ihn, als wäre er das Wertvollste, was es für ihn auf dieser Welt gibt. Ich vergrabe mein Gesicht wieder an seiner Brust. Diese ganze Situation ist so … gefährlich. Für mein kleines Herz, das ich schon einmal an den Falschen verschenkt habe. Für mein Leben. Für sein Leben auch, denn ich kann mir ungefähr ausmalen, was mit ihm geschieht, wenn Dean hiervon erfährt.

Dean. Immer nur Dean, Dean, Dean.

Ich muss endlich aufhören, ständig an ihn zu denken.

Darum küsse ich Case. Diesmal gieriger. Er ist nur kurz überrascht, dann erwidert er den Kuss, und ich drücke meinen Oberkörper gegen seinen. Meine Nippel sind unter dem Shirt hart, ich reibe sie durch den Stoff an seinen Brustmuskeln und stöhne in seinen Mund.

Seine Hände gleiten unter mein Shirt. Ich erbebe, als sie über meinen Bauch gleiten, hinauf zu meinen Brüsten. Seine Finger umfassen die Nippel, er kneift sie ganz sanft. Ich ziehe ihn auf mich, meine Beine schlinge ich um seine Hüften, ich will ihn so sehr spüren, schmecken, will in dieser Sehnsucht ertrinken, will endlich, dass dieser Durst gestillt wird.

Case hilft mir aus dem Shirt. Ich sitze auf dem Bett, er kniet vor mir. Seine Augen leuchten, als er mich so halbnackt sieht, er nimmt meinen Anblick ebenso bewusst in sich auf wie ich seinen.

„Du bist wunderschön", sagt er leise. Seine Finger zeichnen die Linie meines Schlüsselbeins nach, gleiten hinab zu den Brüsten. Er umfasst die eine, dann beugt er sich über mich und sein Mund umschließt den Nippel der anderen. Ich schnappe nach Luft und lasse mich nach hinten fallen. Meine Hände suchen seine Jeans, ich schiebe sie erst unter den Hosenbund und versuche, seinen Arsch zu kneten, will ihn an mich drücken, seine Erregung in meinem Schritt spüren. Doch er ist auf der Hut; er reizt mich, will nicht alles von sich preisgeben in diesem Moment.

Ich verlege mich daher darauf, die Knöpfe seiner Jeans zu öffnen. Meine Hand schlüpft hinein; durch den Stoff seiner Boxershorts knete ich seinen harten Schwanz, der sich so angenehm groß anfühlt. Zur Belohnung beißt er mich spielerisch in den Nippel, und dann ist er wieder ganz bei mir, streicht mir die Locken aus dem Gesicht und küsst mich sanft.

„Hey", sagt er leise. Als wollte er sich versichern, dass ich jetzt noch bei ihm bin.

„Mach weiter", flüstere ich.

Danach reden wir nicht mehr. Es ist alles gesagt.

Case zieht mich aus. Erst die Jeans, die er achtlos auf den Boden wirft. Dann etwas langsamer den Slip. Ich hebe meine

Hüften an, um ihm dabei zu helfen. Als ich ganz nackt vor ihm liege, öffne ich die Beine und genieße es, wie er mich ansieht.

Jetzt kennen wir kein Halten mehr. Case zieht sich rasch aus, und nun bin ich es, die seinen Anblick genießt. Sein Schwanz ist genauso groß und schön, wie ich ihn vorhin schon gespürt habe.

Ich breite die Arme aus und heiße ihn willkommen. Er kniet zwischen meinen Beinen, seine Finger streicheln an der Innenseite meiner Oberschenkel nach oben, dann öffnet er die Blüte meiner Scham. Ich brauche nicht seine Finger in mir zu spüren, um zu wissen, wie feucht ich bin. Geradezu nass. Ich will das hier so sehr, dass ich kurz davor bin, ihn anzuflehen. Er soll sich nicht mit irgendwelchen Schnörkeln aufhalten, soll mich nicht lecken oder fingern. Ich will einfach nur von ihm gefickt werden.

Gerade will ich den Mund aufmachen und etwas sagen, als er sich zwischen meinen Beinen nach oben schiebt, ich öffne mich weiter für ihn, und dann ist er in mir. Mit einem harten, schnellen Stoß füllt er mich vollständig aus, und sein Seufzen mischt sich mit meinem erstickten Schrei. Als er anfängt, sich in mir zu bewegen, schließe ich die Augen und bin nur noch dieses lustvolle Beben, das sich aus meinem Innern in Wellen ausbreitet.

Seine Stöße werden schneller. Härter. Schweiß glänzt auf unserer Haut, ich kralle meine Finger in seine Schultern, sporne ihn mit meinen Schreien an. Ich will, dass es niemals aufhört, und zugleich ersehne ich den Gipfel meiner Lust …

Bevor ich weiß, wie mir geschieht, zieht er seinen Schwanz raus, dreht mich auf den Bauch und packt meine Hüften. Ich schreie auf, aber dann ist er schon wieder in mir, und seine Lenden klatschen gegen meinen Hintern. Ich kralle mich ins Bettlaken, vergrabe den Kopf im Kissen, schreie meine Lust heraus, während er mich gnadenlos fickt. Im nächsten Moment spüre ich, wie der Gipfel der Lust auf mich zurauscht, es gibt kein Entrinnen mehr. Ein letzter heiserer Schrei, dann höre ich auch ihn erstickt stöhnen und wir erreichen gemeinsam den Höhepunkt unserer Lust …

Danach sinke ich atemlos aufs Bett. Case legt sich neben mich, sein Gesicht mir zugewandt. Ich habe die Augen halb geöffnet, sehe ihn an und kriege das Lächeln nicht mehr aus dem Gesicht.

Er streicht mir wieder eine Locke aus dem Gesicht. „Alles okay?", erkundigt er sich, und ich kann nur nicken.

Ja, alles okay. Für diesen kurzen Moment brauche ich mir keine Sorgen zu machen. Ich will nur genießen, dass ich mich wieder spüre.

Was das hier bedeutet … darüber denke ich erst morgen nach. Und auch darüber, welche Konsequenzen mein Tun hat. Wohin es mich führt. Wie ich mit Tito umgehe. Mit Dean. Mit meinem ganzen, verflucht verpfuschten Leben.

Als ich am nächsten Morgen aufwache, ist das Bett neben mir leer. Ich rekele mich, drehe mich auf die andere Seite und blicke aus der Fenstertür hinaus aufs Meer, das ungewöhnlich ruhig an die Küste brandet.

Ich rieche das Salz des Meeres, die Sonnenwärme und Kaffee. Case ist unten und macht uns schon Frühstück.

Die Erinnerung an die vergangene Nacht steigt in mir auf, und zu diesem innigen Wohlgefühl, das ich beim Aufwachen empfand, gesellt sich ein kalter Schreck, der sich in meinem Bauch zusammenballt.

Ich bin verloren.

Ich war es schon in dem Moment, als er vor ein paar Tagen bei mir vor der Tür stand. Damals hab e ich mir noch eingeredet, wie sehr ich ihn mit seiner selbstgefälligen Art hassen wollte. Aber jetzt glaube ich an etwas, das ich bisher immer für einen schlechten Scherz oder eine Verkaufsmasche der Valentinstagsindustrie gehalten habe: Liebe auf den ersten Blick.

Als wären wir füreinander bestimmt.

Ich stehe auf, wühle in meiner Tasche nach einem sauberen Slip und gehe ins Bad. Über dem Badewannenrand hängt sein T-Shirt von gestern Abend, und ich frage mich, ob er jetzt mit nacktem Oberkörper unten am Herd steht und mir Frühstück macht … Das ist etwas, das ich schleunigst herausfinden möchte.

Ich dusche rasch, putze mir die Zähne und bin keine zehn Minuten später mit nassen Haaren unten.

Die Küche ist verlassen. In der Spüle steht ein Topf mit angebackenen Hackbällchen. Ich muss grinsen – gestern Abend haben wir das Essen auf dem Herd völlig vergessen, bis es irgendwann angebrannt roch. Da sprang Case wie von der Tarantel gestochen auf und hat nackt die Töpfe vom Herd gezogen, das Haus gelüftet und beim Lieferdienst für uns Pizza geordert. Nach einer zweiten Runde Sex waren wir nämlich beide ziemlich ausgehungert.

Ich trete auf die Veranda. Es ist noch früh; der Himmel ist in ein rosiges Orange getaucht, während hinter den Häusern die Sonne aufgeht.

Case sitzt nur in Jeans auf einem der Liegestühle. In der Hand hält er einen großen Kaffeebecher; ein zweiter steht auf dem Tischchen zwischen den beiden Liegestühlen.

Ich lasse mich auf den freien Stuhl sinken, nehme den Becher und trinke einen großen Schluck. Keiner sagt etwas; wir hängen eine Weile einfach nur unseren Gedanken nach, trinken Kaffee und lauschen dem betörenden Rauschen der Wellen.

„Und jetzt?", frage ich, als ich es nicht länger aushalte.

Case wendet sich mir zu. „Jetzt", sagt er, „rette ich dein Leben."

Ich bin nicht verloren. Case ist da. Er wird mich retten.

Daran will ich ganz fest glauben.

14

Case

Ob ich damit gerechnet habe, dass Juno und ich ins Bett gehen?

Auf keinen Fall.

Ob ich darauf spekuliert habe?

Vielleicht.

Trotzdem entzieht sich das, was vergangene Nacht passiert ist, meiner Kontrolle. Okay, jeder Mann sollte jederzeit die Kontrolle über das haben, was er tut. Und ich habe sie gevögelt und war dabei Herr meiner Sinne.

Aber es ist ein Wahnsinn, und ich will lieber nicht darüber nachdenken, welche Verstrickungen damit einhergehen. Im Grunde habe ich nur zwei Möglichkeiten, von denen eine so dermaßen die Arschlochvariante wäre, dass ich sie definitiv nicht übers Herz bringe.

Entweder ich lasse sie im Stich oder ich rette sie.

Ob mir das gestern Nacht bewusst war, als mein Schwanz zum ersten Mal in ihrer herrlichen Möse verschwand? Als ich spürte, wie heiß sie war, wie sehr sie bebte, wie sie sich fest um mich schloss? Wusste ich in diesem wundervollen Moment, worauf ich mich einließ?

Vermutlich nicht. Es gibt Momente im Leben eines Mannes, in denen Nachdenken schlicht unmöglich ist.

Erst heute Früh, als ich vor ihr aufwachte und sie neben mir liegen sah, wurde mir das ganze Ausmaß dessen bewusst, was wir getan haben. Man kann vielleicht eine Nacht beiseite wischen und vergessen. Aber nicht, wenn das Herz sich einmischt. Oder wenn es sich bei der Frau, in die man sich gerade verlieben möchte, um jemanden handelt, der schlicht tabu ist. Ich habe gegen so ziemlich jede Regel verstoßen, die es gibt. Sowohl in Bezug auf meine Arbeit als auch meine persönlichen moralischen Grundsätze.

Erstens: Vögele nie die Frau eines Anderen.

Tja. Der Andere sitzt zwar im Knast, aber deshalb ist sie ja nicht automatisch Freiwild.

Zweitens: Vögele nie eine Verdächtige.

Da wird es schon etwas komplizierter. Ist Juno Tevez in irgendeiner Form verdächtig? Bisher war ich überzeugt davon, dass sie etwas mit dem Drogenkartell ihrer Familie zu tun haben muss. Aber jetzt bin ich mir nicht so sicher. Entweder sie ist eine verdammt gute Schauspielerin, die mir eine Posse vorspielt, die oscarreif wäre – inklusive nächtlicher Leidenschaft, die ich so noch nicht erlebt habe – oder sie ist genauso ein Opfer der Umstände wie ihr kleiner Sohn.

Vielleicht denke ich aber auch zu sehr mit dem Schwanz und will gar nicht glauben, dass sie mit drinhängt.

Drittens: Vögele nie eine Frau, die dich um den Verstand bringen könnte.

Darüber denke ich nach, während sie neben mir auf der Veranda sitzt, wir Kaffee trinken und aufs Meer blicken. Und als sie sich an mich wendet und fragt, was jetzt passiert, denke ich nicht nach, sondern antworte, was mein Herz mir sagt.

Ganz dumme Idee.

Denn mein Herz sagt: *Natürlich beschütze ich dich, Juno. Vor allem, was da kommen mag. Jeder Gefahr, die dir droht. Ich werde alles geben, damit du überlebst.*

Dass ich damit vielleicht mein Todesurteil unterschreibe – nun ja. Darüber denke ich lieber nicht nach.

Jetzt rette ich dein Leben, Juno Tevez.

Und gebe dabei meins auf.

Ich stehe auf und gehe ins Haus. Sie folgt mir nicht, was gut ist, denn ich muss einige Anrufe tätigen.

Zuerst wähle ich Bruce' Nummer.

„Was geht, Bro?", begrüßt er mich.

„Nichts geht mehr, Bro. Gibt's was Neues?"

„Still ruht der See. Was macht unsere Kronzeugin Schrägstich Drogenbaroness?"

„Sie sitzt auf der Veranda und trinkt Kaffee."

„Du warst über Nacht bei ihr?" Bruce klingt ehrlich überrascht, und ich verfluche mich für meine mangelnde Vorsicht. Dieses kleine Detail hätte ich gern noch etwas länger für mich behalten.

„Beruhige dich", sage ich betont lässig. „Sie war ein bisschen in Sorge, da habe ich im Gästezimmer geschlafen."

„Solange du nicht in ihrer Ritze geschlafen hast, bleib ich gerne ruhig, Bro. Du weißt, was das letzte Mal passiert ist, als du eine unangemessene Beziehung eingegangen bist."

„Hier ist keine Beziehung", lüge ich. Juno und ich haben zwar noch nicht darüber gesprochen, ob diese Nacht zu mehr führen könnte, doch für mich fühlt es sich schon so an.

„Wenn du's sagst. Also, ich habe mir noch mal unseren Toten etwas näher angeschaut. Wusstest du, dass er ein veritables Vorstrafenregister hat?"

„War ja nicht anders zu erwarten."

„Klar, aber das hier dürfte für uns interessant sein: Er arbeitet sehr gerne im Team. Eigentlich ausschließlich im Team. Sein Cousin Rafael und er haben die meisten Einbrüche, Körperverletzungen, etc. und so weiter, ich brauche dir ja nicht sagen, wie das bei den Jungs so läuft, gemeinsam begangen. Sind sogar immer gemeinsam in den Knast gewandert. Wie siamesische Zwillinge, die zwei. Jedenfalls waren sie seit gerade mal einer Woche wieder draußen. Und nun rate mal, wo sie sich die letzten drei Jahre die Hintern plattgesessen haben?"

„Da brauche ich nicht raten. Im Staatsgefängnis."

„Im selben Block wie Dean Tevez."

Mir wird gleichzeitig heiß und kalt.

„Sieh an", sage ich. „Also hat der ehrenwerte Dean Tevez es aufs Leben seiner eigenen Frau abgesehen?"

„Sieht ganz danach aus, nicht wahr? Und noch etwas. Unser Verräter scheint einen Gang zuzulegen. Ich habe vorhin eine Nachricht auf dem Tisch gehabt." Im Hintergrund raschelt Papier. Bruce ist ein richtig guter Cop, aber seinen Schreibtisch hat er noch nie im Griff gehabt. „Da ist es. Also, das ist komisch. Ich habe hier eine Liste der Leute, die bei der Hausdurchsuchung geholfen haben. Und den Hinweis ‚ich bin einer von ihnen'."

„Sehr merkwürdig", kommentiere ich. „Das ergibt keinen Sinn, oder? Warum sollte der Maulwurf auf sich aufmerksam machen?"

„Keine Ahnung. Vielleicht will er nur eine falsche Spur legen, weil er merkt, wie wir ihm zu nahe kommen?"

„Egal. Überprüfe alle, die bei der Durchsuchung dabei waren. Wir können es uns im Moment nicht leisten, irgendwas zu übersehen."

„Wird gemacht, Bro." Kurz ist es still in der Leitung. „Und die Kleine? Du hast wirklich die Finger von ihr gelassen?"

„Deine schmutzige Fantasie behältst du besser für dich", erkläre ich ihm. Bruce ist mein bester Kumpel, falls ich überhaupt so etwas habe. Wir arbeiten seit ein paar Jahren zusammen, und bisher hat er mich noch an jeder seiner Frauengeschichten teilhaben lassen.

Ich ihn an meinen nicht so. Ich finde einfach, das ist etwas, das nur zwei Personen etwas angeht – den Mann und die Frau, die gerade etwas am Laufen haben.

Hier liegen die Dinge allerdings etwas anders, denn Juno

ist in Gefahr, und dass wir die Nacht miteinander verbracht haben, könnte die Gefahr noch vergrößert haben. Falls Dean Tevez davon Wind bekommt ...

Sie wird beobachtet, du Idiot. Dieser Ramirez stromert irgendwo da draußen herum und berichtet alles, was hier passiert, an Dean Tevez. Und unser Maulwurf berichtet ihm alles, was im FBI-Gebäude abgeht. Wenn man so will, ist Dean Tevez besser informiert als wir über das, was wir tun.

Ich brauche also dringend jeden Verbündeten, den ich kriegen kann. Janin und Bruce stehen auf meiner Seite.

„Juno Tevez und ich ..." Ich zögere.

Bruce lacht. „Im Ernst? Du hast die Kleine vernascht? Chapeau, Bro. Da hast du dir den geilsten und gefährlichsten Arsch von ganz Los Angeles County an Land gezogen."

„Ja, danke auch. Das wusste ich, bevor du es durchs ganze Büro gebrüllt hast." Ich bin nicht beleidigt, aber etwas an Bruces Worten stört mich. Bisher nervte mich nie, wie er über Frauen redet, ob es nun seine eigenen Eroberungen oder die Kolleginnen im Büro waren. Hier allerdings liegen die Dinge anders. Ich bin seit letzter Nacht auf Beschützerinstinkt programmiert. Dazu gehört offenbar auch, dass niemand über Juno schlecht reden soll.

„Man wird doch noch einen kleinen Witz machen dürfen."

„Das war kein Witz, das war respektlos."

Obwohl sie natürlich den geilsten Arsch von Los Angeles County hat. Aber das geht Bruce nichts an.

„Kommst du nachher ins Büro? Wir haben hier tausend Berichte, die getippt werden müssen und die Gerichtsmedizinerin gibt sich die Ehre und erzählt uns noch ein bisschen was über den Mord."

„Ich versuch's."

Das Problem ist, dass ich Juno nicht allein lassen kann.

Bruce weiß, was mich bewegt.

„Wir könnten Natasha mit ihr losschicken", schlägt er vor.

„Glaubst du, sie ist sauber?" Eigentlich will ich niemanden

ins Vertrauen ziehen. Natasha war außerdem bei der Durchsuchung. Und mir fällt jetzt wieder ein, dass sie dabei auch mal für fünf Minuten allein war. Was hat sie in der Zeit getrieben? War sie in der Zeit in Dean Tevez' Auftrag unterwegs? Hat sie etwas gesucht, das wir nicht finden durften?

Vielleicht ist das hier aber auch eine Gelegenheit, um ihr eine Falle zu stellen.

„Ich glaube, wir müssen mehr Verbündete haben, wenn wir etwas erreichen wollen", sagt Bruce vorsichtig.

„Ich traue niemandem." Gestern wäre mir das noch egal gewesen. Gestern hätte ich noch was riskiert. Aber jetzt?

Jetzt ist da Juno. Ich will sie um jeden Preis schützen.

„Ich auch nicht, Bro." Nach kurzem Überlegen schlägt Bruce vor: „Ich könnte sie ganz unverfänglich mit solchen Dingen betrauen, bei denen sie nichts kaputtmachen kann. Einfach mal gucken, was sie daraus macht."

„Und wenn wir sie mit Juno losschicken …"

„Ich sag' dir was. Die beim LAPD in North Hollywood schulden uns noch was, weil wir ihnen letztes Jahr dieses Arschloch abgenommen haben, das die Crackhuren gekreuzigt hat. Ich rufe da an und sag ihnen, sie sollen eine Streife abstellen, die Natasha und deine wertvolle Braut im Auge behält, okay?"

„Okay." Ich bin erleichtert. Wenn die Jungs vom LAPD sich den beiden an die Fersen heften, dürfte nichts passieren. „Sag Natasha das auch. Sie kann ruhig wissen, dass sie ein paar Aufpasser an den Hacken hat."

„Wird erledigt. Sie ist in einer Stunde bei euch."

Wir legen auf, und bevor ich es mir anders überlegen kann, gehe ich zurück zu Juno.

Eine Stunde bleibt uns.

Sechzig Minuten.

Ich bin ein erwachsener Mann, aber ich bin auch wie ein verliebter Teenager. Sechzig Minuten sind nicht genug, aber sie müssen uns jetzt mal kurz reichen. Alle anderen Telefonate kann ich auf dem Weg zum FBI machen.

Juno sitzt auf dem Liegestuhl. Sie rekelt sich genüsslich, als ich zu ihr trete und mich über sie beuge.

„Alles erledigt?", murmelt sie schläfrig.

„Alles erledigt. Gleich kommt meine Kollegin Natasha vorbei und passt ein paar Stunden auf dich auf. Ich schlage vor, ihr geht shoppen oder so." Irgendwo hin, wo andere Menschen sind.

Sie richtet sich auf. „Wieso?"

„Weil ich ihr nicht traue", erkläre ich ihr offen. „Und weil es mir lieber ist, wenn ihr in Bewegung bleibt. Weil ich *niemandem* traue."

„Dann bleib du bei mir."

Ich setze mich auf den anderen Liegestuhl.

„Das geht nicht", erkläre ich bedauernd.

„Du musst arbeiten."

„Ich muss dafür sorgen, dass du und Gabriel wieder ruhig schlafen könnt."

„Aber ich kann jetzt auch nicht ruhig schlafen."

Ich nehme ihre Hand. Es bricht mir das Herz, und wenn es nach mir ginge, würde ich sie keinen Moment aus den Augen lassen. Aber die Vorstellung, wie ich mit Dean Tevez' Ehefrau an meiner Seite gegen jemanden zu ermitteln versuche, der mit ihrem Mann offensichtlich in Kontakt steht und nach ihrem Leben trachtet, ist schon absurd genug. Dass ich eine Zivilistin zum FBI bringe, davon ganz zu schweigen.

„Ich lasse dich nicht gern allein", erkläre ich. „Aber es muss sein. Manche Dinge darf ich nicht delegieren."

„Weil ihr einen Maulwurf habt."

„Genau."

Wir haben gestern Nacht nicht nur gevögelt. Ich habe ihr alles erzählt, denn es ist zu spät, um jetzt noch irgendwas zu verheimlichen. Ich will sie retten. Da kann ich jede Hilfe brauchen, die ich kriegen kann. Auch die von Juno.

„Was macht dich so sicher, dass nicht diese Natasha der Maulwurf ist?"

„Nichts." Ich zögere. „Du hast doch eine Waffe?"

Sie nickt stumm.

„Kannst du damit umgehen?"

„Ich fahre einmal pro Woche auf den Schießstand, falls du das meinst."

„Das ist gut." Man kann von Dean Tevez halten, was man will. Aber er bringt Juno Überlebensstrategien bei. Warum will er sie dann tot sehen? Oder habe ich irgendwas übersehen?

„Nimm sie mit", rate ich ihr. „Falls etwas passiert, bist du gerüstet."

„Vertraust du ihr?", fragt sie.

Ich beuge mich vor und küsse sie auf den Mund. „Ich vertraue nur dir", flüstere ich. „Und ich vertraue darauf, dass dein Überlebensinstinkt stärker ist als alles, was da draußen auf dich lauert."

Sie erwidert den Kuss. Ihre Hände umfassen mein Gesicht.

„Wie viel Zeit haben wir noch?", flüstert sie.

„Zu wenig", murmele ich. Egal, wie viel Zeit uns bleibt – es wird immer zu wenig sein.

„Ich will dich."

Ich antworte nicht, sondern hebe sie hoch und trage sie ins Haus. Auf dem Weg ins Schlafzimmer schmiegt sie den Kopf an meine Brust. Ihre Arme liegen um meinen Hals, und als ich sie auf dem Bett ablege, lässt sie mich nicht los. Unsere Körper verschmelzen, ihre Hände zerren an meiner Jeans, meine Hände gleiten unter das T-Shirt. Ich finde ihre Brüste, sie hebt sich mir entgegen.

Wir haben keine Zeit zu verlieren. Unsere Liebe ist unter einem denkbar schlechten Stern geboren, und keiner von uns weiß, ob sie Bestand haben wird. Wir müssen das nehmen, was uns dieser Augenblick beschert.

Juno streift sich das T-Shirt über den Kopf. Sie liegt vor mir, und ich tue in diesem Moment einfach das, wonach mir der Sinn steht. Ich drehe sie auf den Bauch, ziehe ihren Slip herunter. Meine Lippen berühren ihren Hintern, ich atme ihr Aroma ein – sie riecht sauber, aber ein wenig auch nach unserem nächtlichen Liebesspiel. Meine Finger krallen sich in ihre Hüften, sie reibt ihren Po an meinem Gesicht, lässt die Hüften kreisen. Fordert mich heraus.

Ich lasse mich nicht zweimal bitten.

Im nächsten Moment schon habe ich die Hose runtergezogen, die Boxershorts gleich mit. Mein Schwanz schnellt vor; hart reibt er sich an ihrer Arschfalte, er gleitet vor und zurück, spürt an der Spitze bereits ihre verheißungsvolle Nässe. Ich will nicht länger warten; sie auch nicht. Mit einer Hand greift sie zwischen ihre Beine, sie umfasst meinen Schwanz, dirigiert ihn in ihre nasse Spalte.

Wir seufzen beide genüsslich auf, als ich langsam in sie eindringe.

Ich beuge mich über Junos Körper. Sie kniet jetzt auf dem Bett, verharrt in dieser Position und wartet auf das Kommende.

„Wie willst du es?", flüstere ich. „Hart und schnell?"

„Ja", haucht sie.

Hart und schnell.

Ich habe nichts anderes erwartet.

Mein erster Stoß gleitet langsam tief in sie hinein. Sie umschließt mich bis zur Schwanzwurzel. Ich stöhne und packe ihre Hüften fester. Juno lässt sich nach vorne fallen; ihr Oberkörper ruht auf den Armen, die Unterarme hat sie auf die Matratze gestützt. Mit einer Hand greift sie jetzt wieder nach unten, ihre Finger umspielen ihre Möse, meinen Schwanz, kitzeln an meinen Eiern. Ich möchte sie warnen, weil das ein gefährliches Spiel ist, das sie da spielt. Stattdessen nehme ich ihre Hand, lege ihre Finger auf ihren kleinen, harten Kitzler und helfe ihr, ihn langsam kreisend zu massieren.

Juno stöhnt in das Kissen.

Mein nächster Stoß kommt schneller. Härter. Sie schreit auf.

Danach kenne ich kein Halten mehr. Ich ramme mich tief in sie hinein, immer wieder, packe ihre Hüften fester, meine

Finger graben sich tief in ihr helles Fleisch. Ihr Stöhnen wird zu lauten Schreien, das Rauschen des Meers wird übertönt von unseren Lauten der Lust.

Der Orgasmus kommt. Ganz langsam baut er sich in mir auf, wie eine Welle, die sich an den Strand heranschiebt und dann mit aller Macht über mir zusammenschlägt. Im selben Moment spüre ich ihr Zucken. Wie sie mich massiert und mich bis zum letzten Tropfen melkt. Danach brechen wir zusammen und bleiben minutenlang einfach so liegen.

Ihr Gesicht ist tränennass, als ich mich neben sie lege.

Sofort bin ich besorgt.

„Habe ich dir wehgetan?"

„Nein." Ihre Stimme ist nach den Lustschreien seltsam heiser. „Es ist nur ..." Sie blickt an mir vorbei zum Fenster, wo das Meer leise rauscht. „Es ist nur so schön. Von einem Mann geliebt zu werden, der mir nicht weh tut."

Eine halbe Stunde später sind wir wieder angezogen und warten auf Natasha. Ich schaffe es nicht, sie anzusehen. Zu viel liegt zwischen uns; allein ihre Worte nach dem Sex haben sich mir schmerzhaft eingebrannt.

In mir ist eine unglaubliche Mordlust.

Dean Tevez, du Schwein. Du hast diese Frau zugrunde gerichtet. Wenn ich könnte, würde ich dich dafür umbringen.

Leider liegt das nicht in meiner Macht. Aber es liegt in meiner Macht, sie zu retten. Und dafür zu sorgen, dass Dean Tevez bis ans Ende seines Lebens kein Tageslicht mehr sieht, das nicht von Gitterstäben und Stacheldraht versperrt wird.

15

Juno

Cases Warnung hallt mir noch in den Ohren, als ich mit Natasha nach erfolgreicher Shoppingtour in einem Café einkehre. Ehrlich gesagt habe ich überhaupt keinen Bock darauf, irgendwas einzukaufen. Aber in der Eile konnte ich nur wenig mitnehmen, als ich mein Haus verließ, und ich habe jetzt eine ziemlich genaue Vorstellung davon, was ich brauche. Zum Glück habe ich immer noch die Kreditkarten, die über Deans Konto und über das Wäschereigeschäft laufen, das nach wie vor von einem Geschäftsführer geleitet wird. Ich möchte gar nicht wissen, wie viele Zigtausend Dollar Drogengeld täglich über diese Unternehmen gewaschen werden.

Natasha holt uns an der Theke der Kaffeebar zwei Caffè Latte. Ich sitze an einem Tisch in der Nähe des Fensters und habe neben meinem rechten Fuß meine Tasche stehen, den Reißverschluss geöffnet. Die Waffe jederzeit griffbereit – das ist Cases Rat gewesen. Den habe ich beherzigt.

Aber nichts ist passiert. Natasha hat sich gern auf meinen Vorschlag zu einer Shoppingtour eingelassen. Sie rümpfte ein bisschen die Nase, weil ich nicht die üblichen Designerläden auf der Third Street Promenade in Santa Monica ansteuere.

Ihr Vorschlag, wir könnten doch zum Rodeo Drive fahren, habe ich rundweg abgelehnt. Also sind wir den ganzen Tag zu Fuß unterwegs gewesen, und jetzt sind wir beide froh, unsere schmerzenden Füße ein bisschen auszuruhen.

Ich bin überrascht, weil ich Natasha mag. Sie hat etwas sehr Natürliches, Unverfälschtes. Gar nicht so typisch L.A., wo jeder mehr auf Schein als Sein gibt, sich die Zähne bleichen, Haare färben, Bikinizone wachsen und das Fett absaugen lässt, sobald man ein gewisses Alter erreicht. Ich schätze sie auf Anfang dreißig.

„Darf ich Ihnen eine indiskrete Frage stellen?" Sie setzt sich auf den freien Stuhl und stellt zwei Becher zwischen uns auf den Tisch. Dann schiebt sie ihre Sonnenbrille in die hellbraunen Haare und mustert mich aus ihren grünen Augen mit unverhohlener Neugier.

Ich mache eine unbestimmte Geste. „Nur zu." Antworten muss ich ja nicht.

„Was ist das mit Ihnen und Case?"

„Oh, ich …" Auf diese Frage hätte ich vorbereitet sein können. Trotzdem bin ich etwas überrascht.

„Das war indiskret, entschuldigen Sie. Ich frage mich nur, ob er und Sie … nun ja. Sich von früher kennen. Bevor er mit Kim zusammengezogen ist."

„Kim?" Meine Stimme klingt seltsam schrill, und ich verstecke rasch mein Gesicht hinter dem riesigen Kaffeebecher, wobei ich mir prompt die Zunge verbrenne. Verdammt! *Case, du Arschloch.*

„Ja, Kim … keine Ahnung, wie sie weiter heißt. Sie wohnen schon eine Weile zusammen. Entschuldigen Sie. Ich dachte … Mein Gott, Sie müssen mich ja für eine unsensible Kuh halten. Entschuldigung. Mein Fehler." Natasha spricht hastig, als könnte sie damit diesen kleinen Fauxpas überspielen. Aber passiert ist passiert, und ich versuche, es irgendwie mit Humor zu nehmen.

Was natürlich überhaupt nicht funktioniert.

„Ich weiß nichts von Kim", erkläre ich. „Mr. Lincoln hat mir vor zwei Tagen geholfen, als nachts zwei Fremde in mein Haus eingedrungen sind und ich dachte, mein Kindermädchen sei erschossen worden. Danach hat er die Sicherheitslage für meinen Sohn und mich bewertet und entschieden, dass es besser ist, wenn wir getrennt untertauchen. Mein Leben ist in Gefahr, und das meines Sohnes ebenso."

„Ja, das ist mir bekannt." Nach einer kurzen Pause hakt sie nach: „Wissen Sie, wo ihr Sohn ist?"

„Bei seinem Kindermädchen", sage ich vorsichtig. Cases Warnung habe ich nach wie vor im Hinterkopf.

„Bei der Frau also, die von den beiden Männern entführt wurde und unter mysteriösen Umständen wieder freikam?"

„Über die Umstände weiß ich nichts. Und sie hat zuerst einen der beiden Männer erschossen, falls Sie das vergessen haben." Ich beobachte sie scharf. „Ich vertraue Carmen. Ich würde ihr mein Leben anvertrauen. Also auch das meines Kinds. Ihre Loyalität steht nicht zur Debatte."

„Ach so", sagt Natasha nur. Sie wärmt ihre Hände an dem Kaffeebecher, als wäre es an einem sonnigen Nachmittag in Südkalifornien so kalt, dass sie das nötig hätte. Ich falle darauf nicht herein und schweige beharrlich.

In mir aber ist ein unglaublicher Aufruhr.

Wer ist Kim?

Ist Gabriel wirklich in Sicherheit?

Wem darf ich noch trauen?

Bitte, Case. Du darfst nicht so sein wie Dean. Er hat mich verraten. Mehrfach. Das darf mir kein zweites Mal mit einem Mann passieren.

Habe ich mich etwa so sehr in ihm getäuscht?

Früher Abend. Ich bin zurück im Haus. Natasha sitzt auf der Veranda, während ich meine „Beute" auf dem Bett ausbreite und die Preisschildchen abschneide. Ich höre sie telefonieren. Durch die offenen Fenster das Rauschen des Meers.

Lange starre ich zum Horizont. Wie einfach es wäre, jetzt nach unten zu gehen, an ihr vorbei und zum Meer. Ich kann nicht schwimmen, aber das weiß sie ja nicht. Sie wird denken, dass ich im Meer baden will, wenn ich am Strand meine Jeans und das Shirt abstreife. Wenn ich in die Brandung laufe. Mich in die Wellen werfe. Untertauche.

Nie wieder auftauche.

Wie einfach es wäre. Und wie feige.

Außerdem erinnere ich mich an etwas, das Dean mir mal erzählt hat. Damals, als wir noch das Bett miteinander teilten. Als er seine Gewalttätigkeit noch im Griff hatte, als ich mir einreden konnte, dass ich ihn irgendwie würde bezähmen können. Dass ich ihn eines fernen Tages bekehren könnte.

„Weißt du, was ein unschöner Tod ist?", flüsterte er in jener Nacht.

Ich lag atemlos neben ihm. Der Sex mit ihm war berauschend. Erhebend. Erniedrigend. Er machte mit mir, was ihm gefiel, und wenn es mir gefiel, hatte ich Glück – was damals noch oft zutraf. Wenn es mir nicht gefiel, musste ich mich damit arrangieren. Damals glaubte ich, dass ich es konnte.

„Was denn?", wisperte ich in die Stille.

Seine Hand legte sich wie zufällig um meinen Hals. „Ersticken. Ertrinken. Wobei ich Ertrinken so ... nass finde. Aber bei beiden Methoden bleibt einem die Luft weg. Beim Ertrinken kann man irgendwann einfach entscheiden, dass es genug ist. Das Wasser schlucken, bis es die Lungen flutet. Beim Ersticken hingegen ..." Seine Hand wanderte über meinen Hals. Er drückte ganz leicht zu und ich schnappte nach Luft, was ihn leise lachen ließ. „Beim Ersticken hat man keine Wahl. Man versucht nur, irgendwie noch ein letztes Bisschen Luft zu erhaschen, bevor es endgültig vorbei ist ..."

Ich muss mich gewaltsam von dieser Erinnerung lösen, denn sie schmerzt. Danach hat er mich das erste Mal beim Sex gewürgt. Mir so lange die Luft abgeschnürt, bis ich tatsächlich glaubte, ich würde ersticken. Als er mir danach wieder das

Atmen gestattete, grinste er mich nur an und fragte, ob es für mich auch so geil gewesen sei.

Seit jenem Tag fürchtete ich jede Sekunde um mein Leben.

Also wende ich mich wieder den Einkäufen zu. Es ist nicht nur eine in Natashas Augen recht eintönige Shoppingtour gewesen, sondern auch für meine Verhältnisse recht billig. Aber es geht niemanden was an, wie viel Geld ich für meine Sachen ausgebe. Trotzdem habe ich bemerkt, wie Natasha die Augenbrauen hob, als ich die Jeans für dreißig Dollar von der Stange kaufte und nicht die teuren Markenjeans für zweihundert Dollar aufwärts.

Ich habe dafür viele neue Oberteile, neue Jeans, neue Wäsche – schlicht. Nichts mit Spitze. Diese Zeiten sind vorbei, hoffe ich. Und zwei Paar Schuhe – auch an Schlichtheit nicht zu überbieten, einfache Sneakers.

Schuhe, in denen man schnell rennen kann, wenn's drauf ankommt.

Ich will nichts mehr dem Zufall überlassen.

Unten höre ich jetzt eine zweite Stimme. Natasha steht auf und verschwindet im Haus. Ich lausche.

Case ist zurück.

Noch vor wenigen Stunden wäre ich atemlos und voller Vorfreude nach unten gelaufen, hätte vielleicht noch gewartet, bis Natasha verschwunden ist, bevor ich ihm um den Hals gefallen wäre.

Jetzt habe ich es nicht so eilig.

Wer ist Kim? Und wenn wir schon dabei sind, Case: Wer bist du?

Ich kann nicht glauben, dass es mir ein zweites Mal passiert ist. Was stimmt nicht mit mir, dass ich immer wieder auf die falschen Männer reinfalle? Auf die Kerle, die mir wehtun, die mich belügen und betrügen? Die mich immer tiefer in die Scheiße reiten, aus der ich mich selbst kaum wieder befreien kann?

Darum bleibe ich im Schlafzimmer. Ich höre die beiden

unten reden, dann verabschiedet sich Natasha. Sie ruft mir noch etwas zu, aber ich antworte nicht.

Dann schlägt die Haustür zu.

Ich höre seine Schritte auf der Treppe.

Langsam falte ich die Kleidungsstücke zusammen und räume sie in meine Reisetasche. Ich hätte sie lieber vorher gewaschen, aber dafür bleibt jetzt keine Zeit.

„Hey." Seine dunkle Stimme umschmeichelt mich. Will mich einlullen mit diesem Gefühl der Nähe und Geborgenheit, die ich noch heute Früh bei ihm empfunden habe.

„Hey." Meine Stimme ist kratzig. Ich habe geheult, aber das werde ich ihm bestimmt genauso wenig auf die Nase binden wie den Grund dafür.

Wer ist Kim?

Er umarmt mich von hinten, und sofort mache ich mich in seinen Armen steif. Als er an meinem Hals schnuppert, mich behutsam küssen will, bin ich kurz davor, nachzugeben. Weil das immer schon leichter war als kämpfen.

Bei Dean habe ich immer nachgegeben. Weil es nicht nur leichter war, sondern mir auch manches Mal das Leben gerettet hat. Davon bin ich überzeugt.

Aber Case wird mir nicht Gewalt antun. Vor ihm muss ich mich nicht fürchten, denke ich …

Meine Hände schieben seine Arme weg. Ich mache zwei Schritte, drehe mich um.

Er sieht mich erstaunt an. Augenbrauen leicht gehoben, die Stirn in Falten gelegt, den Kopf etwas zur Seite geneigt. „Alles okay?", fragt er.

„Ja, alles bestens", lüge ich.

„Hast du Hunger?"

Ich nicke. Essen ist vielleicht keine schlechte Idee. Besser jedenfalls als mit ihm noch länger im Schlafzimmer zu stehen, keine zwei Meter vom Bett entfernt, das uns mit seinen makellos weißen Laken lockt. Ich eile mit gesenktem Kopf an Case vorbei, doch er packt meine Hand.

Ich schreie vor Überraschung auf, reiße die Hand los. Einen Moment lang starren wir uns an. Dann macht Case den Mund auf, doch bevor er etwas sagen kann, schüttele ich nur den Kopf und fliehe nach unten in die Küche.

Sag kein Wort, Case Lincoln. Du bist schlimmer als Dean. Bei ihm wusste ich, woran ich war. Ich habe ein Monster geheiratet, aber ich bin nicht bereit, mein Leben jetzt an einen Betrüger zu verschenken.

Dabei weiß ich, dass ich mein Herz längst an ihn verloren habe. Ich habe gar keine Chance. Und das ist eine bittere Erkenntnis, von der ich mich nicht so schnell werde erholen können.

In der Küche reiße ich den Kühlschrank auf und sichte die Vorräte. Dann entscheide ich, dass wir heute Abend nicht hier essen werden – bloß keine Sekunde länger mit Case allein sein, das halte ich nicht aus, ohne vollends verrückt zu werden. Also knalle ich die Kühlschranktür wieder zu und erkläre: „Wir gehen irgendwo essen."

„Aha", sagt Case nur. Ich drehe mich um. Er steht direkt hinter mir.

„Ja."

„Erklärst du mir auch, warum wir nicht hierbleiben können?"

Ich starre ihn an. Im Ernst? Ich soll es ihm erklären?

Er gibt nach. „Okay. Aber sobald ich das Gefühl habe, dass du nicht mehr sicher bist, gehen wir zurück. Egal, ob das Essen schon da ist oder nicht. Oder du noch bleiben willst. Bitte, Juno. Das musst du mir versprechen."

Ich nicke knapp.

Er ist um meine Sicherheit besorgt.

Er hat eine Freundin oder Frau. Miss Avon-Beraterin. Miss Perfect. Miss Case-gehört-mir.

Ich will nicht die Dritte in einer Ehe sein.

Natürlich schließt sich das nicht aus – eine Ehefrau haben und sich zugleich um die Sicherheit der Frau sorgen, die man außerehelich fickt.

Aber dann sollte er wenigstens ehrlich zu mir sein. Wenn ich nicht alle Fakten kenne, wie soll ich dann wissen, ob ich ihm trauen kann? Was verheimlicht Case noch vor mir?

Wir finden ein kleines Restaurant drei Blocks weiter, das nicht direkt am Meer liegt, angeblich aber für seine Fischgerichte weit über Santa Monica hinaus bekannt ist. Fast alle Plätze sind bereits belegt, doch nachdem Case ganz unauffällig mit seiner FBI-Dienstmarke gewedelt hat, teilt man uns den nächsten freien Tisch zu.

„Machst du so etwas häufiger?", erkundige ich mich giftig.

„Was denn?" Er studiert angestrengt die Speisekarte.

„Die Leute spüren lassen, dass du die Macht hast."

Case sieht mich wieder völlig verständnislos an. Er kann mit meiner Angriffslust offenbar nicht so gut umgehen.

Ist nicht mein Problem, ehrlich gesagt.

Es könnte ein wunderschöner Abend sein. Es ist noch warm, eine sanfte Brise weht vom Meer, leise Musik dringt aus den Lautsprechern. Der Weißwein, den Case auswählt, ist genau richtig temperiert, die Gläser beschlagen leicht. Es gibt Knoblauchbrot mit Butter als kleine Vorspeise, Salat, gebratenen Fisch auf einem zarten Risotto aus Graupen und dazu in Butter geschwenktes Wurzelgemüse. Zum Nachtisch Eis. Ich esse, doch genießen kann ich nichts davon.

Zwischendurch klingelt mein Handy, und ich gehe nicht dran. Danach bekomme ich mehrere Nachrichten. Ich nehme es aus der Gesäßtasche; Carmen hat Bilder von Gabriel geschickt.

Mein kleiner Junge lacht in die Kamera.

Danach geht es mir noch schlechter. Ich habe mich nicht nur auf den falschen Mann eingelassen, sondern ihm auch erlaubt, mich von meinem Sohn zu trennen. Sicher gab es gestern gute Gründe, die dafür sprachen. Aber das ändert nichts daran, dass ich mich jetzt doppelt und dreifach betrogen fühle.

„Wollen wir noch ein bisschen am Strand spazieren?", schlägt Case vor, nachdem er die Rechnung beglichen hat.

„Ich möchte nach Hause", sage ich, ohne dabei zu erwähnen, dass ich mein Haus im Valley meine und nicht das Strandhaus.

„Okay", sagt er nach kurzem Zögern.

Das Essen haben wir bereits weitestgehend schweigend absolviert. Aber mir drängen sich noch andere Fragen auf, die ich ihm nun auf dem Rückweg zum Strandhaus stelle.

„Was habt ihr herausgefunden? Über die beiden Männer."

„Nicht viel. Es gibt eine Verbindung zu deinem Mann. Und zu dem Maulwurf."

„Der zweite ist immer noch auf der Flucht?"

„Wir haben zu wenig, womit wir nach ihm fahnden können. Wenn er schlau ist, hat er sich über die Grenze abgesetzt, nachdem er Carmen losgeworden ist."

Mir wird kalt, und ich umarme meinen Oberkörper. „Dann ist er jetzt auch in Mexiko."

Case nickt. Er geht dicht neben mir; sein Arm berührt wie zufällig meine Schulter. Ich bleibe kurz stehen, damit er merkt, dass ich keinen Bock auf diese Art von Nähe habe, die dann zu einer anderen Art von Nähe führen *könnte*.

„Gabriel ist nicht in Gefahr", versichert er mir. „Du vertraust doch deinem Kindermädchen?"

Ich hätte ihn gerne angeschrien, dass ich inzwischen niemandem mehr vertraute – weder Carmen noch ihm noch sonst irgendwem auf der Welt. Aber ich nicke nur stumm.

„Siehst du. Es wird sich bald alles aufklären, und dann könnt ihr zurück nach Hause."

Und danach, das weiß ich, wird früher oder später der Prozess gegen Dean eröffnet. Noch eine Zerreißprobe für mich.

Wir erreichen das Strandhaus. Case bittet mich draußen zu warten, während er die Zimmer absucht. Erst dann darf ich ins Haus. Ich steuere direkt die Treppe an, während er sich eine Flasche Wasser aus dem Kühlschrank holt.

„Ich komme gleich nach", höre ich ihn sagen.

Ich bleibe auf der Treppe stehen.

Genügt ihm meine Abweisung nicht? Glaubt er wirklich, ich habe nur schlechte Laune, die sich mit einem simplen Fick bestimmt wieder vertreiben lässt?

Ich gehe wieder die wenigen Stufen nach unten. Stehe vor ihm, nehme ihm die Flasche aus der Hand. „Nein", sage ich entschieden. „Du kommst nicht nach. Ich will heute Nacht allein schlafen."

„Okay ... Habe ich irgendwas falsch gemacht?"

Ich lasse ihn stehen. Soll er doch in seinem selbstgerechten Saft schmoren. Um meine Wut zu unterstreichen, knalle ich die Schlafzimmertür zu und werfe mich dann aufs Bett.

Ich bin plötzlich sehr müde.

Aber ich fürchte, ich kann so nicht schlafen. Dafür vermisse ich Case zu sehr.

16

Case

Die Nacht verbringe ich auf dem Sofa im Erdgeschoss. Es käme mir falsch vor, mich im zweiten Schlafzimmer im Obergeschoss zum Schlafen zu legen, während Juno nebenan liegt. Außerdem befürchte ich, sie könnte die Nachtstunden zu einer unüberlegten Flucht nutzen.

Wir haben uns nur ein paar Stunden nicht gesehen, und als ich zurückkam, war sie wie ausgewechselt. Als hätte jemand einen Schalter umgelegt. Verschwunden die verletzliche, schwache Juno, die bei mir Schutz fand. Die ich in den Armen hielt. Die ich vor allem bewahren wollte.

Okay, und die ich so sehr begehrte, dass ich jetzt auf dem Sofa unter der dünnen Decke nicht frieren muss, weil mir ziemlich heiß wird. Und mein Schwanz ist auch wieder mal steinhart.

Ich könnte auch einfach zu ihr nach oben gehen und mich zu ihr legen. Mich an sie schmiegen, ihr ins Ohr flüstern, wie sehr ich sie begehre. Aber ob sie das erweichen würde? Ich habe da so meine Zweifel. Außerdem halte ich nichts davon, eine Frau zu etwas zu „überreden", von dem sie mir bereits deutlich signalisiert hat, dass sie es nicht will.

Also habe ich viel Zeit nachzudenken. Darüber, was wir als nächstes unternehmen können, damit Juno sich wieder sicher fühlt und mit ihrem Sohn nach Hause zurückkehren kann. Denn das ist es, was sie jetzt will – heimkehren. Zur Ruhe kommen nach den jüngsten Ereignissen. Sich auf den Prozess gegen Dean Tevez vorbereiten. Der immer noch ihr Ehemann ist. Vielleicht ist sie deshalb so kalt? Weil sie denkt, sie betrügt ihn mit mir? (Tut sie ja, wenn man es genau nimmt.) Ist da immer noch eine tiefe Verbundenheit zwischen den beiden, und als sie gestern von mir getrennt war, hat sie gemerkt, wie illoyal sie sich ihm gegenüber verhalten hat?

Ja, das wird's sein, denke ich. Das *muss* es sein.

Mit diesem beruhigenden Gedanken schlafe ich ein.

„Was treibst du mit Juno Tevez?"

Die Frage überrascht mich nicht. Was mich eher überrascht, ist der Zorn, der mich aus Natashas Augen anblitzt, als sie mich auf dem Weg aus dem Besprechungsraum stellt und sprichwörtlich in die Ecke drängt.

Ich hebe gespielt hilflos die Hände. „Gnade, Euer Ehren! Was wird mir zur Last gelegt?"

Sie lässt die Hände sinken, mit denen sie mein Hemd gepackt hat. „Ich war gestern ja mit ihr unterwegs, und als ich Kim erwähnt habe ..."

„Du hast *was* getan?" Scheiße. Das erklärt natürlich alles.

„Lass mich ausreden! Woher soll ich denn wissen, was ich wem erzählen darf, wenn es vorher kein Briefing dazu gibt? Also, ich erwähnte Kim, und sofort gingen bei Mrs. Tevez aber mal alle Schotten dicht. Ratatatatam. Man konnte förmlich dabei zusehen, wie ihre Laune unter den Gefrierpunkt sank."

Ich seufze. Von Kim hätte ich Juno erzählen müssen. Und sei es nur, um so eine blöde Situation wie diese zu vermeiden.

„Also? Was ist das mit dir und der hübschen Mrs. Tevez?

Hat sie sich in dich verknallt und du flirtest ein bisschen mit ihr, damit sie besser zu händeln ist?"

Erleichtert stimme ich zu. „Ja, genau. Sie braucht das, glaube ich. Ein paar nette Worte hier und da. Immerhin sitzt ihr Mann im Knast, ohne dass sie weiß, wann er wieder raus kommt. Ich dachte, es kann nicht schaden. Sie hat darauf allerdings etwas zu gut angesprochen ..."

Verzeih mir diese kleine Notlüge, Juno. Ich versuche nur, unsere Liebe zu schützen.

„Naja, ist ja nichts passiert."

Von wegen. Ich weiß jedenfalls jetzt, warum sie mich gestern Abend rausgeworfen hat.

Juno ist wie ein verwundetes, wildes Tier. Es fällt ihr schwer, Vertrauen zu jemandem zu fassen, denn hinter jeder freundlich hingehaltenen Hand vermutet sie wohl einen Jäger, der sie zur Strecke bringen will. Das war bei uns ja anfangs genauso. Und jetzt denkt sie, ihr Vertrauen in mich sei nicht gerechtfertigt gewesen.

Ich muss ihr einiges erklären. Nein, ich *will* es ihr erklären. Sie soll wissen, dass es nur sie gibt für mich.

„Ich rede mit ihr", verspreche ich Natasha.

„Brich ihr nicht das Herz. Ich mag sie erstaunlicherweise."

„Ich mag sie auch."

Mehr als das. Aber das muss Natasha ja nicht wissen.

Juno ist in unserem Kampf gegen den Maulwurf und gegen Dean Tevez unsere beste Waffe. Ich weiß nur nicht, wie wir sie einsetzen können, ohne dass es ihr zum Verhängnis wird.

Die Besprechung hat im kleinen Kreis stattgefunden – Bruce, Natasha, die Chefin und ich. Bruce hat in den letzten vierundzwanzig Stunden wirklich viel erreicht – aber zu einem Durchbruch sind wir noch nicht gekommen. Die Fahndung nach dem zweiten Mann läuft. Dean Tevez steht im Knast unter Beobachtung, falls er mit jemandem Kontakt aufnimmt. Denn irgendwie muss er es schaffen, seine Leute draußen zu informieren. Das gelingt ihm nicht, indem er zum Telefonhörer greift und mit seinem Anwalt telefoniert. Sein einziger Besucher ist einmal in der Woche Juno, und sie haben wir nach längerer Diskussion als Übermittlerin verworfen. Außerdem werden ihre Sachen jedes Mal beim Betreten und Verlassen der Haftanstalt gründlich durchsucht.

Wir haben die Aufgaben neu verteilt und werden uns morgen wieder zusammensetzen. Ich habe noch eine Idee, wie wir dem Maulwurf auf die Spur kommen können, von der ich den Anderen nichts erzählt habe.

Ich bin wie Juno. Vertraue niemandem mehr.

„Wie sieht's aus, Bro?" Bruce haut mir auf die Schulter. Gemeinsam gehen wir zu unserem Büro.

„Alles bestens. Bei dir?"

Bruce zuckt mit den Schultern. „Ich hole uns mal Kaffee. Was ist mit der Tevez-Braut? Passt gerade jemand auf sie auf?"

„Die Kollegen vom LAPD sind zu zweit dort. Ich denke, sie ist für den Moment in Sicherheit."

„Wenn du mal Ablösung brauchst, bin ich da, Bro."

„Klar, ich sag Bescheid, Bro." Mir fällt etwas ein. „Du könntest dich heute Abend um sie kümmern. Sie braucht vielleicht ein bisschen Abstand von mir."

„Was denn, hast du mal wieder nichts anbrennen lassen?" Bruce grinst. Als er aber merkt, wie ernst ich bei der Sache bleibe, fügt er hinzu: „Ach scheiße. Sollte nur ein Scherz sein. Hat's dich etwa erwischt?"

„Es hat uns beide erwischt, aber leider habe ich den richtigen Zeitpunkt verpasst, ihr von Kim zu erzählen."

„Da gibt's ja nichts zu erzählen."

Bruce kennt natürlich die Geschichte von Kim und mir.

„Richtig. Leider hat Natasha weniger als nichts erzählt, und Juno hat sich daraufhin einiges zusammengereimt."

„Fuck. Die Weiber immer. Kaum glucken sie zusammen, kommt es zu Missverständnissen."

Ich mache eine hilflose Geste. „Ich bin selbst schuld. Hätte ich ja auch mal dran denken können, dass sie es von einer anderen Seite erfahren könnte."

„Und wenn du es ihr erklärst?"

„Wie denn? ‚Oh, übrigens. Ich bin zwar FBI-Agent, das hindert mich aber nicht daran, mit einer illegalen Einwanderin unter einem Dach zu leben. Ja, verheiratet bin ich auch mit ihr, damit das ICE nicht gleich morgen auf der Matte steht und sie abholt. Sie sieht hinreißend aus, hat Beine wie ein Supermodel, aber ich hatte schon ewig keinen Sex mehr mit ihr und habe auch nicht die Absicht, das bald wieder zu tun.' Klingt total logisch, selbst für mich."

Wir haben unser Büro erreicht. Ich lasse mich auf meinen Stuhl fallen, während Bruce uns Kaffee holt. In dem Stapel der Hauspost, mit dem angeforderte Akten auf den Schreibtischen der Agents landen, ist auch ein großer, brauner Umschlag für mich eingetroffen. Ich schiebe ihn in die unterste Schublade, weil ich nicht will, dass Bruce ihn sieht.

„Liebesbriefe von der Poststelle?", fragt er prompt und reicht mir einen der Kaffeebecher.

„Ja, genau."

„Wenn das die Tevez erfährt."

„Sie heißt Juno."

Mich ärgert Bruce' Art gerade ein wenig. Er ist sonst auch so. Lässt bei den Frauen nichts anbrennen, genießt sein Leben als Junggeselle und hat manchmal Anwandlungen, dass er schlecht über Frauen spricht. Doch was ich sonst einfach übergehen kann, stößt mir bei Juno übel auf.

Es ist mir wohl ernst. Sonst würde ich nicht so reagieren.

Okay, dafür hätte ich nicht erst Bruces Sticheleien gebraucht.

Fünf Stunden später. Es ist tiefe Nacht, im Gebäude des FBI sind nur noch ein paar unermüdliche Kollegen im Einsatz. Und ich. Meine Augen brennen, weil ich den ganzen Tag in diversen Computerdatenbanken nach irgendwas gesucht habe, das mir die Verbindung zwischen Dean Tevez und unserem unbekannten Maulwurf zeigen kann. Ich weiß, das ist vielleicht eine eher unkonventionelle Herangehensweise. Noch unkonventioneller wäre nur, wenn ich Dean Tevez besuchen und fragen würde. Mancher Kollege würde das vermutlich machen. Oder sich auf die Arbeit mit den Spuren verlassen. Das ist ja unser Problem – es gibt keine Spuren. Nichts, das wir verwerten können. Keine ungewöhnlichen Anrufe bei Dean Tevez, keine Verbindung nach draußen. Er ist da drin so lammfromm, als hätte er nie irgendwas ausgefressen. Eine letzte Möglichkeit bleibt noch. Ich ziehe den braunen Umschlag aus der untersten Schublade. Bruce hat sich vor zwei Stunden verabschiedet und ist zu Juno gefahren. Er wird über Nacht bei ihr bleiben; es macht ja keinen Unterschied, ob er oder ich bei ihr auf dem Sofa nächtigt. Und seine chauvinistischen Sprüche wird er sich bei ihr sicher verkneifen. Dafür ist er immer noch Profi genug.

Aus dem Umschlag ziehe ich eine Liste.

Ich starre auf die Unterlagen. Dann lehne ich mich zurück, verschränke die Arme hinter dem Kopf und denke nach. Schließlich beuge ich mich wieder über die Liste der Gefängnismitarbeiter. Mein Finger wandert von oben nach unten, verharrt bei einem vertrauten Namen. Und wieder von vorne, immer wieder.

„Das kann nicht sein", murmele ich.

Aber da steht es, schwarz auf weiß.

Ich weiß jetzt, wer der Maulwurf beim FBI ist. Wer Informationen an Dean Tevez weitergibt, wer sein Sprachrohr nach draußen ist. Und damit weiß ich auch, wer uns verraten hat. Wer Schuld daran ist, dass Juno völlig verängstigt ist. Dass sie um ihr Leben fürchtet.

Ich schließe die Augen.

Sie fürchtet zu Recht um ihr Leben. Denn just in diesem Moment schwebt sie in größter Gefahr.

17

Juno

Hätte ich mir ja denken können, dass Case nicht zurückkommt. Ehrlich gesagt bin ich erleichtert, dass an diesem Abend nicht er vor der Tür steht, sondern sein Kollege Bruce Fox. Den mag ich zwar nicht, weil er so laut und irgendwie komisch ist, aber ich bin nicht wählerisch. *Jeder ist besser als Case.* Tagsüber haben sich zwei Streifenpolizisten vom LAPD im Wohnzimmer herumgedrückt. Ich habe einem irgendwann die Fernbedienung gegeben und auf den Kühlschrank gezeigt, in dem genug zu essen und kühle Limo war. „Fühlen Sie sich einfach wohl", sage ich. Denn so langsam glaube ich nicht mehr, dass ich in Gefahr schwebe. Das ist doch alles der letzte Scheiß.

„Guten Abend, Schätzchen." Bruce Fox grinst. Er hat eine Papiertüte in der Hand und hebt sie leicht an. „Schon Hunger?"

„Was gibt's denn?", frage ich.

„Burger und Fritten."

„Kommen Sie rein."

Ich hatte als Mittagessen einen kleinen Salat. Mein Hunger

ist ebenso verschwunden wie jedes andere Gefühl für meine eigenen Bedürfnisse. Ich habe den ganzen Tag im Bett gelegen, habe in den Fotos auf meinem Smartphone geblättert, habe geseufzt, mich nach Gabriel gesehnt und mich gefragt, wann ich ihn wiedersehe.

Den Gedanken an Case oder daran, wann ich *ihn* wiedersehe, habe ich einfach ganz weit weggeschoben. Sehnsucht verboten. So einfach ist das.

Leider ist mein Herz ein kleiner, störrischer Muskel, der ein Eigenleben führt. Es lässt sich nichts verbieten. Schon gar nicht die Sehnsucht nach dem Mann, der mir gezeigt hat, dass Liebe auch mit Respekt einhergehen kann.

Mein kleines Herz will mehr davon und ist jetzt bockig, weil ich genug von den Männern habe, die irgendwas vortäuschen, das sie einfach nicht sind.

„Case meinte, Sie bräuchten auch nachts Gesellschaft." Mr. Fox grinst anzüglich. Ich lächele unverbindlich und hole Teller aus dem Schrank. Während er die Burger auspackt, hole ich für jeden eine Dose Limo aus dem Kühlschrank.

Wir tragen die Teller und Getränkedosen nach draußen und setzen uns an den Tisch.

„Ahhh", macht Bruce und streckt die Arme über den Kopf. „Nach so einem Tag im Büro ist das echt eine Augenweide." Sein Blick gleitet wie zufällig über meinen Körper. „Sie natürlich auch, wenn mir die Bemerkung erlaubt ist."

„Danke." Gegen meinen Willen werde ich rot. Auch billige Komplimente kommen bei mir an. Offensichtlich bin ich verzweifelter als ich gedacht habe, dass ich sogar auf so etwas anspringe.

„Und Sie haben Ärger mit Case?" Er mampft zufrieden seinen Burger und stört sich nicht daran, dass ich nur an den Pommes picke. „Wenn Sie mich fragen, ist er ein Idiot. Hätte Ihnen das mit Kim schon viel früher sagen sollen. Aber so sind wir Männer. Müssen immer irgendwelche Geheimnisse haben."

„Hat er Ihnen das erzählt?", frage ich kühl. „Dass er ein Idiot ist?"

Mein kleines Herz schöpft Hoffnung. Vielleicht ist er ja doch kein so großes Arschloch.

„Hören Sie mal … Case ist ein guter Kerl. Auf den können Sie sich verlassen. Also, wenn Sie … wenn Sie das wollen. Sie sind ja auch verheiratet."

„Das stimmt. Aber meinem Mann droht die Todesstrafe. Ich weiß nicht, ob eine Ehe das aushält."

„Noch ist der Prozess ja nicht gelaufen. Die haben schon schlimmere Typen wieder rausgelassen." Er leckt sich die Finger. „Haben Sie auch ein Bier?"

„Klar. Bleiben Sie sitzen, ich hole eins."

Ich gehe ins Haus. Eigentlich ist er ja ganz nett, denke ich. Zumindest können wir uns gut unterhalten, und für den Moment soll mir das reichen. Besser als mich mit Case anzuschweigen.

„Hier." Ich stelle das Bier auf den Tisch und gleite wieder auf meinen Stuhl. Dann nehme ich einen ersten Bissen vom Burger.

„Case hat mir erzählt, Sie hätten Angst vor Ihrem Mann. Ist jetzt auch nicht unbedingt die richtige Basis, oder?"

Ich halte inne. „Nein", sage ich leise. Meine Nase kitzelt, und bevor mich die Tränen überwältigen, lege ich den Burger auf den Teller und lehne mich zurück. Ich nippe an der Cola und versuche, möglichst nichts von dem Sturm der Gefühle gewahr werden zu lassen, der in meinem Innern tobt.

„Ich meine, klar. Man verspricht sich am Tag der Hochzeit, einander bis ans Ende aller Tage zu lieben und zu ehren." Bruce spricht einfach weiter. Ich möchte ihn dafür hassen, mit welcher lässigen Selbstverständlichkeit er mich gerade noch einmal daran erinnert, was für ein Martyrium meine Ehe war. Wie sie sein wird, falls Dean durch irgendeinen Zufall wieder freikommt, der sich meiner Kontrolle entzieht.

„Ich habe mich immer schon gefragt, wie das ist. Also beim … Sex."

Mir wird eiskalt. Wovon redet dieser Kerl gerade? Sex? Hat Case ihm erzählt, dass wir miteinander geschlafen haben und er hält es für eine Gefälligkeit, die ich jedem Aufpasser gewähre, den das FBI mir an den Tisch setzt?

„Was meinen Sie?", frage ich kühl.

„Dieses …" Er beugt sich vor, legt die Hand an seinen Hals. „Dieses Luftabschnüren. Ob das wirklich so geil ist. Ich habe es selbst noch nicht probiert, wissen Sie? Habe noch keine Frau gefunden, die es mir so besorgt. Also, wenn Sie eine Freundin kennen, die drauf steht … Ich würde das gerne mal probieren. Ist das wirklich so geil?"

Ich erstarre. „Was wissen Sie darüber?", frage ich.

„Nicht viel. Nur das, was Case mir erzählt hat. Dass ihr Mann Sie früher beim Sex … naja …" Er verstummt. Er merkt offenbar, dass er die Situation falsch eingeschätzt hat, dass er die falschen Schlüsse gezogen hat. Und jetzt fragt er sich, ob das alles tatsächlich von Case kam oder ob nicht jemand Anderes ihm davon erzählt hat.

Denn Case gegenüber habe ich bewusst kein Wort darüber verloren. Er weiß auch ohne die Schilderung der vielen Grenzüberschreitungen während meiner Ehe, dass ich durch die Hölle gegangen bin. Das muss ich nicht noch extra betonen.

Es gibt nur einen Menschen, der weiß, was Dean mir angetan hat.

Dean selbst.

Ich blicke Bruce Fox an. Und ich erkenne, dass nicht nur *mein* Vertrauen all die Jahre missbraucht wurde.

Cases Partner. Der Mann, den er mir ins Strandhaus schickt, damit er auf mich aufpasst. Der Mann, der mich jetzt so gierig anlächelt, als wüsste er genau, was man mit mir machen kann.

Doch er weiß es nicht von Case, das wird mir in diesen Sekunden bewusst. Er weiß es von Dean.

Weil Bruce Fox der Maulwurf ist.

Mir wird schlecht, ich zittere. Aber ich weiß, dass ich mir

jetzt nichts anmerken lassen darf. Wenn er denkt, dass ich ihm nicht vertraue, bin ich schon so gut wie tot. „Ja, Dean und der Sex", sage ich daher betont lässig. „Das ist schon etwas komisch."

Bruce Fox grinst. Er lehnt sich zurück, nippt am Bier und stellt sich offensichtlich darauf ein, dass ich ihm ein paar pikante Details aus meinem Schlafzimmer erzählen werde. „Wissen Sie, was ihm daran besonders gefallen hat?" Ich beuge mich vor. „Nicht die Tatsache, dass es mir die Luft abschnürte. Dass ich das Gefühl hatte, zu ersticken oder dass ich in Panik geriet. Das war nur das Sahnehäubchen. Ihm gefiel die Todesangst, die ich ausstand. Nicht nur in diesem ultimativ letzten Moment, wenn ich dachte, es nicht länger auszuhalten. Wenn ich überzeugt war, dass ich im nächsten Augenblick sterben würde. Sondern auch außerhalb des Betts. Diese Todesangst hat ihn berauscht. Sie hat ihn den ganzen Tag, jeden Tag erregt. Schon morgens wachte er mit einer Wahnsinnslatte auf, weil er sich an meiner Angst aufgegeilt hat. So war das mit dem Würgen und dem Erstickungsgefühl. Es war erst vorbei, als ich schwanger wurde, denn dem Ungeborenen wollte er auf keinen Fall schaden. Dafür war er zu klug. Er wusste, wenn es erst auf der Welt ist, hätte er damit ein noch viel größeres Druckmittel, ich würde noch williger alles tun, was er von mir verlangt hat." Atemlos halte ich inne. Was ich gerade erzähle, habe ich lange Zeit tief in meinem Innern weggeschlossen, ich habe es niemandem gezeigt. Selbst Lea und später Carmen haben nichts davon erfahren, wie schlimm es war, mit Dean verheiratet zu sein. Ich habe sie alle getäuscht.

Bruce Fox ist ehrlich betroffen. „Das klingt schlimm", meint er.

Oder spielt er mir auch jetzt etwas vor? Ich kann es nicht sagen. Aber alles in mir ist auf Flucht programmiert.

Kämpfen oder fliehen. Nur dass ich fürs Kämpfen keine Kraft mehr habe.

„Und er hat mir gedroht", füge ich hinzu. „Er hat mir gesagt, wenn ich nicht brav bin – ohne zu definieren, was *brav* eigentlich heißt – wird er mich eines Tages töten. Eines Tages. Irgendwann. Es hätte jeden Moment passieren können. Das ist eine Angst, die schlimmer ist als die, von ihm erwürgt zu werden. Denn dann wäre es ja endlich vorbei, dieses Martyrium einer Ehe, die von Anfang an keine war." Sehe ich da etwa so etwas wie Reue in Bruce Fox' Augen? Mitleid? Ich weiß es nicht.

Ich rede weiter. Ich ahne, dass ich um mein Leben kämpfe, um mein Leben rede. Denn dass ich hier mit dem Mann allein bin, der offenbar über irgendwelche dunklen Kanäle mit Dean in Verbindung steht – oder irgendwann zu einem früheren Zeitpunkt stand – verheißt nichts Gutes. Die beiden Männer in meinem Haus wollten mich umbringen. Sie wollten wahrmachen, womit Dean mir immer gedroht hatte. *Weil ich ihm gefährlich werden könnte. Mit meiner Aussage. Oder mit dem, was ich vor Gericht nicht sage.*

„Ich habe auch jetzt noch Angst vor ihm. Und wie Sie sehen, habe ich zu Recht Angst. Er wird mich nie loslassen. Niemals." Ich blicke ihn an.

Bruce Fox steht auf. Er tritt an die Begrenzung der Veranda, steht mit dem Rücken zu mir.

„Sie könnten mich wenigstens ansehen", sage ich leise. „Während Sie überlegen, ob Sie seinen Auftrag zu Ende bringen oder nicht, meine ich."

Er dreht sich um. Sein Blick ist so voller Schmerz, voller Leid und Reue, dass ich ihn gerne getröstet hätte. Ich muss mir ein bitteres Auflachen verkneifen. Ihn trösten? Weil er mich töten soll?

„Was hat er Ihnen versprochen, wenn Sie es tun?", frage ich sanft.

„Er hat mir nichts versprochen. Das war nicht nötig." Bruce räuspert sich. Er dreht sich wieder um, starrt auf den Strand, dahinter das Meer. Ich warte.

Schließlich sagt er leise: „Meine Kollegen fragen sich immer, warum ich keine Freundin habe. Oder eine Frau. Sie finden, so ein schlimmer Kerl bin ich doch gar nicht, da müsste sich doch mal eine finden."

Er lacht leise, als wäre das ein hervorragender Scherz auf seine Kosten.

„Case könnte Ihnen die Frage beantworten. Wir sind seit vier Jahren Partner. Wussten Sie, dass er eine Schwester hatte?"

„Nein", sage ich. „Bitte, Mr. Fox. Setzen Sie sich wieder zu mir." Zu meiner Überraschung gehorcht er und setzt sich an den Tisch. Doch dann beugt er sich noch mal vor und zieht seine Dienstwaffe aus dem Holster und legt sie zwischen uns auf den Tisch. Ich starre darauf. Er räuspert sich verlegen.

„Seine Schwester hieß Salome – Sally. Sie war ein hübsches Ding. Hatte diese honigfarbenen Locken und so hübsche, grüne Augen. Ich habe mich sofort in sie verliebt. War ihr Ausbilder an der Akademie."

„Sie war auch beim FBI?", frage ich sanft, als er nicht weiterspricht. Bruce schüttelt den Kopf. „Sie war ein Naturtalent. Konnte schießen wie ein junger Gott, war pfiffig und geschickt. Sie wäre eine gute Polizistin geworden. Hat sich bewusst für ein Leben auf Streife entschieden. Sie hätte es auch anders haben können. Case hat ihr alle Wege eröffnet."

„Aber dann ist etwas passiert", sage ich, als er nicht weiterspricht. „Ja, dann ist etwas passiert. Es sind sogar viele Dinge passiert." Bruce starrt auf seine leere Bierflasche. Ich stehe auf und hole aus der Küche zwei neue. Eine öffne ich für mich, die andere reiche ich ihm stumm. Mein Blick streift dabei wieder die Waffe auf dem Tisch.

„Was ist passiert?", frage ich leise.

„Ich bin passiert." Er lacht bitter. „Nein, das ist falsch. Also ... tja. Sally und ich haben uns ineinander verliebt. Wie das manchmal passiert mit einem Ausbilder und einer wirklich guten Schülerin. Wir haben das nicht geplant, wir haben aber auch nichts getan, um es zu verhindern. Als unsere Affäre aufflog, hat man sie von der Akademie geworfen. Bei sowas ist man nicht zimperlich. Es gibt klare Regeln. Wer die missachtet, hat es nicht besser verdient. Für Sally war das ... keine Ahnung. Schlimm? Mehr als schlimm. Sie wollte immer, dass ihr großer Bruder auf sie stolz sein kann. Und dann, wenige Wochen vor ihrem Abschluss ..."

Er verstummt.

Ich trinke mein Bier, lasse ihm Zeit. Da ist etwas, das ihm schon lange auf der Seele lastet, das ihn und mich zu diesem Punkt geführt hat. Er will es loswerden und ich lasse ihn. Wenn ich dafür mit meinem Leben bezahle, kann ich es aktuell nicht ändern.

Weglaufen? Wohin denn? Ich käme keine fünf Meter weit, bevor er die Pistole auf mich richtet und mich abknallt.

Ihn überwältigen? Unwahrscheinlich.

Mir selbst die Pistole schnappen? Ja, das wäre eine Möglichkeit. Aber eine, bei der ich den richtigen Moment abpassen muss.

So lange lasse ich ihn weiterreden.

„Sie hat mir erzählt, sie hätte immer schon Probleme gehabt, irgendwelchen Versuchungen zu widerstehen. Hat wohl während der Highschool etwas zu oft auf irgendwelchen Partys Pot geraucht. Hat sich auf mich eingelassen. Nachdem sie von der Akademie flog, hat sie sich mit Oxys abgeschossen."

Oxys. Oxycodon. Ein Schmerzmittel, das auch zu einer psychischen Abhängigkeit führen kann.

„Sie wurde schnell süchtig danach. Ich habe noch versucht, sie irgendwie aufzufangen, sie daran zu hindern ... Sie hatte damals ja nichts mehr. Ihr Bruder war der Einzige, der ihr in der Situation hätte helfen können, und er war vor allem mit sich selbst beschäftigt. Sie hat sich nicht getraut, mit ihm zu reden. Also blieb nur ich."

Bruce seufzte.

„Ich konnte sie nicht retten. Das hätte sie nur selbst vermocht."

„Manchmal ist das so", versuche ich ihn zu trösten. Ich denke an Chrissa, die ich auch nicht hatte retten können. An Gabriel, den ich um jeden Preis retten muss.

„Sie hat Case nie von uns erzählt. Wir trafen uns heimlich,

auch nachdem sie wegen unserer Affäre alles verloren hatte. Oxys und ich, wir hielten sie am Leben. Das ging monatelang so. Ich konnte irgendwann nicht mehr darüber reden, dass sie zu ihrem Bruder gehen sollte, weil sie inzwischen bei mir wohnte. Sie klaute mein Geld, um sich Oxys an der Straßenecke zu besorgen. Irgendwann fing sie sogar an, sich in einem billigen Motel irgendwelchen Fernfahrern anzubieten. Das alles habe ich irgendwie ausgehalten. Weil ich sie liebte. Weil ich dachte, unsere Liebe würde sie irgendwann da rausholen, das wäre alles nur eine Phase.«

Ich kann mir vorstellen, durch was für eine Hölle er gegangen ist. Weil er Sally liebte.

»Eines Tages … sie verschwand einfach. Von einem Tag auf den nächsten war sie weg. Ich weiß nicht, was aus ihr geworden ist. Ob irgendein Dealer an der Ecke sie überredet hat, mit ihm zu gehen. Ob sie noch irgendwo in dieser Stadt lebt. Oder ob sie längst tot ist.« Er zuckte mit den Schultern. »Ich habe sie auf dem Gewissen. Und als mir klar wurde, dass sie nicht zurückkommen wird, habe ich um meine Versetzung zum FBI gebeten. Ich wollte dort sein, wo gegen die Leute ermittelt wird, die dieses Drogenelend reich macht. Ich wollte das Tevez-Kartell zur Strecke bringen, das die Stadt mit dem billigen Meth und den Oxys überschwemmte, das die Kids in den Vorstädten auf H brachte und die Reichen und Schönen von Hollywood mit Kokain vollpumpte. Sie sollten dafür büßen, dass sie Sally auf dem Gewissen hatten.

Beim FBI lernte ich Case kennen. War das Zufall, dass wir Partner wurden? Oder Schicksal? Beides trifft zu. Außerdem hatte ich schon damals einen guten Ruf und habe darum gebeten, dass ich mit ihm zusammenarbeiten darf. Den Wunsch haben sie mir erfüllt. Danach, tja. Wir freundeten uns an. Ich wollte ihm von Sally erzählen, aber er fing nie davon an, dass er seine kleine Schwester an den Drogensumpf verloren hat. Also hielt ich auch den Mund. Und irgendwann war es dann zu spät.«

Das erklärt immerhin, warum die beiden zusammenarbeiten. Aber eine Frage erklärte es nicht.

„Sie arbeiten für meinen Mann", sage ich leise. „Wie kam es dazu?"

Bruce rutscht unruhig auf seinem Stuhl herum. „Sie verschwand", wiederholt er. „Von einem Tag auf den anderen. Es gab keine Spur von ihr, nichts. Wissen Sie, wie sich das anfühlt? Wenn man eine Frau liebt und man in eine leere Wohnung zurückkommt, wo sie eigentlich im Bett liegen und ihren letzten Drogenrausch ausschlafen sollte? Ich war verzweifelt. Und dieser Schmerz, dieser Verlust ... der hat mich bis heute nicht losgelassen. Ihr Mann behauptet, dass er weiß, wo sie ist."

„Und Sie glauben ihm das."

„Er hat einen Beweis."

„Wie kommunizieren Sie mit ihm?" Ich weiß, dass ich neben Deans Anwalt die Einzige bin, die ihn besuchen darf.

„Ich habe meine Methoden."

Ich schweige. Seine Antwort stellt mich nicht zufrieden; natürlich tut sie das nicht. Aber ich habe noch zu viele andere Fragen, um mich länger mit dieser einen aufzuhalten.

Außerdem ist da immer noch die Waffe auf dem Tisch. Er wird nicht ein umfassendes Geständnis ablegen, um mich danach laufen zu lassen.

„Sie sind also sein Mann hier draußen? Der Maulwurf?"

Bruce lacht bitter. „Wenn Sie so wollen. Ich bin sein Mann. Der Maulwurf. Wenn ich seinen letzten Auftrag ausgeführt habe, wird er mir sagen, wo Sally ist."

„Sein letzter Auftrag." Ich sehe ihn an. Er weicht meinem Blick aus. „Mich umbringen. Er will, dass ich sterbe, nicht wahr? Darum die anderen beiden Männer. Und Sie sind quasi sein Backup. Warum? Wieso will er meinen Tod? Ich habe von vornherein gesagt, dass ich nicht gegen ihn aussagen werde."

Bruce zuckt mit den Schultern und trinkt das Bier aus. „Ist mir egal, ehrlich gesagt. Ich mache nur, was er von mir will."

„Sie machen das, weil ..."

„Wegen Sally.“

„Ein Leben gegen ein anderes.“

„Wenn Sie so wollen, ja.“

„Hat er Ihnen einen Beweis geliefert, dass sie noch lebt? Wissen Sie das mit absoluter Sicherheit?“

Jetzt merke ich, dass er zögert. Sein Blick huscht hin und her, eine winzigkleine Unsicherheit ist da. Eine kleine Chance, dass ich ihn erreiche, dass meine Worte etwas bewegen können.

„Was ist, wenn er Sie belogen hat, Bruce?“, frage ich sanft. „Sie wären nicht der Erste, der auf die Lügen meines Mannes hereinfällt. Sehen Sie mich an. Dass ich hier sitze, habe ich ihm zu verdanken.“

„Er hat gesagt, er weiß, wo sie ist. In irgendeinem … Bordell. Er wollte mir aber nicht verraten, wo genau.“

„Das Land ist groß. Sie kann überall sein.“

Er nickt.

„Sie kann aber genauso gut tot sein, Bruce. Es besteht auch die Möglichkeit, dass er Sie zu einem Friedhof schickt. Oder zu einer Müllkippe, wo man ihre Leiche verscharrt hat. Oder er weiß gar nichts über ihren Verbleib und benutzt Sally nur als Druckmittel.“

„Er klang … Er hat Beweise“, beharrt Bruce. Schweiß bricht auf seiner Stirn aus, und ich merke, wie nervös er ist. Bisher hat er vermutlich gedacht, es wäre ganz einfach – er tötet mich, Dean teilt ihm mit, wo Sally ist, Ende der Geschichte.

„Beweise“, wiederhole ich. „Bruce, es tut mir leid, aber das würde mir an ihrer Stelle nicht genügen.“

„Sie wissen, wie er ist. Er lässt sich nicht erpressen.“

„Ich weiß.“ Ich nicke. „Aber Sie wissen hoffentlich, dass Ihr Partner Case alles tun würde, um Sally zu retten. Seine Schwester. Ziehen Sie ihn ins Vertrauen, Bruce. Er wird Ihnen helfen.“ Ich bin zwar gerade nicht besonders gut auf Case zu sprechen, aber so viel weiß ich.

„Das geht nicht“, sagt Bruce dumpf. „Nicht, solange Sie noch am Leben sind.“

„Dann muss ich also sterben", sage ich leise.

Sein Blick ruckt hoch. „Ich will das nicht", erklärt er.

„Dann tun Sie's nicht. Ich wäre nicht die Erste, deren Tod vorgetäuscht wird."

Er schüttelt den Kopf. Seine Hand berührt die Pistole. „Das würde er nicht akzeptieren. Er wird Beweise wollen." Ich atme tief durch. „Dann liefern wir ihm diese Beweise", schlage ich vor. „Aber vertrauen Sie mir. Und Case." Ich weiß, ich kämpfe gerade mit jedem Wort um mein Leben. Aber was bleibt mir anderes übrig?

Bruce steht auf. Ich drehe mich um; vor dem Haus hält mit quietschenden Reifen ein Wagen, die Scheinwerfer beleuchten die niedrige Gartenmauer, die die Veranda umfriedet. Er hat die Pistole in der Hand und richtet sie jetzt auf mich. „Wollen Sie das Case wirklich antun? Mein Leben gegen das seiner Schwester? Das will doch keiner, Bruce." Meine Stimme zittert. „Lassen Sie uns reden. Wenn wir keine Lösung finden, schicke ich Case fort. Dann können Sie mit mir machen, was Sie wollen." Ich bin verzweifelt. Ich würde ihm jetzt alles versprechen, wenn er mir nur die Chance gibt, um mein Leben zu kämpfen.

Außerdem hoffe ich inständig, dass er den Wagen vor dem Haus nicht bemerkt hat. Und dass Case gleich ins Haus kommt. Dass er die Lage mit einem Blick erfasst. Dass er Bruce mit vorgehaltener Waffe zwingt, sich zu ergeben ...

Zu viel Hoffnung. Zu viele Unwägbarkeiten.

Bruce steht mit dem Rücken zu mir. Die Pistole hält er locker in der Hand, seine Schultern bewegen sich, als würde es in ihm arbeiten.

Lass mich leben, flehe ich ihn in Gedanken an. *Wir finden Sally, ganz bestimmt!*

Hinter mir nehme ich eine Bewegung wahr, doch ich traue mich nicht, mich zu Case umzudrehen. Ich spüre seine Hand auf meiner Schulter, ganz leicht nur. Dann Cases Stimme.

„Bruce. Es ist vorbei."

Bruce dreht sich um. Case richtet seine Pistole auf ihn.

„Es ist nie vorbei", krächzt Bruce. Dann hebt er seine Waffe.

18

Case

Ich höre Juno schreien. Sie bricht neben mir zusammen, während ich Bruce anstarre.

Oder das, was von seinem Gesicht übrig geblieben ist, nachdem er sich den Lauf seiner Pistole von unten gegen das Kinn gerammt und abgedrückt hat.

Erstaunt sieht mein bester Freund und langjähriger Partner mich an. Als könnte er selbst nicht glauben, was er gerade getan hat. Dann kippt er nach vorne, und man sieht das ganze Ausmaß seiner Schussverletzung. Die Kugel ist an der Schläfe wieder ausgetreten und hat ein hässliches Loch in den Schädelknochen gerissen.

Aber er ist nicht tot, denke ich. Nicht, solange jemand nicht seinen Tod feststellt.

Ich hechte vor, fange seinen Sturz ab. Lege seinen Kopf in meinen Schoß. „Den Notruf, schnell!", rufe ich Juno zu, doch sie ist nicht sie selbst. Sie hat ihr Gesicht mit den Händen umfasst und schreit.

Sie steht unter Schock. Manche Menschen schaffen es in so einer Situation, kühl und schnell zu reagieren. Andere nicht. Es ist keine Frage der Veranlagung, sondern allenfalls des Trainings. Niemand hat Juno auf so einen Notfall vorbereitet.

Im Nebenhaus gehen die Lichter an, ein Mann tritt auf die Terrasse. Ich rufe ihm zu, er soll einen Rettungswagen rufen, er winkt mir zu, wird erledigt.

Es dauert ewig, bis ich die Sirenen in der Ferne höre. Juno hat sich inzwischen so weit beruhigt, dass sie nicht mehr schreit; sie kriecht von uns weg Richtung Haus, ich rufe ihren Namen.

Komm her, Juno. Ich brauche dich hier. Hilf mir. Mein Freund liegt in meinen Armen und stirbt gerade.

„Juno!"

Sie verharrt. Es dauert einen Moment, aber dann dreht sie sich um. Sie sieht mich an.

„Komm her", sage ich leise.

„Er wollte mich erschießen", höre ich sie flüstern.

„Ich weiß. Stattdessen hat er die Waffe gegen sich gerichtet." Sie rappelt sich auf.

„Komm her. Ich brauche deine Hilfe."

In meinen Armen wimmert Bruce. Ich drücke meine Hand auf seinen Hals, aus dem das Blut rinnt. Wenigstens sprudelt es nicht. Das ist ein gutes Zeichen, hoffe ich.

„Was kann ich tun?" Sie geht neben mir in die Hocke.

„Nimm seine Hand."

Sie starrt auf Bruces Hand. Er hat die Pistole losgelassen, und bevor sie seine Finger umschließt, schiebt sie die Waffe außer Reichweite. Ich atme auf. Gut so. Er ist theoretisch schon vorher keine Gefahr mehr für uns gewesen.

„Hier. Du musst deine Hand auf die Einschussstelle drücken."

Ich habe keine Ahnung, ob das, was wir gerade tun, sein Leiden nur verschlimmert oder ob wir ihm damit das Leben retten. Aber er ist mein Partner. Auch wenn er mich verraten hat, auch wenn er Juno erschießen wollte – er hat nichts davon getan, sondern lieber die Waffe gegen sich selbst gerichtet. Ich habe keine Ahnung, was ihn dazu bewogen hat.

Aber es geht mir nicht nur um Antworten, verdammt. Es geht mir darum, sein Leben zu retten.

Das Auf und Ab der Sirenen kommt rasch näher, doch ich erlaube mir nicht, Hoffnung zu schöpfen.

„Halte durch, Kumpel", murmele ich.

Bruce starrt mich an. Dann kippt sein Kopf zur Seite, seine Augen werden starr.

„Nein, nein, nein", flüstere ich.

Juno drückt weiter ihre Hände auf die Wunde, während ich aufstehe und zur Haustür laufe. Jetzt zählt jede Sekunde im Kampf um sein Leben.

Stunden später sitzen wir immer noch im Warteraum der Notaufnahme. Wir haben Patienten kommen und gehen gesehen, doch die meisten sind an mir vorbei gezogen – fremde Gesichter, fremde Geschichten.

Juno hockt neben mir auf einem der grünen Plastikschalenstühle. Sie hält meine Hand. Jemand hat ihr saubere Klamotten gegeben, die ihr viel zu groß sind. Unter ihren Fingernägeln klebt immer noch das Blut von Bruce, obwohl sie die Hände minutenlang geschrubbt hat. Ich starre auf meine Hände. Auch an ihnen klebt sein Blut, aber ich habe es nicht abgewaschen.

Inzwischen hat Juno mir alles erzählt. Alles. Von Sally, von ihrer Beziehung mit Bruce, seiner Verzweiflung, weil er meine Schwester nicht hat retten können. Wie er erst zum FBI ging, um Dean Tevez zur Strecke zu bringen und anschließend von Junos Mann dazu gezwungen wurde, für ihn zu arbeiten.

Ich bin zu demselben Schluss gekommen, dass Bruce für Dean Tevez tätig geworden ist, nachdem ich die Liste der Gefängnismitarbeiter gesichtet habe. Denn dort steht sein jüngerer Bruder ziemlich weit unten – erst seit ein paar Monaten dabei, aber dank einer glücklichen Fügung oder Mauschelei (ich vermute letzteres) ist Nick dort direkt für den Hochsicherheitstrakt eingeteilt worden.

„Es passt alles zusammen", murmele ich. „Tut mir leid, Baby. Ich hätte dich nicht mit ihm allein lassen dürfen."

Sie berührt meinen Arm. „Er hat dich belogen", sagt sie leise. „Dich hat es schlimmer erwischt."

Sie ist wieder ganz gefasst. Die Panik, der Schock – das hat sie alles erstaunlich schnell überwunden.

Bevor ich antworten kann, geht die Tür auf und Bruces kleiner Bruder stürzt in den Wartebereich. Als er mich sieht, eilt er auf mich zu. Er trägt noch die Gefängnisuniform – also kommt er direkt vom Dienst.

„Wisst ihr schon mehr?", fragt er, nachdem wir uns umarmt haben. Juno streift er nur mit seinem Blick.

„Wir warten", sage ich. „Sie operieren ihn gerade."

Es ist ein Wunder, dass Bruce noch nicht gestorben ist. Ein Wunder und vielleicht Schicksal. Ich nehme Nick beiseite.

„Was ist das mit Dean Tevez und deinem Bruder?", frage ich.

Nick zuckt zusammen. Er ist noch ein junger Kerl; Anfang zwanzig erst. Leicht beeinflussbar. Er vergöttert seinen großen Bruder, der ihn aufgezogen hat, nachdem der gemeinsame Vater verschwunden ist und die Mutter an einer Lungenembolie verstarb. Damals war Nick erst acht.

„Was soll da sein?"

„Ich weiß bescheid", sage ich.

Nick knickt ein. „Ich habe ihm gesagt, dass es ein Fehler war", flüstert er. „Scheiße, Case … Das wollte ich doch alles nicht."

Schon erstaunlich, wie niemand irgendwas von dem gewollt hat, was jetzt passiert ist. „Dein Bruder hätte fast Juno Tevez erschossen, wusstest du das?"

Nick blickt an mir vorbei zu Juno, die sich auf ihre Hände gesetzt hat und nervös vor und zurück wippt.

„Nein", sagt er nach kurzem Schweigen. „Davon habe ich nichts gewusst. Ich wusste nur, dass ich diese Briefe reinschmuggeln sollte. Und wieder raus. Was da drin stand, wusste ich nicht."

„Okay." Ich atme tief durch. Bruce hat nicht nur sein eigenes

Leben versaut, sondern auch das seines kleinen Bruders. Aber ehrlich gesagt ist das im Moment noch unser geringstes Problem. Darum kümmere ich mich später.

Jetzt geht es vor allem um zwei Leben, die ich retten muss. Nein, drei. Aber das von Bruce liegt nicht länger in meiner Hand, darum müssen sich die Ärzte kümmern.

„Du weißt, warum er das getan hat."

„Klar", sagt Nick. „Wegen Sally."

Wegen Sally.

So einfach ist das?

„Du kanntest meine Schwester?"

Nick zuckt mit den Schultern. „Bisher wusste ich nicht, dass sie deine Schwester ist. Für mich war sie Sally. Die Freundin von Bruce, die auch zur Polizei wollte und dann irgendwie abgestürzt ist."

Das war eine verkürzte Form der Ereignisse, aber ich nahm das mal so hin.

„Ich habe von Sally seit Jahren nichts gehört."

„Dean Tevez wusste, wo sie ist. Nur deshalb hat Bruce das überhaupt gemacht. Er hat mir davon erzählt. Also Dean. Und ich habe es dann Bruce erzählt." Nick lässt den Kopf hängen. „Ich hab's echt verbockt, Case. Ich hätte nie auf Dean Tevez hören dürfen."

„Wir alle wissen, was für ein Typ Mensch er ist. Er schafft es, dass man ihm zuhört."

„Aber ich hätte es besser wissen müssen. Ich bin dafür ausgebildet, mir jeden Tag den Scheiß anzuhören, den Leute wie Dean von sich geben. Da rein, da raus." Nick tippt auf seine Ohren. „Tja, leider habe ich diesen Ratschlag aus meiner Ausbildung nicht ausreichend beherzigt."

Ich kann nur hoffen, dass er ansonsten gut aufgepasst hat während seiner Ausbildung. Aber das sage ich nicht, weil es uns jetzt nicht weiterbringt, wenn ich ihm Vorwürfe mache. Er wird sich früher oder später schon genug von seinen Vorgesetzten anhören müssen.

Vorher allerdings haben wir noch etwas zu erledigen.

„Wie schaffen wir es", sage ich langsam, „Sally trotzdem zu retten?"

Nick blickt von mir zu Juno, die aufgestanden ist und unruhig auf und ab tigert.

„Du weißt, was Dean verlangt."

Junos Tod.

Der steht nicht zur Diskussion.

„Hör mal, Nick. Wenn du irgendwie deinen Job behalten willst oder auch nur ansatzweise die Chance haben willst, dass du nach dieser ganzen Geschichte nicht auf der Straße landest, musst du uns helfen."

„Du meinst …"

Ich folge seinem Blick.

Junos Tod.

Es gibt keine Alternative, wenn wir Sally retten wollen.

„Genau das meine ich", sage ich leise.

19

Juno

Ich weiß nicht, warum ich überhaupt noch hier bin und warte, bis Bruce aus dem OP kommt. Case sitzt hier, weil Bruce Fox sein Partner ist. Sein *Freund*. Schöner Freund. Ich habe Case alles erzählt, und trotzdem rührt er sich nicht vom Fleck.

Bruces Bruder Nick ist inzwischen auch da. Ich sehe die Ähnlichkeit der beiden, sehe seine Gefängniswärteruniform und weiß Bescheid.

Du lässt mich niemals davonkommen, Dean. Du findest immer einen Weg.

Aber jetzt habe ich Case auf meiner Seite. Das hoffe ich zumindest. Denn Case verfolgt mehr als ein Ziel. Jeder hat in diesem Spiel mehr als ein Interesse.

Aber eine Frage ist immer noch nicht beantwortet. Warum will Dean mich töten? Was weiß ich, dass ich für ihn so wertvoll bin? Dass mein Tod für ihn von so großer Bedeutung ist und er deshalb nichts unversucht lässt?

Vermutlich denkt er, ich werde vor Gericht gegen ihn aussagen …

Ich erinnere mich noch gut an jenem Tag, als Lea und Jax

ihn fast umgebracht haben. Als er um sein Leben rang in diesem Klinikbett. Als ich nicht wusste, ob ich seine Hand nehmen darf oder nicht. Selbst in diesem Moment fürchtete ich mich vor Dean.

Der Entschluss, ihn ans Messer zu liefern, war keiner, den ich nach langem Nachdenken fasste, sondern entsprang eher dem Überlebensinstinkt. Als ich meine Aussage bei der Polizei machte, betonte ich von Anfang an, dass ich niemals vor Gericht aussagen würde. Sie müssen das ohne mich schaffen. Ich weiß, dadurch wird es schwieriger, und vielleicht kommt Dean doch frei. Aber ich konnte nicht anders. Meine Aussage vor der Jury in einem Gerichtssaal würde niemanden weiterbringen; seine Anwälte würden einen Einspruch nach dem nächsten einlegen, weil Dean mir ja von dem Mord selbst erzählt hat. Es wäre das berühmte „Hörensagen", auf das sie sich berufen würden.

Die Beweise muss die Staatsanwaltschaft schon ohne mich finden.

Ich möchte in diesem Moment am liebsten das Weite suchen, aber da ist Case. Obwohl er mit Nick spricht, dreht er sich immer wieder zu mir um. Ich halte die Anspannung nicht mehr aus; ich stehe auf und laufe hin und her. Am Snackautomaten bleibe ich stehen und krame nach einer Dollarnote.

„Hier." Cases Hand schiebt sich an mir vorbei und steckt einen Schein in den Schlitz. „Was willst du?"

Stumm zeige ich auf eine Tüte Chips, die er für mich zieht. Er legt nach und zieht außerdem einen Schokoriegel und am Getränkeautomaten eine eisgekühlte Dose Dr. Pepper's.

„Können wir reden?", fragt er leise.

„Worüber?"

Er sieht an mir vorbei zu Nick, der jetzt auf einem der Stühle hockt und in sein Smartphone starrt.

„Über Sally."

Ich mustere ihn aufmerksam.

„Darüber, wie wir sie retten können."

„Ihr habt einen Plan."

Er nickt; ich spüre, wie unangenehm ihm dieses Gespräch ist.

„Was habe ich mit diesem Plan zu tun?"

Case atmet tief durch. „Ich wünschte", sagt er leise, „wir hätten mehr Zeit für das hier."

„Die haben wir aber nicht." Ich berühre ihn sanft am Arm. Er öffnet die Getränkedose und reicht sie mir. „Also, was habt ihr vor?"

„Du musst sterben", sagt er leise.

Ich will gerade einen Schluck trinken. Sehe ihn über die Getränkedose hinweg an. Mein Magen revoltiert, als ich die Traurigkeit in seinen Augen sehe.

Trauert er um mich? Oder um Sally, die nie mehr sein wird, wie sie einst war?

„Ich muss sterben", wiederhole ich.

Er nickt.

Dann wendet er sich von mir ab und geht.

Nick steht auf und kommt zu mir herüber.

Ich muss sterben.

Natürlich muss ich nicht *richtig* sterben. Aber für Dean muss ich sterben, damit er den Aufenthaltsort von Cases Schwester Sally preisgibt.

Das erklärt mir Nick mit hochrotem Kopf und schwitzenden Händen, während Case nach draußen geht. Als er wieder reinkommt, zittern seine Hände und er steckt ein Päckchen Zigaretten in seine Gesäßtasche. Ich kommentiere das nicht. Die ganze Situation ist so extrem, dass mir auch nach einer Kippe wäre, wenn ich je geraucht hätte.

Der Plan sieht so aus: Wir holen uns Hilfe für diesen absurden Stunt. Immerhin sind wir in Los Angeles, Hollywood ist nicht fern, jeder kennt jemanden, der jemanden beim Film kennt. In Cases Fall ist das eine Maskenbildnerin, die schon mal zu einem oscarnominierten Team für einen Horrorfilm mit Niveau und viel Splatter gehörte. Nick kennt ein paar

Kumpel, die wohl entsprechend mit Equipment für ein Setting aushelfen können.

Sie wollen meinen Tod vortäuschen. Und das so überzeugend, dass Dean danach Nick erzählt, wo Sally steckt. So sieht der Plan aus.

„Was passiert, wenn's schiefgeht?", frage ich.

„Dann bist du immer noch in Sicherheit und Dean im Knast", sagt Case. Aber seine Miene verrät mir, dass ein Scheitern keine Option ist. Er wird alles tun, um Sally zu retten. Ich traue ihm sogar zu, dass er die Wahrheit aus Dean herausprügelt.

Die kommenden Stunden vergehen wie im Flug. Wir müssen schnell handeln. Der Job muss erledigt sein, bevor über irgendwelche für uns verborgenen Kanäle die Nachricht von Bruces Selbstmordversuch ins Gefängnis durchsickern kann. Sobald Dean davon hört, ist alles vorbei.

Wir sind zurück im Strandhaus. Hier ist der ideale Platz dafür, findet Case. Da wir nicht wissen, wie viel Bruce an Dean weitergegeben hat, wollen wir kein Risiko eingehen.

Es ist finstere Nacht, als ich mich in einem schwarzen Shirt und einer Jeans auf den Terrassenbohlen hinlege. Ein Kumpel von Nick, der eine Brille mit dicken Gläsern trägt, einen zauseligen Dreitagebart hat und dem man seine Vorliebe für Fast Food ansieht, steht hinter einer Kamera, während zwei Kumpel die Beleuchtung entsprechend ausrichten, damit es später so aussieht, als habe Bruce nur ein Foto mit seinem Smartphone gemacht. Neben mir kniet Alicia, die Maskenbildnerin. Sie hat mir ein perfektes Einschussloch mitten auf die Stirn gemalt, aus der ein kleines Rinnsal künstliches Blut fließt. Mein Gesicht ist blass geschminkt, unter meinem Kopf ist ein ganzer See aus Blut und Hirnmasse.

„So?", frage ich leise. Sie blickt zum Kameramann, der den Daumen hebt. Alles perfekt.

Nick taucht neben dem Kameramann auf. Er hat Bruces Handy in der Hand. Seine Finger zittern, als er es entsperrt und die Kamera aufruft. „Es wird echt aussehen?", fragt er.

„Richtig echt", bestätigt der Kameramann. „Mach erst die Fotos, danach spielen wir an der Beleuchtung rum, dass du noch ein kleines Video drehen kannst."

Sie haben keine Fragen gestellt, warum wir diese Fotos und das Filmchen brauchen. Ihnen genügt wohl die Ansage, *dass* wir sie brauchen. Und dass wir gut dafür bezahlen.

Case kniet neben mir. Er drückt meine Hand, die eiskalt ist. „Du darfst dich gleich auf gar keinen Fall bewegen", flüstert er. „Wir machen eine kleine Filmsequenz. Fünf Sekunden maximal. In denen musst du mit starr aufgerissenen Augen da liegen. Nicht atmen", schärft er mir ein.

Ich nicke ganz leicht, wobei mein Hinterkopf in dem Kunstblut herumrutscht.

Das alles ist so widerlich. Ich schließe ein letztes Mal die Augen, höre die Anweisungen. Dann Cases Stimme ganz dicht neben meinem Ohr. „Mach die Augen auf. Du bist tot, Juno."

Ich bin tot. Bruce hat die Waffe gegen mich gerichtet und nicht gegen sich. Mein Kopf schleuderte nach hinten, als er abdrückte, und dann war nichts mehr wie zuvor.

Ich bin tot. Ich werde meinen kleinen Sohn nie wiedersehen.

Ich bin tot.

Es ist vorbei.

Meine Augen drohen von den Tränen überzulaufen, die ich in diesem Moment weinen möchte, als ich mir diese alternative Realität vorstelle. Als ich mich tot stelle.

Aber stattdessen tue ich das, was Case von mir verlangt. Es geht nicht länger um mich. Er will Sally retten. Keine Ahnung, ob er mich überhaupt noch wahrnimmt; im Moment ist er völlig davon besessen, diese winzige Chance zu nutzen, um seine Schwester zu retten, von der er lange glaubte, dass er sie nie wiedersehen würde.

Aber Sally lebt, und Dean weiß, wo sie ist.

Ich möchte Dean hassen für all das, was er mir angetan hat. Was er auch anderen Menschen angetan hat. Aber in diesem Moment, während ich auf den von der Sonne gewärmten Holzbohlen liege und ins Leere blicke, während Nick sich über mich beugt und eine kurze Filmsequenz dreht und ich die Luft anhalte, kann ich ihn nicht länger hassen. Er ist wie ein Geist für mich. Es ist zu viel passiert.

Und mir wird bewusst, was das hier auch bedeutet, wenn es funktioniert.

Dann bin ich frei.

Ich muss ihn nie mehr im Gefängnis besuchen. Keiner kann von einer Toten verlangen, dass sie ihrem Ehemann weiterhin brav einmal die Woche Bericht erstattet.

„Wir sind fertig", sagt Nick leise.

Ich lasse mir von ihm aufhelfen. Alicia ist zur Stelle und führt mich nach oben ins Badezimmer. Case würdige ich keines Blicks. Er hat mich in diese Situation gebracht, und ich möchte ihn hassen für alles, was er mir aufgebürdet hat.

Aber ich bin frei.

Wenn wir Erfolg haben, kann ich meinen Sohn aus Mexiko holen und mit ihm untertauchen.

Habe ich das nicht immer gewollt?

20

Case

„Es ist nicht perfekt", sagt Frankie. Er hat die technische Durchführung übernommen, die Beleuchtung, seine Kumpel angewiesen, die Dateien nachbearbeitet. Frankie isst einen Cheeseburger, während er mir zeigt, was er meint. Juno hat gezuckt, während sie sich tot stellte. Es war nur eine winzige Bewegung, kaum sichtbar für ein ungeübtes Auge. Aber verdammt, sobald man es einmal gesehen hat, kann man es nicht mehr *übersehen*.

„Es muss so gehen", sagt Nick leise. „Ich halte ihm das Handy hin, muss ja alles schnell gehen. Ist ohnehin gefährlich, wenn ich es mit reinnehme. Von meinen Vorgesetzten darf das keiner mitkriegen, sonst ..."

Er verstummt, und ich werfe ihm mit hochgezogenen Augenbrauen einen Blick zu. *Was sonst, Nickiboy? Sonst werfen sie dich raus?*

Das werden sie so oder so tun.

„Wir könnten sie bitten, noch einmal zu posieren", schlägt Frankie vor. „Dauert halt. Sie müsste noch mal geschminkt werden, das komplette Setting ..."

„Nein", entscheide ich. „Juno hat mehr als genug für uns getan."

Sie ist für uns gestorben, verdammt noch mal. Ich will sie kein zweites Mal dazu zwingen.

„Okay, ich versuche mal, da noch zu tricksen." Frankie hämmert bereits auf die Tastatur ein. Er hat sein ganzes Equipment im Wohnzimmer aufgebaut.

Oben ist es erstaunlich still. Vor einer halben Stunde hat Alicia Juno raufgebracht, damit sie sich abschminkt und duscht. Ich mache mir Sorgen.

„Kommt ihr hier ohne mich zurecht?", frage ich.

Frankie winkt ab. Nick sitzt neben ihm. Er ist ein Häufchen Elend, aber wenigstens ist er dabei. Er kümmert sich. Morgen Früh ist für ihn Showtime. Ich berühre ihn am Arm. „Du solltest dich auch aufs Ohr hauen."

„Ich kann nicht." Seine Augen sind gerötet. „Nicht, solange ich nichts aus dem Krankenhaus gehört habe."

Das verstehe ich. Ein letzter aufmunternder Klaps auf die Schulter, dann gehe ich nach oben.

Alicia steht in der Tür zum Schlafzimmer.

„Wie geht es ihr?", frage ich leise.

„Sie ist gerade im Bad. Ich wollte nach ihr schauen, weil sie da schon ziemlich lange drin ist."

„Ich übernehme das."

Alicia gibt den Weg frei. Ich schließe die Schlafzimmertür hinter mir und gehe zur Badezimmertür. Drinnen rauscht das Wasser. Sie duscht offensichtlich noch. Aber das lässt sich ja herausfinden.

Als ich die Tür öffne, wabert heißer Wasserdampf heraus. Es dauert darum einen Moment, bis ich sehe, was hier los ist.

Dann springe ich in den Raum und reiße Juno unter dem kochend heißen Wasserstrahl weg. Keine Ahnung, wie lange sie einfach in der Duschwanne gehockt hat und das Wasser auf sie niedergeprasselt ist. Ihre Haut ist krebsrot, und als ich sie in meine Arme nehme, reißt sie die Augen auf und schnappt nach Luft, als hätte sie sich zuvor in einer Art Trance befunden.

Der Schock, denke ich. Kein Wunder. Irgendwann musste der wieder einsetzen oder sich irgendwie Bahn brechen. Ich drehe das heiße Wasser ab, hebe Juno hoch und wickle sie in ein Handtuch. So stehe ich eine Weile einfach mit ihr da, ihre Arme um meinen Hals gelegt, ihr Kopf an meiner Schulter geborgen.

„Juno", flüstere ich.

Sie weint nicht. Tapfere, toughe Juno. Sie musste in den letzten Tagen so viel mitmachen, aber bisher habe ich nicht gesehen, wie sie heult. Ich weiß nur nicht, ob das ein gutes oder ein schlechtes Zeichen ist.

Vermutlich eher Letzteres. Irgendwie muss sie schließlich den Druck loswerden, denke ich ... Aber sie bleibt stark. Ihr Sohn ist nicht bei ihr, Dean Tevez will sie tot sehen, Bruce erschießt sich fast vor ihren Augen ...

„Case", höre ich sie flüstern.

„Ja, Baby?"

„Bringst du mich weg? Fort von hier?"

Ich zögere. Der Plan sah eigentlich vor, dass sie bei mir bleibt, während Nick morgen zu Dean geht. Nur so kann ich für ihre Sicherheit garantieren. Es gibt kein Safe House im Umland von L.A., das in meinen Augen wirklich *sicher* ist. Da draußen läuft immer noch einer der beiden Mörder herum, die sie in ihrem Haus angegriffen haben. Und was weiß ich schon, ob Dean Tevez nicht noch eine dritte Option im Köcher hat, um sie zur Strecke zu bringen?

„Wenn das hier vorbei ist, bringe ich dich weg", verspreche ich.

„Und Gabriel?", flüstert sie.

„Wir holen Gabriel und dann taucht ihr unter. Versprochen."

Sie kuschelt sich an mich. „Danke, Case. Ohne dich wüsste ich nicht, was ich tun soll."

Ich wüsste auch nicht, was ich ohne sie tun soll.

Ich trage sie ins Schlafzimmer, trockne ihren Körper behutsam ab und helfe ihr in einen flauschigen Bademantel, bevor ich sie aufs Bett schiebe. Kein Sex, denke ich, obwohl sie gerade so hinreißend aussieht. Aber sie ist auch verletzlich, darum verbietet sich der Gedanke.

„Wo gehst du hin?", fragt sie, als ich mich Richtung Tür wende.

„Nach unten. Du hast bestimmt Hunger?"

Es ist weit nach Mitternacht. Aber ich ahne, dass wir heute Nacht beide keinen Schlaf finden werden.

„Und Durst", sagt sie leise.

„Ich bringe dir was."

Unten ist die Filmcrew inzwischen dabei, ihre Sachen einzupacken. Alicia verabschiedet sich als Erste. Ich bedanke mich bei ihr und stecke ihr zweihundert Dollar zu, die sie nach kurzem Zögern nimmt. Ich hoffe, sie weiß, dass sie niemandem von diesem Job erzählen darf. Ich habe es zwar allen von Anfang an eingeschärft, um Juno und Sally nicht in Gefahr zu bringen, aber man kann nie wissen.

Ich verabschiede auch Frankie und seine Helfer und stecke jedem etwas zusätzliches Geld zu. Jemand hat in der Zwischenzeit was zu essen bestellt – auf der Küchentheke stehen zwei Kartons Pizza „mit allem".

„Du solltest auch was essen", sage ich zu Nick, während ich einen Pappteller mit Pizza belade und aus dem Kühlschrank zwei Dosen Coke hole.

„Ich lege mich gleich hin", sagt Nick leise.

„Okay. Oben ist noch ein Gästezimmer, da kannst du dich aufs Ohr hauen. Was Neues aus der Klinik?"

Nick schüttelt den Kopf.

Wäre auch zu schön gewesen.

Ich gehe nach oben. Juno sitzt noch auf dem Bett, wie ich sie zurückgelassen habe. Nur der Fernseher läuft inzwischen.

„Alles okay?", fragt sie.

„Ich mache mir Sorgen um Nick." Ich reiche ihr den Teller mit Pizza. Sie nimmt ein Stück und beißt hungrig hinein.

„Du meinst, ob er das morgen schafft?"

Nachdenklich nicke ich.

„Er muss. Sonst war alles umsonst."

Sie spricht nicht aus, was ich denke: *Sonst hat Bruce sich das umsonst angetan.*

Ich würde es Nick ersparen, wenn es irgendeinen anderen Weg gäbe.

Juno klopft neben sich auf die Matratze, und ehrlich, ich brauche keine zweite Aufforderung. Ich lege mich neben sie und nehme mir ebenfalls ein Stück Pizza. Während wir essen, zeigt sie auf den Fernseher. Dort läuft eine Nachrichtensendung. Im Valley gab es mal wieder eine Schießerei zwischen rivalisierenden Drogenbanden. „Das wird nie aufhören, oder?"

„Nicht, solange man damit so viel Geld machen kann." Ich schüttele traurig den Kopf.

„Warum machst du dann weiter? Ich meine, wenn ihr der Hydra einen Kopf abschlagt, wachsen doch gleich drei neue nach."

„Weil es schlimmer wird", sage ich ohne Zögern. „Als Sally vor vier Jahren verschwand, hat mich das fertig gemacht, aber es hat mir auch gezeigt, wie gefährlich diese Welt geworden ist. Früher hätte ein Mädchen aus gutem Haus wie Sal nicht so schnell den Halt verloren. Irgendwas ist passiert. Und ich kann es mir nicht erklären. Was fehlt den Menschen, dass sie plötzlich straucheln? Auch wenn sie geliebt werden? Bruce *hat* sie geliebt, das weiß ich. Damals war sie eine Zeitlang echt glücklich, aber dann kam die Sache mit der Akademie, und das hat ihr echt den Boden unter den Füßen weggerissen. Vielleicht trage ich eine Mitschuld", füge ich nachdenklich hinzu.

„Was? Wieso denn das?"

„Weil ich immensen Druck auf sie ausgeübt habe." Es fällt mir schwer, das zuzugeben. „Ich war immer der perfekte Cop. Bin die Karriereleiter ziemlich schnell hochgeklettert. Sal kam an die Akademie und hat von allen Seiten nur gehört, dass sie genauso talentiert sei wie ich. Dass auch sie ein richtig guter

Bulle wird, wenn sie sich so reinhängt wie ich. Das war schon eine Menge Druck für sie. Gerade mal Anfang zwanzig, ich meine …"

„Aber wenn sie den Druck nicht aushielt, war sie nicht die Richtige für den Polizeijob", gibt Juno zu bedenken.

Ich lächle traurig. „Wohl wahr. Aber sie hat sich nie um Alternativen Gedanken gemacht. Für sie war immer klar: Sie eifert mir nach. Und als das nicht mehr ging, habe ich sie einfach nicht mehr erreicht. Im wörtlichen Sinne. Von dem Tag an ging sie nicht mehr ans Telefon, sie ignorierte mich, zog aus ihrem Apartment aus. Sie wusste, wie man spurlos verschwindet. Insofern war sie richtig gut."

Ich lasse den Kopf hängen.

„Und ich habe versagt."

Juno berührt mich am Arm. „Das hast du nicht, Case", sagt sie leise. Ihre Stimme klingt merkwürdig belegt. Ich blicke sie an. In ihren Augen funkelt etwas, das ich schwer deuten kann. Lust? Sehnsucht?

Es ist vermutlich der falsche Moment, um so zu empfinden, aber wie sie da auf dem Bett sitzt, in einem übergroßen Bademantel, unter dem ihre nackte Haut hervorblitzt, merke ich, dass auch ich jetzt am liebsten etwas Anderes machen würde als darüber nachzugrübeln, was morgen alles schiefgehen könnte.

Ich setze mich zu ihr auf die Bettkante. Juno rückt etwas näher, ich spüre ihre Hand auf meiner Schulter.

„Das war eine Scheißidee", murmele ich.

„Mich herzubringen, meinst du?"

Ich nicke.

„Nein. Du tust das, was du in dieser Situation für das Richtige hältst. Hätte ja niemand ahnen können, dass uns alles um die Ohren fliegt."

Uns. Sie spricht von einem *wir*.

Das ist neu für mich, und einen Moment lang weiß ich nicht, wie ich darauf reagieren soll. Statt also jetzt irgendwelchen Mist zu erzählen, rücke ich noch etwas näher. Ihre Hand streichelt nicht nur meine Schulter, sondern fährt unter das T-Shirt. Ich seufze. Ihre Finger sind angenehm warm, sodass ich mich ganz dieser Berührung hingebe. „Was tust du mit mir?", flüstere ich.

„Ich weiß nicht." Sie lächelt, beugt sich über mich, dann sitzt sie rittlings auf meinem Schoß und hilft mir aus dem T-Shirt. Weil sie unter dem Bademantel nach wie vor nackt ist, brauche ich nur die Hände an ihren Oberschenkeln nach oben gleiten lassen, um wenige Sekunden später schon ihre glattrasierte Scham zu berühren. Ich ziehe scharf die Luft ein, denn allein sie zu berühren, treibt mich in den Wahnsinn. Einen Wahnsinn, der mein Herz zerfrisst.

Wir tun etwas, das wir nicht dürfen. Ich hätte mich niemals auf sie einlassen dürfen. Doch sie auf meinem Schoß sitzen zu haben, ihre weiche Haut unter meinen Fingern zu spüren, ihren Blick auf mir ruhend … Ich kann nicht anders.

Ich kann vielen Verlockungen widerstehen. Aber dieser einen nicht.

Ich bin verloren.

„Warum tun wir das hier?", höre ich sie flüstern.

Ich lache leise. Genau mein Gedanke.

Meine Lippen berühren ihre, und sie öffnet den Mund für mich mit einem Hunger, den ich so nicht erwartet habe. „Weil es falsch ist. Verboten und falsch", flüstere ich.

„Das sind diese tollen Sachen immer", murmelt sie. Ihre Hände fahren über meinen Oberkörper, sie erkundet Brust, Schultern, Bauch, ihre Finger tanzen über meine nackte Haut. Ich bin steinhart, und weil ich will, dass sie das spürt, rücke ich sie auf meinem Schoß nach oben, drücke ihre Scham in meinen Schritt. Sie reißt die Augen auf, gespielt überrascht.

„Wusstest du nicht, dass du auf mich diese Wirkung hast?", murmele ich.

Sie lacht atemlos. „Doch. Es ist nur … so überraschend, wenn ich es dann wieder spüre." Sie gleitet von meinem Schoß, kniet jetzt vor dem Bett. Der Gürtel ihres Bademantels hat sich gelöst, und während sie sich an meiner Hose zu schaffen macht, schiebe ich den dicken Frottee von ihren Schultern, ich streichle sie, will sie wieder zu mir aufs Bett ziehen, auf meinen Schoß.

Aber da hat sie schon erreicht, was sie wollte. Ihre Hand schiebt sich in die Boxershorts, mit der anderen zerrt sie die Jeans nach unten. Ich helfe ihr etwas, doch dann drückt sie meinen Oberkörper mit der Hand in die Matratze. „Lass mich das machen", höre ich sie sagen, und ich gebe nach. Weil ich ihr keinen Wunsch abschlagen kann. Ihre Finger umschließen meine Schwanzwurzel, ich stöhne auf, dann ist ihr Mund auf mir, sie umschließt mich mit ihren Lippen, und bevor ich weiß, wie mir geschieht, lutscht sie mich, sie nimmt ihn tief in sich auf, ihr Blick geht zu mir hoch.

„Fuck", murmele ich, und sie grinst.

Es macht sie glücklich, was wir da tun, und mich macht es deshalb auch glücklich. Ein bisschen Dampf ablassen, ein bisschen die Anspannung abbauen. Vor allem aber: Beieinander sein, einander festhalten, nicht loslassen. In diesem Moment sind wir eine Einheit, wir gehören zusammen, und ich stelle mir vor, wie dieses Zusammensein für immer anhält, wie es alle Widerstände überwindet.

Du und ich, Juno. Für immer.

Ich vergrabe die Hand in ihren Locken, als sie anfängt, den Kopf langsam auf und ab zu bewegen. Nicht, um sie zu dirigieren oder anzuspornen, sondern um ihr in diesem Moment näher zu sein. Ich finde, wenn eine Frau einem Kerl schon den Schwanz lutscht – noch dazu, wenn sie es mit so viel Hingabe und Können tut wie Juno gerade – dann hat sie auch eine Gegenleistung verdient.

„Komm her", flüstere ich schließlich, will sie zu mir aufs Bett ziehen. Nur widerwillig leistet sie meinem Wunsch Folge; ich spüre, sie will mich bis zum Äußersten treiben, sie will, dass ich in ihrem Mund komme.

Aber das will ich nicht.

Als sie zu mir aufs Bett kommt, helfe ich Juno aus dem Bademantel. Sie ist nackt so wunderschön, dass mir der Atem stockt; zart ist vielleicht der richtige Begriff, um sie zu beschreiben. Ihr herzförmiges Gesicht, aus dem mich groß ihre blauen Augen anstrahlen, umrahmt von den dunklen Locken. Ihre Haut, sonst von der Sonne Kaliforniens leicht gebräunt, wirkt jetzt seltsam blass.

Sie hat eine Menge durchgemacht, denke ich.

„Ist das okay für dich?", murmele ich.

Sie lacht. Atemlos. Zieht mich zu sich auf die Matratze, auf sich, sie öffnet sich mir, ihre Arme umfangen meine Schultern. „Spinnst du?" Aus ihrer Stimme spricht die pure Lust.

„Willst du lieber schlafen?"

„Es wäre eine Möglichkeit ..." Mein Schwanz drückt gegen ihren Schenkel. Sie bewegt sich etwas zur Seite, dann spüre ich ihre Feuchte, wir halten beide inne. Atemlos lauschen wir, und dann wird die Stille von ihrem Kichern durchbrochen.

„Wir müssen leise sein", wispert sie.

„Das schaffst du nicht", necke ich sie.

Juno versetzt mir einen spielerischen Klaps gegen die Schulter. „Und ob ich das kann! Ich beiße dich, statt zu schreien."

„Hmmmm, das würde mir gefallen." Mein Glied berührt ihre Spalte. Sie hält die Luft an – und lässt sie ganz langsam entweichen, als ich in sie eindringe.

Wir verharren einen Moment lang. Ich halte sie in meinen Armen, ihr Blick ruht auf meinem Gesicht. „Geht es dir gut?", frage ich.

Idiotische Frage, gebe ich zu. Im Moment ist alles ein bisschen chaotisch, wie soll es ihr da gutgehen? Aber ich will wissen ob sie okay ist. Ob sie in diesem Moment ganz bei mir ist. Ihre Gedanken nicht um die vielen Probleme kreisen, die wir haben.

Um die wir uns morgen wieder kümmern werden. Jetzt nicht. Jetzt ... will ich sie.

„Bist du bei mir?", höre ich sie im Dunkeln flüstern. „Case? Bleibst du auch bei mir?"

Ich schlucke. Noch nie habe ich so empfunden. nicht mal ansatzweise habe ich gewusst, dass es solche Gefühle gibt. Die so *groß* sind. Die alles ändern.

„Ich bin bei dir."

Sie seufzt. Ich spüre, wie ihr Körper in meinen Armen weich wird. Nachgiebig. Anschmiegsam. Wie sie sich fallen lässt, anders kann ich das nicht beschreiben. Sie vertraut mir. Und das ist das größte Geschenk, das sie mir machen kann.

Ich bin bei dir, Juno. Ich werde nie mehr von deiner Seite weichen.

In diesem Moment bin ich sicher, dass ich dieses Versprechen werde halten können ...

„Komm", haucht sie.

Mehr brauche ich nicht. Ich versenke mich tief in ihr, und ihre spitzen Schreie vermischen sich mit meinem kehligen Stöhnen. Wir sind. Wir *sind*. *Wir* sind.

Wir werden überleben.

Ich spüre die Bedrohung. Sie ist vor mir, hinter mir, wie ein dichter, schwarzer Nebel kriecht sie auf mich zu, sie umschließt mich. Ich stehe im Nirgendwo, nur Schwärze um mich, ich drehe mich im Kreis. Hebe die geballten Fäuste und versuche, dieses Schwarz zu durchdringen, das immer näher rückt, bis es mir die Luft abschnürt. Nur einen winzigen Moment lang glaube ich zu erkennen, wie der Nebel sich lichtet, und dahinter sehe ich eine Gestalt, die auf mich zukommt. Bedrohlich ragt sie vor mir auf, und ich will schon rufen, dass sie sich zu erkennen geben soll, als sie wie ein wilder Schatten auf mich zuspringt.

Und ich schlage zu.

Ich höre einen erstickten Schrei. Triumphierend heule ich auf, denn ich habe dieses Monster im Griff, ich habe es erlegt, wenn ich nur ein zweites Mal zuschlage ...

„Case! Nein! Hilfe!"

… werde ich zurück in die Realität geworfen. Dunkelheit, dann das grelle Deckenlicht. Juno steht an der Tür, sie hat den Schalter gedrückt, hält die dünne Bettdecke an sich gedrückt. Ich knie nackt auf der Matratze, starre sie an, die Fäuste erhoben, bereit zum nächsten Schlag. Doch dann sehe ich, wie sie sich abwendet, wie Blut von ihrer Augenbraue auf den hellen Teppich tropft, und ich begreife, was da passiert ist.

Sofort springe ich aus dem Bett. „Juno!" Meine Hände packen ihre Handgelenke, doch sofort zuckt sie unter meiner Berührung zurück.

„Fass mich nicht an", zischt sie.

„Juno, ich …"

Himmel, was habe ich getan? Ich fahre mir mit beiden Händen durchs Gesicht, weiche vor ihr zurück. Nicht, weil ihre Wut und Verletzlichkeit mich abschrecken, sondern damit sie sich nicht länger vor mir fürchten muss.

Denn genau das sehe ich in ihren blauen Augen. Augen, die mich vor wenigen Stunden noch voller Liebe ansahen. Die sie verzückt schloss, als der Orgasmus über sie hinwegrollte.

Das alles ist fort und hat einer Panik Platz gemacht.

Bevor ich noch etwas sagen kann, eilt sie mit gesenktem Kopf ins Bad. Die Tür knallt hinter ihr zu, und das nächste, was ich höre, ist das Rauschen von Wasser.

Sie tut es schon wieder. Sie lässt sich von dem kochend heißen Wasser betäuben, um einen anderen Schmerz nicht zu spüren. Einen Schmerz, den ich ihr zugefügt habe – sowohl körperlich, als auch seelisch.

Ich habe noch nie eine Frau geschlagen. Das ist etwas, das mir völlig fern liegt. Dennoch: Ich habe es getan. Etwas hat mich im Traum so sehr in Besitz genommen, dass ich die neben mir schlafende Juno als Bedrohung spürte. Juno eine Bedrohung! Fast hätte ich gelacht. Diese zarte Frau, diese Elfin? Körperlich wäre sie mir nie gewachsen. Und darin liegt meine besondere Verantwortung …

Ich bin ein Scheißkerl.

„Juno!" Ich hämmere mit der flachen Hand gegen die geschlossene Tür. „Juno, mach auf! Ich kann das ..."

Nein, erklären kann ich es nicht. Keine Ahnung, woher das kam. Habe ich so große Angst, mich fallenzulassen? Quatsch.

Aber warum sonst habe ich die Hand gegen sie erhoben? Was schlummert in mir, dass ich so zum Tier werde?

21

Juno

Diesmal rettet er mich nicht, als ich unter der Dusche hocke und das heiße Wasser ewig auf meinen Scheitel prasselt. Diesmal hätte ich das auch nicht zugelassen.

Ich weiß, ich sollte das Veilchen lieber kühlen, statt es der warmen, feuchten Luft im Badezimmer auszusetzen; vermutlich wird es morgen so dick wie ein Straußenei sein und ich werde tagelang mit dem Auge nichts mehr sehen, weil ich bereits spüre, wie es zuschwillt. Aber das ist jetzt auch egal. Scheiße, mir ist alles egal. *Wie schön, dass ich wieder mal mein Herz an ein gewalttätiges Arschloch verloren habe.*

Bei Dean wusste ich früher oder später, worauf ich mich eingelassen habe. Bei Case? Verdammt, ich habe darüber gar nicht nachgedacht, weil meine Gefühle einfach viel zu schnell mit mir durchgingen. Ich wollte ihn hassen, und bis ich mich mit Gabriel im Panikraum eingeschlossen wiederfand, klappte das auch ganz gut.

Und dann hat er mich gerettet.

Danach hätte ich weglaufen sollen. Aber da war es bereits zu spät, und jetzt habe ich mein Herz an einen Mann verloren, der mir wehtut.

Klar, er hat sich entschuldigt. Er hat versucht, es zu erklären. Aber seine Worte sind für meine geschundene Seele wie zusätzliche Prügel, die ich beziehe. *Das ist mir noch nie passiert.* Ach so? Dann bin ich vielleicht der Grund, weshalb alle Männer meinen, sie müssten ihre Gewalt an mir auslassen? *Es gibt dafür keine Entschuldigung.* Doch, die gibt es. Sag, dass es dir leid tut. Sieh mich dabei an. Versprich mir, dass es nie wieder passiert – und dann lass es auch nie wieder geschehen. *Ich wollte das nicht.* Ich wollte mich auch nicht in dich verlieben. Scheiße, ist uns wohl beiden was passiert, das wir so nicht wollten. Doof nur, dass in deinem Fall das Ergebnis mein geschundener Körper ist. In meinem Fall - nun ja. Meine Seele ist genauso wund wie mein Körper. Wie soll ich dir je wieder vertrauen, Case Lincoln? Wie kann ich je wieder irgendeinem Mann vertrauen, wenn ich doch immer wieder an die falschen gerate?

Als ich am nächsten Morgen die Treppe runterkomme, sitzt Nick an der Frühstückstheke und brütet über seinem Kaffeebecher.

„Guten Morgen", sage ich.

„Morgen."

Er blickt nicht auf. Mehr muss ich nicht wissen. Ich beiße mir auf die Unterlippe. Verdammt. Er hat uns gestern Abend gehört. Aber wie viel hat er tatsächlich gehört? Unser lautes Liebesspiel? Wie wir uns danach anschrien, wie ich die Tür zum Badezimmer hinter mir zuknallte und Case dann minutenlang gegen die Tür hämmerte, weil ich ihn nicht an mich heranließ?

Vermutlich alles.

Und eigentlich sollte mir das egal sein. Aber ich weiß immer noch nicht, was ich von Nick halten soll. Auf wessen Seite steht er? Auf unserer? Auf der seines Bruders Bruce? Oder ist er doch einer von denen, die sich von Dean becircen lassen?

Case ist überzeugt, dass wir ihm vertrauen können, und darum muss ich es auch. Aber das hieße, dass ich auch Case noch vertraue, irgendwo in einem kleinen Winkel meines Herzens, das er mir gestern so gründlich gebrochen hat.

Denn eines habe ich mir geschworen: Nie mehr soll ein Mann Gewalt über mich haben, auf keinen Fall, in keinem nur denkbaren Wortsinn.

Ich habe mein Leben in die Hände dieser beiden Männer gelegt.

„Gibt es etwas Neues aus dem Krankenhaus?" Ich umrunde die Frühstückstheke und schenke mir aus der Warmhaltekanne einen Becher Kaffee ein. Bevor ich einen Schluck nehme, mustere ich Nick.

Er sieht müde aus. Müde und mürrisch.

„Unverändert", sagt er leise. Jetzt hebt er den Blick. Seine Augen sind gerötet, keine Ahnung ob vom Weinen oder von der durchwachten Nacht. Ich sehe auch nicht besonders frisch aus, aber bei mir hilft ein bisschen Make-up, um diesen desolaten Zustand zu kaschieren. Er zuckt nicht mit der Wimper, als er mein Gesicht sieht.

Das Veilchen? Dagegen hilft kein Make-up, ich habe es nicht mal versucht. Zumindest hilft nichts von der Notausrüstung, die ich für meinen kleinen Ausflug eingepackt habe. *Kann ja keiner damit rechnen, dass ich direkt verprügelt werde …*

„Ist das ein gutes Zeichen?"

„Angeblich schon." Er seufzt und starrt an mir vorbei. Genauso gut könnte der Kaffeebecher auch neben ihm in der Luft schweben.

„Guten Morgen." Case kommt durch die Terrassentür und gesellt sich zu uns. Er trägt Laufsachen und ist verschwitzt. Als er uns in der Küche stehen sieht, verlangsamt er seine Schritte.

„Alles okay?", fragt er an Nick gewandt.

„Von Bruce gibt es nichts Neues", sage ich und verstecke dann meine roten Wangen hinter dem großen Kaffeebecher.

Herrgott, Case ist zum Anbeißen. Seine Muskeln zeichnen sich unter dem durchgeschwitzten, grauen T-Shirt ziemlich deutlich ab, und er bewegt sich mit der geschmeidigen Eleganz einer Raubkatze. Seine Augen strahlen so unnatürlich blau, als hätte er Kontaktlinsen eingesetzt. Er mustert mich prüfend, ehe er sich an Nick wendet.

„Das ist doch ein gutes Zeichen, oder?"

Nick zuckt nur mit den Schultern.

„Ja", sage ich. „Wenn er lebt, ist das ein gutes Zeichen."

„Also, ich bräuchte jetzt ein Frühstück. Habt ihr auch Hunger?"

Während Case sich in der Küche zu schaffen macht, steht Nick auf. Er nimmt seinen Kaffeebecher mit nach draußen.

„Soll ich mit ihm reden?", fragt Case. Er runzelt die Stirn.

„Nicht, dass er kneifen will."

„Wäre das so schlimm?", frage ich leise.

Er starrt mich verständnislos an.

Die gestrige Nacht hat alles verändert. Ich habe bisher um mein Leben gekämpft. Nicht nur für Gabriel, sondern nachdem Case in mein Leben getreten ist, auch für mich. Aber das hat keine Bedeutung mehr, denn er ist wie alle anderen Männer.

Und mein Veilchen erwähnt er mit keinem Wort. Als wäre es gar nicht da.

Gut, es könnte auch sein, dass er es nicht erwähnt, weil er nicht weiß, was er dazu sagen soll.

Hübsches Veilchen. Habe ich gut hingekriegt, was?

Bevor ich irgendwas sagen kann, das ich bereue, reißt mich das Klingeln meines Handys aus der Grübelei. Ich starre aufs Display – es ist Tito.

Da muss ich drangehen, denke ich.

Wenn ich nicht offiziell tot wäre. Nicht nur für Dean, sondern auch für Tito Rodriguez muss ich tot sein.

Ich starre das Handy an, während es in meiner Hand vibriert.

„Wer ist es?", fragt Case leise.

„Niemand", behaupte ich und stecke das Handy ein, sobald es verstummt ist. Später muss ich daran denken, es auszuschalten. In ein paar Stunden. So, als wäre der Akku einfach irgendwann ausgegangen.

„Ich rede mit Nick." Ich nehme meinen Kaffeebecher mit nach draußen. Nick hat sich auf eine der Liegen gesetzt und schützt seine Augen mit einer Sonnenbrille. Ich setze mich auf die zweite Liege und schweige ein paar Minuten mit ihm. Wir lauschen einfach dem Rauschen der Wellen und den Rufen der frühen Spaziergänger am Strand.

Schließlich sehe ich ihn direkt an. „Du musst das nicht machen, Nick", sage ich.

Er nimmt die Sonnenbrille ab. „Das glaubst du doch selber nicht", sagt er. Sein Blick ist so finster und beinahe hasserfüllt, dass ich überzeugt bin, er wird tatsächlich einen Rückzieher machen. „Schau dir doch deinen Lover an, wie er mich die ganze Zeit anstarrt."

Ich werfe kurz einen Blick über die Schulter. Case ist nicht mehr da, vermutlich steht er unter der Dusche.

Dort wäre ich jetzt auch gern. Ich könnte seinen Körper einseifen und er meinen ... Seine Hände auf meinen Brüsten ...

Verdammt. Wenn ich nicht mal in dieser ernsten Situation bei der Sache bleiben kann, ist es echt schlimm um mich bestellt.

Und was sind das für Gedanken über Sex? Er hat mich verprügelt!

Er hat geträumt. Er hat das nicht getan, weil er dich schlagen wollte ...

Die Stimme der Vernunft dringt durch den Schmerz. Aber noch lasse ich sie nicht zu. Noch bin ich zutiefst verletzt, ich bin ein waidwundes, wildes Tier, das vor jedem zurückschreckt, der sich ihm nähert.

„Du hast uns gestern Nacht gehört."

Er wirft mir einen belustigten Blick zu.

„War schwer, euch zu überhören, ehrlich gesagt. Und man sieht ja deutlich, was ihr gemacht habt."

Ich schweige betreten, denn mir brennen Worte auf den Lippen, mit denen ich Case verteidigen möchte.

„Tut mir leid. Wir wollten leise sein, aber …"

„Weißt du was? Das interessiert mich einen Scheiß. Ehrlich, lass dich von halb L.A. ficken und verprügeln, wenn's dir Spaß macht. Aber Case? Der müsste es besser wissen. Wenn das rauskommt, wenn jemand erfährt, dass er die Frau von Dean Tevez vögelt, dann brennt aber so dermaßen die Hütte beim FBI. Die werden ihn grillen, weil er so unverantwortlich ist. Alles, was wir dann durch dich erfahren haben, wird nicht verwertbar sein. Genauso wenig irgendwas, das wir von Dean erfahren, wenn es irgendwie mit dir in Zusammenhang steht. Er gefährdet gerade, dass dieses Arschloch für das, was er getan hat, nie mehr freikommt. Und du tust das auch. Fast als würdest du es darauf anlegen, dass er freikommt."

Ich blinzle. Das ist eine absurde Anschuldigung, und Nick weiß das auch. Aber er ist krank vor Sorge um seinen Bruder, vermutlich auch nervös wegen der Show, die er gleich vor Dean abziehen soll. Ehrlich gesagt würde mir da auch der Arsch auf Grundeis gehen, und das sage ich ihm auch.

Nick lächelt müde. Er zieht ein Päckchen Zigaretten aus der Hosentasche und klopft eine für sich heraus, dann hält er mir stumm das Päckchen hin. Ich rauche nicht; noch nie. Trotzdem nehme ich eine und lasse mir von ihm Feuer geben. Er beobachtet mich scharf, als ich den Rauch inhaliere. Meine Augen tränen, aber ich gönne ihm nicht die Genugtuung, dass ich huste.

„Ich lege es auf gar nichts an", erkläre ich schließlich. „Das mit Case ist … passiert."

„Ja, und damit bringt ihr alles in Gefahr."

Ich denke über seine Worte nach. Stimmt das? Riskieren wir alles, nur weil wir Gefühle füreinander haben?

Und was sind das überhaupt für Gefühle? Ist das Liebe?

Oder klammere ich mich mit der Verzweiflung einer Ertrinkenden an Case, damit er mich rettet?

Ich weiß es ehrlich gesagt nicht so genau, und das macht mich unruhig. Aber bevor ich länger darüber grübeln kann, steht Nick auf und tritt seine Zigarette aus. „Wir müssen los", sagt er. Ich drehe mich um. Case steht hinter uns. Keine Ahnung, wie lange schon, aber der finstere Blick, mit dem er Nick und mich beobachtet, lässt mich vermuten, dass er zumindest einen Teil unseres Gesprächs belauscht hat. Scheiße.

Ich stehe ebenfalls auf, rauche aber beinahe trotzig weiter. Als ich an Case vorbei ins Haus gehe, packt er mein Handgelenk und nimmt mir die Zigarette ab. Er sieht mich stumm an, dann zieht er an der Zigarette. Ich erwidere seinen Blick.

„Glaub ihm kein Wort", sagt er leise. „Er weiß nicht, was er redet."

Ich mache mich ruckartig von ihm los. „Lass mich in Ruhe", sage ich möglichst ruhig. Es bringt nichts, wenn wir jetzt streiten. Wir sind alle nervös, verdammt noch mal. Heute entscheidet sich so vieles – ob Dean glaubt, dass ich tot bin. Ob er verrät, wo Sally steckt. Ob Nick heil aus der Nummer rauskommt. Ob Bruce überlebt.

Ich frage nicht, ob Case und ich eine Zukunft haben. Denn Nicks Worte haben mich zum Nachdenken gebracht – und die Antwort, die ich mir gebe, gefällt mir ganz und gar nicht.

Es ist brütend heiß an diesem Sommertag, und als wir eine Stunde später auf den Besucherparkplatz des Staatsgefängnisses einbiegen, ist die Stimmung im Wagen ziemlich aufgeheizt. Ich sitze auf der Rückbank und habe mir die Stöpsel meines iPhones in die Ohren gesteckt, damit ich nicht höre, was Nick und Case reden. Ich weiß, dass sie wieder und wieder das vor Nick liegende Gespräch durchgehen. Aber je mehr ich darüber nachdenke, desto schlimmer wird das ungute Gefühl. Als würden wir Nick zur Schlachtbank schicken, so fühlt sich das gerade an.

Ich nehme die Ohrstöpsel heraus.

„Da wären wir." Case zeigt auf das Tor. „Kommst du klar?"

„Muss ich wohl." Nick räuspert sich. „Könnt ihr so lange auf mein Handy aufpassen, während ich da drin bin?" Er gibt es Case, der nickt. Ich begreife, worum es ihm geht – er kann es ohnehin nicht mitnehmen, wenn er Dienst hat. Und nach wie vor warten wir auf Nachricht aus der Klinik.

Keine Ahnung, wie er dann Bruces Handy reinschmuggeln will, auf dem das Video gespeichert ist. Aber er wird schon wissen, was er tut.

Ab hier müssen wir ihm einfach vertrauen.

Nick öffnet die Tür. „Also dann", sagt er leise.

Ich blicke ihm nach, als er zum Tor geht.

„Warum nur habe ich das Gefühl, dass wir einen Fehler machen?", flüstere ich.

„Keine Ahnung", antwortet Case. „Vielleicht ist es ein Fehler." Seine Finger trommeln auf das Lenkrad.

„Gestern Nacht …"

„Nein, Juno", schneidet er mir das Wort ab. „Nicht jetzt."

Sein barscher Tonfall verletzt mich, obwohl es einen Moment dauert, bis ich dieses Gefühl zuordnen kann. Ich stecke mir die Ohrstöpsel zurück in die Ohren, drehe die Musik laut und versuche, die Tränen runterzuschlucken, die sich wie ein dicker Ball in meiner Kehle zusammenrotten.

Du willst nicht darüber reden? Klar, dir geht's gerade nur um deine Schwester. Du interessierst dich überhaupt nicht dafür, wie's um mich steht. Scheiße, Case. Gestern Nacht hast du mir wehgetan …

Ich habe mir geschworen, dass mir nie wieder ein Mann so weh tun wird, wie es Dean getan hat. Überraschung: Jeder Mensch ist ein Opfer seiner Muster. Und ich kann mich meinem Muster nicht entziehen. Man sagt immer, eine Frau sucht sich den Mann aus, der ihrem Vater ähnelt. Offensichtlich war mein Vater ein gewalttätiges Arschloch. Vielen Dank auch, unbekannter Dad. Deinetwegen hocke ich jetzt auf der

Rückbank dieses Wagens und starre auf den Hinterkopf des Mannes, der mir gerade das Herz bricht. Vielleicht hat Nick recht und ich sollte mich lieber von Case Lincoln fernhalten. Er ist gefährlich für mich. Es sind nicht nur die physischen Schmerzen, sondern auch das, was er mit meinem Herzen macht. Mit meinen Gedanken. Ich bin nicht ich selbst, wenn ich in seiner Nähe bin.

Ich habe mich von ihm überreden lassen, meinen Sohn fortzuschicken.

Wir sitzen über eine Stunde im Auto und warten. Keiner sagt ein Wort. Irgendwann schließe ich die Augen und lasse mich von der Musik davontragen. Als ich sie wieder öffne, steigt Case gerade aus dem Wagen und steckt sich eine Zigarette an. Ich hasse es, wenn Männer rauchen. Er bemerkt meinen Blick, zuckt mit den Schultern und ruft jemanden an. Fuck. Wir sind dermaßen aufgeschmissen, denke ich.

Eine weitere Stunde später kommt Nick zurück. Seine Schritte sind leicht, beinahe federnd. Er läuft das letzte Stück zum Wagen und bleibt neben Case stehen, der ihm stumm das Zigarettenpäckchen hinhält, das er in den letzten sechzig Minuten halb leergeraucht hat. Nick nimmt sich eine Kippe, Case auch, sie stecken sich eine an. Ich nehme die Ohrstöpsel heraus, lasse das Fenster herunter und belausche ihr Gespräch.

„Und?", fragt Case.

„Ich weiß jetzt, wo Sally ist."

Case schweigt. Nick nimmt einen tiefen Zug.

„In Seattle."

Case schnaubt. „Auf keinen Fall ist sie in Seattle."

„Wenn ich's dir doch sage. Sie arbeitet dort bei einem Escortservice und ist angeblich clean. Dean meinte, sie wird sich bestimmt freuen, Bruce wiederzusehen …"

Case wirft Nick sein Handy zu. „Hier. Hat sich niemand gemeldet."

Er steigt ein, startet den Motor und trommelt auf das Lenkrad ein, bis Nick schließlich seinem Beispiel folgt. Wir fahren vom Parkplatz. Die Stimmung im Wageninnern ist gedrückt. Ich verkrieche mich wieder unter meinen Kopfhörern und sehe die karge, unbebaute Landschaft vorbeiziehen. Im Großraum L.A. ist Wohnraum knapp und Bauland noch knapper; trotzdem will kaum jemand in der Nähe eines Staatsgefängnisses leben, in dem mehrere Hundert Mörder ihre Strafe absitzen.

Ich merke, dass die beiden Männer reden und nehme einen Stöpsel aus dem Ohr.

„Hast du eine Ahnung, wo genau sie ist?", knurrt Case. „Seattle ist groß, verdammt." Er schlägt mit der Faust aufs Lenkrad. „Dean hat mir die Adresse eines Ansprechpartners genannt. An den kann ich mich wenden. Er hat Bruce übrigens schöne Grüße bestellt. Und dir auch."

Case flucht. Ich verstehe seine Wut; vermutlich hat er gehofft, Dean wüsste nicht, dass Sally seine Schwester ist. Tja, ich hätte ihm vielleicht vorher sagen sollen, dass Information für Dean ein kostbares Gut ist, das er wie seine Drogen handelt. Es ist ihm wichtig, dass er über seine Feinde Bescheid weiß.

Und für ihn ist Case der Feind.

Ich lausche mit einem Ohr, wie Case und Nick sich darüber streiten, dass Nick mehr aus Dean hätte herausholen müssen, als plötzlich Nicks Handy klingelt. Sofort verstummen beide. Nicks Hände zittern, als er den Anruf entgegennimmt.

„Ja?", fragt er mit rauer Stimme.

Ich brauche nicht zu hören, was der Anrufer sagt – ich erkenne es deutlich daran, wie Nick auf dem Beifahrersitz nach hinten sinkt, die Augen schließt und „Danke" murmelt. Tränen rinnen über sein Gesicht. Er beendet das Gespräch, hält das Handy danach lange in der Hand.

Case deutet seine Reaktion falsch. Er nimmt eine Hand vom Lenkrad und legt sie auf Nicks Schulter.

„Tut mir echt leid, Mann", sagt er.

Nick schüttelt den Kopf. „Muss es nicht. Bruce lebt. Er ist vor einer halben Stunde aufgewacht und fragt nach dir."

Ich beuge mich vor.

„Nach mir. Nicht nach dir?"

Nick zuckt mit den Schultern. „Ich kann nur sagen, was ich gerade gehört habe. Er will mit dir sprechen, Case."

Case wirft mir im Rückspiegel einen knappen Blick zu, doch ich sehe ihn nicht an, wende bewusst den Blick von ihm ab, weil ich es nicht ertrage, die vielen Fragen darin zu sehen. Warum will Bruce nicht seinen Bruder sehen? Ich weiß natürlich nicht, wie die beiden zueinander stehen. Und vielleicht will Bruce sich bei Case entschuldigen für all das, was er in den letzten Monaten getan hat. Alles möglich. Aber ich sehe Nick an, der wie ein Häufchen Elend auf dem Beifahrersitz hockt. Er ist nicht glücklich.

Case fährt uns zur Klinik. Es ist alles gesagt. Während der Fahrt lege ich mir eine Strategie zurecht. Ich bin hier nicht richtig. Bei Case nicht. Nirgendwo.

Für Dean bin ich tot. Das bedeutet, dass ich frei bin. Ich kann tun und lassen, was ich will, ich bin niemandem etwas schuldig. Sobald sich die Gelegenheit ergibt, werde ich mich von den beiden verabschieden, zu meinem Lagerraum fahren, dort alles einpacken, was ich für meine Flucht benötige, und dann nach Mexiko fliegen. Gabriel! Endlich sehe ich meinen kleinen Sohn wieder. Es kommt mir länger als nur ein paar Tage vor.

Als Case vor dem Krankenhaus parkt, dreht er sich zu mir um. „Willst du mit reinkommen?", fragt er möglichst neutral.

Ich blicke ihn lange an.

Warum sollte ich?

Aber dann verstehe ich. Case ist nicht dumm. Er weiß, dass mich jetzt nichts mehr bei ihm hält. Er hat mir wehgetan. Selbst wenn er keinen Zweifel an meinen Gefühlen hätte, muss er doch fürchten, dass ich die Flucht ergreife.

„Ja", sage ich nach langem Zögern.

„Ich bleibe hier", sagt Nick.

Wir steigen aus. Ich halte mich hinter Case. Er dreht sich

immer wieder zu mir um. In seinem Blick sehe ich etwas, das zu deuten mir schwerfällt. Reue?

Die Türen des Krankenhauses schwingen lautlos vor uns auf. Case beschleunigt seine Schritte. Als wir die Intensivstation erreichen, werden wir von einer Schwester in Empfang genommen, die Case zu Bruce bringt. Als sie zurückkommt, stehe ich etwas verloren im Eingangsbereich. „Wollen Sie sich nicht in unseren Warteraum setzen? Dort ist es etwas gemütlicher."

Ich folge ihr den Korridor entlang. Kurz vor dem Warteraum ist eine Tür zum Treppenhaus. Ich zögere, dann folge ich ihr in den Warteraum. Hier gibt es einen Kaffeeautomaten und einen zweiten mit Snacks und Süßigkeiten. Sie lächelt mir aufmunternd zu, bevor sie mich alleine lässt.

Ich setze mich nicht hin, sondern nutze mein Kleingeld, um mir zwei Schokoriegel und einen Kaffee zu besorgen. Dann gehe ich zurück zum Treppenhaus, stoße die Tür auf und gehe nach unten. Der Eingang des Klinikums ist vom Parkplatz nicht einsehbar, weshalb es mir gelingt, unbemerkt das Gelände zu verlassen. Erst als ich einige hundert Meter weiter bin, erlaube ich mir aufzuatmen.

Ich bin frei. Kein Case mehr, kein Dean. Für den einen bin ich tot, der andere wird glauben, dass ich ihn verlassen habe, weil er mir gestern Nacht wehgetan hat. Er wird nicht nach mir suchen.

Jetzt muss ich nur noch zu Carmen fahren, Gabriel in die Arme schließen und mit ihm irgendwo hinfahren, wo uns niemand findet.

Wo das sein soll?

Darüber werde ich mir dann Gedanken machen. Einen Schritt nach dem nächsten. Zumindest das hat Dean mir beigebracht.

22
Case

Es ist nicht das erste Mal, dass ich in einem Krankenzimmer stehe, in dem ein angeschossener Kollege liegt. Aber zum ersten Mal ist das meinem Partner passiert. Und auch eine Premiere: Er hat seine Waffe gegen sich selbst gerichtet, um jemand anderem das Leben zu retten. Letzteres ist ihm gelungen – doch um welchen Preis? Ich stehe an Bruces Bett. Er ist natürlich verkabelt, die Maschinen piepsen. Er ist zum Glück nicht intubiert, wobei ich mich eh frage, wie die Ärzte das hätten bewerkstelligen sollen, denn dort, wo vorher seine untere Gesichtspartie war – Mund, Kinn, Nase – ist jetzt ein dicker Verband, der sich auch um den Hinterkopf spannt. Seine Augen sind blau unterlaufen, als hätte er sich eine brutale Schlägerei geliefert. Dabei hat Bruce den Kampf gegen sich selbst geführt – und fast hätte er verloren.

Seine Augen flattern, als er meine Anwesenheit im Raum spürt. Er öffnet die Lider, seine Augäpfel rollen hin und her. Ich beuge mich über ihn.

„Hey Bro", sage ich leise. „Bist du wieder bei uns?"

„Bro", krächzt er kaum verständlich. Ich verstehe ihn vermutlich nur deshalb, weil ich ihn gut genug kenne. Weil ich weiß, wie seine Stimme klingt. „Bro, … tut … lei…"

„Nicht", unterbreche ich ihn. „Du sollst dich nicht so anstrengen." Er schüttelt leicht den Kopf, verzieht dann wieder das Gesicht vor Schmerzen. „Bro … Ju…"

„Juno geht es gut", versichere ich ihm. „Wir haben Dean davon überzeugt, dass sie tot ist. Ihr passiert nichts mehr." Zumindest, wenn ich mich von ihr fernhalte. Ich bin so ein Idiot. Wie konnte mir das passieren?

Immer wieder habe ich heute Nacht ihr Gesicht vor mir gesehen, während ich wach im zweiten Schlafzimmer auf dem Bett lag und lauschte. Aus dem Nebenraum drang kein Laut zu mir herüber. Eigentlich hätte mich das beruhigen sollen, denn es bedeutete hoffentlich, dass Juno schlief.

Ich mache mir Vorwürfe. Und als ich sie heute Früh im Auto sah, wie sie ihr Gesicht hinter der großen Sonnenbrille verbarg, damit niemand das Veilchen bemerkte, dass ich ihr verpasst habe … Da hätte ich heulen können.

Wir sind immer nur so stark wie unsere eigenen Gefühle es uns erlauben. Ich habe gestern einen Teil von mir kennengelernt, der mir bis zu diesem Moment verborgen geblieben ist, und ich schäme mich dafür. Keine Ahnung, *was* das war. Offensichtlich sollte ich nicht neben einer Frau schlafen. Ich kann mich nicht darauf herausreden, dass es ein schlechter Traum war … Es war einfach etwas, das in mir schlummert. Und das mich selbst fast noch mehr erschreckt hat als die Prügel, die Juno von mir bezogen hat.

Und jetzt? Bin ich nicht mal in der Lage, mich zu entschuldigen. Gestern Nacht hätte ich das geschafft, aber da ließ sie mich nicht an sich heran. Heute Morgen gab es „Wichtigeres" – ich musste Nick begleiten. Musste dafür sorgen, dass er nicht im letzten Moment kneift. Und damit habe ich Juno spüren lassen, dass sie für mich nicht über allem steht, sondern dass meine Interessen wichtiger sind. Sally ist wichtiger.

Dabei geht es hier nicht nur um das Leben meiner Schwester, denn ob wir sie werden retten können, ist leider nach wie vor ungewiss. Glaube ich dem, was Dean Tevez Nick erzählt hat? Nein. Oder anders formuliert: Ich genieße diese Informationen mit Vorsicht und werde einen Teufel tun, mir jetzt diesen trügerischen Funken Hoffnung zu gestatten, den die Nachricht mit sich bringt, dass sie in Seattle lebt. Vor allem eine Information ist wichtig: Sie *lebt*.

Es ging die ganze Zeit auch um Juno. Um ihr Leben. Ich habe gekämpft, ja. Aber gestern Abend habe ich für einen Moment vergessen, dass auch sie Todesangst aussteht.

Bruce schließt die Augen. Er ringt mit sich. Jedes Wort kostet ihn so viel Kraft …

„Nick …", wispert er.

Ich beuge mich über ihn und suche nach seiner Hand, die verkabelt ist. Behutsam drücke ich Bruces Finger.

„Ich passe auf Nick auf", versichere ich ihm.

Bruce schüttelt heftig den Kopf. Dann, mit einer letzten Kraftanstrengung, stößt er ein Wort hervor, das mir das Blut in den Adern gefrieren lässt.

Ein Wort nur, und es sagt mehr als alle möglichen Erklärungen ausdrücken könnten. Ein Wort, das mir klarmacht, dass ich gar nichts weiß. Dass ich niemandem vertrauen darf. Juno hat schon Recht – Vertrauen ist ein trügerischer Pfad, in dessen Treibsand wir nur allzu oft versinken. Ich hätte es wissen müssen.

„Verräter."

Das Wort ist so laut, als hätte er es gebrüllt.

Und ich weiß Bescheid.

Mir wird eiskalt.

Juno.

Ich muss zu ihr. Sofort.

Nick ist ebenso ein Verräter wie sein Bruder. Doch er steht unverbrüchlich an Dean Tevez' Seite. Das will mir Bruce gerade mitteilen.

Ich verlasse das Krankenzimmer. Hinter mir wird das Piepen der Maschinen plötzlich schneller, ich höre das Quietschen von Gummisohlen auf dem Linoleum, als die Krankenschwester und ein Arzt an mir vorbei in Bruces Zimmer rennen. „Kammerflimmern!", ruft der Arzt, und es folgen weitere Personen.

Ich halte einen von ihnen auf. „Wo ist meine Freundin?", frage ich, doch der Mann macht sich nur los, schüttelt den Kopf und zeigt auf den Wartebereich.

Ich gehe dorthin. Wie betäubt von der Wahrheit, die Bruce mir gerade offenbart hat. Meine Schritte beschleunigen sich.

Jetzt renne ich fast, schwimme gegen den Strom des Pflegepersonals, das zu Bruce strebt, um sein Leben zu retten. Ich stoße die Tür zum Warteraum auf, der leer ist, so leer. Alle orange gepolsterten Sessel unbesetzt, niemand steht am Fenster, keiner lächelt mich schüchtern an, keine dunkelblauen Augen, die mich mustern.

„Juno", flüstere ich.

Dann renne ich.

Nick hat uns verraten, und Juno ist verschwunden.

Wenn ihr jetzt etwas passiert, werde ich mir das nie verzeihen, denn ich weiß, dass sie vor mir weggelaufen ist. Vor dem Monster, das ich bin. Das ich ihr gestern Nacht gezeigt habe.

23

Juno

Ich schaffe es, unbemerkt das Krankenhausgelände zu verlassen und finde eine Bushaltestelle. Mit dem öffentlichen Nahverkehr in Los Angeles ist das so eine Sache – man fährt viel zu selten damit, um sich auch nur ansatzweise auszukennen, welche Linien wann und wo fahren. Aber ich habe Glück; der nächste Bus steuert den Flughafen an, der gar nicht weit entfernt liegt. Ich kaufe ein Ticket, sinke hinten auf einen freien Platz und stecke die Ohrstöpsel wieder in meine Ohren. Ich brauche laute Musik, um die Welt auszublenden.

Mein Verstand braucht ein bisschen Zeit, um sich an die neuen Umstände zu gewöhnen. Ich bin also wieder mal auf der Flucht. Wieder mal renne ich weg, noch dazu vor einem Mann, von dem ich gedacht habe, ich würde ihn lieben.

Da habe ich mich wohl geirrt.

Während ich im Bus sitze, klingelt mein Telefon. Ich schaue aufs Display und drücke Cases Anruf weg. Er spricht auf meine Mailbox, aber ich habe keinen Bock, mir seine Sprüche anzuhören. Kurzerhand lösche ich seine Nummer und blockiere sie auch gleich, damit er mich nicht noch mal anrufen kann.

Am Flughafen gehe ich zum Terminal einer Mietwagenfirma in der Abflughalle und miete ein Auto. Dafür muss ich meinen Führerschein und meine Kreditkarte vorlegen, und das bereitet mir Kopfzerbrechen. Denn früher oder später wird Case nicht mehr nur versuchen, mich telefonisch zu erreichen. Es geht hier nicht nur um uns; ich soll als Zeugin gegen Dean aussagen.

Aber das kann er ebenso vergessen wie alles andere. Ich mache da nicht mehr mit.

Mit dem roten Toyota fahre ich zu dem Lagerhaus, in dem ich meine Fluchtausrüstung gebunkert habe. Bisher habe ich ja immer gedacht, ich würde mir nur unnötig Gedanken machen und müsste darauf nicht irgendwann zurückgreifen. Tja, falsch gedacht. Ich bin jetzt in genau dem Fluchtmodus, vor dem ich mich all die Monate gefürchtet habe.

Als ich am Lagerhaus ankomme, schreibe ich eine Nachricht an Carmen. Es ist schon die zweite, seit ich aus dem Krankenhaus weggelaufen bin. Sie hat die erste noch nicht mal gelesen, und ich werfe alle Überlegungen über Bord und rufe sie kurzerhand an.

Sofort geht die Mailbox dran.

Ich runzle die Stirn. Das ist merkwürdig; Carmen hat mir versichert, sie wäre jederzeit für mich erreichbar, und das Thema Funkloch dürfte eigentlich keins sein, wenn sie mitten in der Stadt ist. Vielleicht hat sie das Handy ausgeschaltet, weil Gabriel schläft, denke ich.

Aber das klingt nicht nach Carmen.

Ich versuche, mich mit dem Gedanken zu beruhigen, dass ich ja schon bald wieder bei den beiden sein werde. Ich muss nur nach Mexiko-City fliegen und kann schon bald meinen kleinen Jungen in die Arme schließen.

Was danach aus uns wird … nun, darüber mache ich mir *dann* Gedanken.

Erstmal kümmere ich mich jetzt darum, dass ich auf unsere Flucht optimal vorbereitet bin.

In meiner Lagereinheit finde ich alles so vor, wie ich es zurückgelassen habe: die Reisetasche mit Klamotten für Gabriel und mich, etwas Geld, eine Waffe nebst Munition und gefälschte Pässe.

Die Pässe haben einen Großteil des Geldes verschlungen, das ich in den letzten Monaten beiseite geschafft habe. Ich habe von Dean schon kurz nach meiner Hochzeit ein Konto bekommen, auf das er monatlichen einen festen Betrag überwies, damit ich mich, wie er es nannte, „entsprechend deines Stands kleiden" konnte. Es fühlte sich ein bisschen an wie eine Apanage, aber schon bald begriff ich die Summe eher als Schmerzensgeld. Nach seiner Festnahme teilte mir sein Anwalt bei einem Gespräch recht kühl mit, dass es mit diesen Zuwendungen jetzt vorbei sei; seitdem bekam ich gerade mal ein Viertel davon überwiesen. Immer noch ein Haufen Geld, aber davon musste ich das Haus unterhalten, Carmen bezahlen und alle anderen Ausgaben bestreiten, die bis zu dem Zeitpunkt Dean verwaltet hatte. Erst da merkte ich, was für ein teurer Spaß das Haus, die Autos und unser hoher Lebensstandard waren. Das zweite Auto hatte ich verkauft; was sollte ich damit?

Ich ziehe mich in dem kleinen Lagerraum auch direkt um und setze die blonde Perücke aus der Reisetasche auf. Im Handspiegel meiner Puderdose kontrolliere ich, ob keine dunklen Locken darunter hervorblitzen. Noch bringe ich es nicht über mich, meine Haare abzuschneiden, aber ich ahne, dass im Laufe meiner Flucht auch das eine mögliche Komplikation werden könnte, auf die mich das Leben an Deans Seite vorbereitet hat.

So viele Dinge, die ich in meinem Leben für selbstverständlich hielt, hat er mir systematisch ausgetrieben. Dafür hasse ich ihn. Aber er ist auch der Vater meines Sohns, und da fängt es an, kompliziert zu werden.

Hätte ich versucht, ihn aus dem Gefängnis zu holen, wenn Case nicht gewesen wäre?

Vielleicht.

Habe ich es denn so sehr versucht, wie Dean sich das gewünscht hat?

Ganz sicher nicht.

Als ich die Lagereinheit gerade verlasse, klingelt wieder mein Handy. Ich gehe ran, ohne auf das Display zu schauen, weil ich hoffe, dass sich Carmen endlich meldet. Zu spät fällt mir ein, dass es auch Tito sein könnte.

Aber ich habe Glück.

Oder auch nicht.

„Juno, wo steckst du?"

Case.

Mein erster Impuls ist aufzulegen. War klar, dass er irgendwann versucht, mich über eine nicht gesperrte Nummer zu erreichen.

Ich atme tief durch, lasse das Rolltor herunter und lege das Vorhängeschloss vor, bevor ich ihm eine Antwort gebe.

„Weg", sage ich schlicht.

„Weg? Du kannst nicht einfach weglaufen. Du bist in Gefahr."

Fast hätte ich aufgelacht. Klar bin ich in Gefahr. Mein Mann trachtet mir nach dem Leben, verdammt! Glaubt Case allen Ernstes, dass ich irgendwann noch mal das Gefühl haben werde, in Sicherheit zu sein? Irgendwann?!

„Ich weiß", sage ich nur und lege auf.

Hoffentlich war der Anruf kurz genug, damit er ihn nicht nachverfolgen kann.

Dafür bräuchte er ohnehin erst einen richterlichen Beschluss. Das dauert. Und dann muss er auch die Daten erst mal von meinem Provider bekommen. Bis das alles erledigt ist, sind ein paar Tage rum und ich bin längst über alle Berge.

Doch eine kleine Unsicherheit bleibt.

Verdammt. Mein Herz hämmert in der Brust. Als wollte es sagen: *Vertrau Case, vertrau Case, vertrau Case …*

Niemals. Ich kann niemandem vertrauen.

Zurück zum Flughafen. Dort kaufe ich am Schalter von American Airways ein One-Way-Ticket nach Mexiko-City. Mir ist bewusst, dass ich damit ein Risiko eingehe. Ich muss meinen gefälschten Pass vorzeigen und bar zahlen. Aber die Mitarbeiterin sieht kaum vom Computerbildschirm auf, während sie meine Daten eingibt. Ich passiere völlig unbehelligt die Sicherheitskontrolle und setze mich am Gate in den Wartebereich.

„Ihr Handy klingelt." Mein Sitznachbar rümpft die Nase.

Soll es doch klingeln, denke ich. Aber damit er nicht weiter nervt, hole ich es hervor und drücke Case wieder mal weg. Inzwischen der zwölfte Anruf von dieser Nummer. Sie zu sperren bringt mich jetzt auch nicht weiter. Ich schalte mein Handy aus und versuche, nicht länger an Case zu denken. Stattdessen mache ich mir Gedanken um Carmen. Wo steckt sie? Ist etwas mit Gabriel passiert?

Bis zum Abflug sind es noch fünfundvierzig Minuten, die ich in ständiger Angst verbringe, dass im nächsten Moment ein paar Flughafenpolizisten auf mich zukommen und mich bitten, sie zu begleiten. Inzwischen kann ich niemandem mehr trauen.

Als der Flug zum Boarding aufgerufen wird, springe ich auf und eile so schnell wie möglich nach vorne zum Schalter. Ich stehe als Dritte in der Schlange. Die nette Flugbegleiterin lächelt mich an und händigt mir meinen Ticketabschnitt aus.

„Guten Flug, Miss Brown", wünscht sie mir.

Tamara Brown – das bin ich jetzt.

Ich laufe durch den Tunnel und betrete das Flugzeug. Der Flug ist nicht ausgebucht, deshalb füllen sich die Plätze nur langsam. Ich sitze in der letzten Reihe und beobachte die anderen Fluggäste.

Und dann sehe ich ihn.

Case.

Er trägt ein schwarzes T-Shirt unter einer Jeansjacke und dunkle Chinos. Als er sich in einer vorderen Reihe auf einen Platz setzt, schaut er sich nicht um.

Verdammt! Wie konnte das passieren? Gibt es nicht genug Flüge nach Mexiko-City? Muss er ausgerechnet in diesem sitzen?

Natürlich muss er das. So viele Flüge sind es nun auch wieder nicht. Und ich bin ja so dumm und fliege direkt. Er weiß, dass ich zu meinem Kind will. Er wird dort nach mir suchen oder mit Carmen Kontakt aufnehmen.

Ich sehe, wie er telefoniert. Meine Hand tastet nach dem Handy. Ich schalte es ein, aber in der letzten halben Stunde hat er nicht versucht, mich zu erreichen.

Ich atme tief durch und versuche, mich zu entspannen. Ich muss nur möglichst unauffällig bleiben. Als eine Flugbegleiterin nach hinten kommt, bitte ich sie um ein Kissen und eine Decke. Außerdem kaufe ich für zehn Dollar bei ihr eine Schlafbrille, die ich mir über die Augen ziehe. Bevor ich mich schlafend stelle, versuche ich ein letztes Mal, Carmen zu erreichen.

„Die von Ihnen gewählte Nummer ist nicht vergeben."

Fuck! Was ist da los, Carmen? Wo ist mein Kind?

Ich schalte das Handy aus, bitte die Stewardess um einen Wodka mit Orangensaft, den sie mir bringt, obwohl wir noch nicht abgeflogen sind. Dann tausche ich die Sonnenbrille gegen die Schlafbrille, kippe den Wodka zusammen mit zwei Schmerztabletten runter, verkrieche mich unter der Decke und schließe die Augen.

Ich schlafe, bevor das Flugzeug abhebt.

24

Case

Sie ist mit im Flugzeug. Das weiß ich, weil sie auf der Liste steht, die mir kurz nach dem Abflug vom Sky Marshall ausgehändigt wird.

Sie heißt jetzt Tamara Brown, und der Pass, den sie am Schalter vorgezeigt hat und der bei der Gelegenheit eingescannt wurde, ist eine perfekte Fälschung bis hin zu der blonden Perücke, die sie trägt. Aber ich habe sie sofort erkannt.

Dieses Gesicht werde ich niemals vergessen.

Während das Flugzeug Richtung Mexiko-City abhebt, gehe ich die Unterlagen durch, die ich in den letzten Stunden gesammelt habe.

Natasha ist jetzt meine beste Kollegin. Nach Bruces Ausfall ist sie sofort eingesprungen und koordiniert aus dem FBI-Gebäude die Suche nach Juno und ihrem Sohn.

Nick war verschwunden, als ich wieder zu meinem Wagen kam. Er muss zu Fuß geflohen sein. Ich fragte mich sofort, ob er hinter Juno her ist, aber darauf werde ich wohl nicht so schnell eine Antwort bekommen.

Juno hingegen … Sie versucht, keine Spuren zu hinterlassen, und wir haben sie auch nur erwischt, weil sie ein paar Fehler gemacht hat, die einem Anfänger nun mal passieren. Erstens: Sie hat ihr Handy zeitweise eingeschaltet gelassen. Klar, so eine Ortung oder sogar Abhörgenehmigung zu erwirken, das kann schon mal ein paar Tage dauern. Dumm nur, dass wir sie bereits seit Monaten überwachen. So konnten wir auf unseren Monitoren wie das Wuseln einer kleinen Ameise beobachten, wie sie erst zum Flughafen fuhr, dann mit einem roten Toyota zu einem Lagerhaus und zurück zum Flughafen. Da wusste ich Bescheid.

„Sie will nach Mexiko", sagte ich zu Natasha. Während ich mich auf den Weg zum Flughafen machte, suchte sie alle möglichen Flüge nach Mexiko-City heraus, aber es war tatsächlich ganz einfach, den richtigen zu finden.

Sie will zu ihrem Sohn. Und zuletzt war Gabriel mit seinem Kindermädchen in der Millionenmetropole. Das wissen wir, weil wir sie nicht aus den Augen gelassen haben – auch wenn Juno das vielleicht denkt.

Nichts dem Zufall überlassen – das lernt man als Agent recht schnell.

Ich habe zwischendurch versucht, Carmen zu erreichen, aber bei ihr sprang sofort die Mailbox an. Vermutlich hat Juno sie angewiesen, sich totzustellen.

Junos zweiter Fehler: Sie reist mit gefälschten Papieren.

Das muss nicht zwingend ein Fehler sein. Aber wenn die Fälschung gut ist, dann sieht so ein Pass auch aus, als hätte er bereits all die Reisen absolviert, die hinten reingestempelt sind. Sie hat allerdings am Schalter einen jungfräulichen, quietschneuen Reisepass vorgelegt, dessen Stempel und Visa darauf hindeuteten, dass sie in den letzten zwei Jahren mindestens zwölf Auslandsreisen gemacht hat. Der Typ, der ihr die Dokumente verkauft hat, war ein Stümper. Oder er hat sich aufgrund von Zeitmangel nicht die Mühe gemacht, den Pass entsprechend abzunutzen.

Das fiel bereits auf, als sie das Ticket am Schalter kaufte.

Wir hatten alle Fluggesellschaften und alle Sicherheitsbeamten informiert, sobald wir wussten, dass Juno unterwegs zum Flughafen war. Aber sie sollte durchgewunken werden; mir ging es vor allem darum, sie im Auge zu behalten, während sie nach Mexiko reist.

Jetzt sitze ich im selben Flugzeug wie sie. Ich bitte eine Flugbegleiterin, mir alles zu berichten, was Juno macht und zeige ihr, um meiner Bitte die nötige Autorität zu verleihen, meinen Dienstausweis. Sie nickt nur und geht nach hinten – gerade so, als wäre sie es gewohnt, dass FBI-Agenten an Bord sind.

Der Sky Marshall lässt sich neben mir in den Sitz sinken. Er zwinkert einer anderen Flugbegleiterin zu. Vorhin hat er sich mir als Falco vorgestellt, und während ich noch überlege, ob das ein Deckname ist oder ob seine Eltern in den Achtzigern tatsächlich so große Fans des Austropopsängers waren, bestellt er bereits eine Bloody Mary.

„Dürfen Sie das?", frage ich ihn. „Im Dienst trinken?"

Er zuckt nur mit den Schultern. „Ehrlich gesagt mache ich den Job jetzt seit fünf Jahren, und irgendwie muss man die Langeweile über den Wolken ja ertragen. Es ist noch nie was passiert auf meinen Flügen."

Er grinst süffisant.

„Sieht man mal von den Leuten ab, die unbedingt in der Flugzeugtoilette Sex haben wollen. Aber daran gewöhnt man sich."

Ich erwidere sein Lächeln mit einem ernsten Blick, und schlagartig verschwindet es.

Während ich mich in ein Nachrichtenmagazin vertiefe, trommeln meine Finger auf die Armlehne zwischen uns.

„Nervös, was?"

„Ich fliege nicht gerne", erkläre ich nur.

Die Flugbegleiterin kommt zurück. Sie berichtet mir, dass Juno sich unter Schlafbrille und Decke verkrochen hat und schläft.

Okay, denke ich. Gute Entscheidung. Und wo soll sie auch

während des Flugs schon hin? Ich bestelle das Abendessen bei der Flugbegleiterin und schließe ebenfalls für ein paar Minuten die Augen.

Als wir uns im Landeanflug auf Mexiko-City befinden, habe ich mir einen Plan zurecht gelegt. Naja, es ist eher ein „Plan". Ich weiß, dass ich bei Juno verschissen habe bis in alle Ewigkeit. Ich habe ihr Vertrauen missbraucht. Habe ihr Schmerzen zugefügt, nicht nur körperlich. Sie wird mir vielleicht nie verzeihen, was ich ihr angetan habe. Aber ich muss es wenigstens versuchen. Eine kleine Hoffnung bleibt mir noch. Ich steige als einer der ersten Passagiere aus und eile zum Ausgang. Im Laufen schalte ich mein Handy ein. Natasha hat mir eine ziemlich umfangreiche Nachricht geschickt, doch statt sie zu lesen, wähle ich ihre Nummer.

„Was gibt's?"

„Schlechte Nachrichten."

Ich fluche. „Okay, raus damit."

„Carmen Suárez und der kleine Tevez sind wie vom Erdboden verschluckt. Einfach ... weg."

Ich bleibe stehen. „Wie kann das sein?", rufe ich. „Wir haben doch zwei Teams auf die beiden angesetzt."

„Verdammt, wenn ich das wüsste, hätte ich schon etwas dagegen unternommen. Aber aktuell sieht es wohl so aus, als habe sie die beiden Teams abgeschüttelt und wäre dann in einem Ghetto abgetaucht."

Das wird ja immer schlimmer. Ich renne weiter. „Sind unsere Leute hier vor Ort echt so unfähig?", frage ich.

„Im Gegenteil", sagt sie. „Das sind Leute, die Quantico für solche Spezialaufträge ausgebildet hat. Aber wenn du mich fragst, hätten wir nie zulassen dürfen, dass Carmen Suárez sich auf eigene Faust in der Stadt bewegt."

Okay, so schlau bin ich inzwischen auch. Ich seufze.

„Und nun?"

„Du wirst von einer Kollegin abgeholt", sagt Natasha. „Eine gewisse Rita Domingo."

„Nein", sage ich.

„Nein?" Natasha ist verblüfft.

„Ich muss das auf meine Art regeln."

Ich lege auf, ohne ihr zu erklären, wie „meine Art" genau aussieht. Ehrlich gesagt weiß ich das selbst nicht so genau. Aber eins weiß ich mit absoluter Gewissheit. Wenn Juno erfährt, dass wir Carmen und ihren Sohn verloren haben, wird sie mich umbringen.

Und das meine ich wörtlich.

Meine einzige Chance sie zu besänftigen? Ich muss Gabriel finden. Mit ihr oder ohne sie, das ist egal – aber vermutlich werde ich mit ihr bessere Chancen haben. Sie kennt Carmen hoffentlich gut genug, damit wir sie finden.

Hinter einer Säule in der Ankunftshalle warte ich auf Juno. Sie lässt sich Zeit; vermutlich hat sie mich im Flugzeug gesehen und geht jetzt auf Nummer sicher. Es dauert zwanzig Minuten, bis ich sie kommen sehe. Offensichtlich hat sie noch ein paar Dinge eingekauft. Sie hat das Handy ans Ohr gedrückt und über ihrer großen Sonnenbrille die Stirn gerunzelt. Klar. Sie versucht vermutlich auch schon seit Stunden, Carmen zu erreichen.

Müde sieht sie aus, das erkenne ich an ihren Bewegungen und daran, wie sie jetzt stehen bleibt. Sie nimmt die Sonnenbrille ab, und das Veilchen sieht echt übel aus. Die Menschen um sie herum machen einen großen Bogen um Juno.

Ich trete hinter der Säule hervor.

Sie entdeckt mich, doch bevor ich etwas sagen oder auf sie zugehen kann, dreht sie sich auf dem Absatz um und rennt weg. Sie steuert die Automatiktüren an, die aus der Ankunftshalle in die schwüle Hitze der mexikanischen Metropole führen, ohne noch einen Blick über die Schulter zu werfen. Ich beschleunige meine Schritte, habe sie fast erreicht. „Juno!", rufe ich. Sie stößt mit zwei Geschäftsleuten zusammen, die mit den Köpfen schütteln, doch sie entschuldigt sich nicht, sondern hastet weiter. Ich will sie nicht jagen, darum verlangsame ich meine Schritte und wähle im Laufen ihre Handynummer aus meinem Telefonbuch und rufe sie an.

„Geh ran, verdammt", murmele ich.

Vermutlich hat sie mich längst blockiert. Trotzdem versuche ich es weiter und folge ihr.

Sie rennt jetzt. Die Türen gleiten lautlos vor ihr auf, sie sieht sich zu mir um. Gehetzt, voller Angst. Dann sprintet sie los. Ich fluche und folge ihr. Doch ich bin zu langsam. Die schwülheiße Luft ist wie eine Wand nach der klimatisierten Ankunftshalle, und als ich in dem Gedränge draußen untertauche und versuche, sie auszumachen, höre ich das Quietschen von Bremsen, einen dumpfen Aufprall … und dann ist da diese Stille. So absolut. Alle Menschen um mich herum sind für einen winzigen Moment wie erstarrt.

Ich dränge mich durch die Menge, die sich um das Taxi schart, das die junge Frau angefahren hat. Diese liegt mit verdrehten Gliedern vor dem Kühler auf dem Asphalt. Die dunklen Haare umrahmen ein schmales Gesicht, das makellos blass ist, die Lippen knallrot geschminkt. Sie trägt ein geblümtes Kleid.

Nicht Juno.

Ich glaube nicht an einen Gott, doch in diesem Moment möchte ich ihm danken, weil er Juno offenbar verschont hat. Doch diese zehn, fünfzehn Sekunden, in denen ich sie aus den Augen ließ, haben ihr genügt, um zu verschwinden. Ich sehe etwa hundertfünfzig Meter weiter, wie sie in ein Taxi steigt, das sich sofort vom Bordstein löst und beschleunigt.

Sie ist mir entkommen.

Es fühlt sich wie eine Niederlage an. Ich habe verloren.

Frustriert wähle ich Natashas Nummer. „Was ist nun mit Rita Domingo?", frage ich resigniert.

Wie sich herausstellt, ist Rita Domingo eine resolute, ruhige Kollegin Anfang Fünfzig, die mich keine fünf Minuten später vor der Ankunftshalle abholt. Sie lenkt ihren Mercedes durch das Gewühl aus Straßen und telefoniert derweil auf Spanisch mit irgendwelchen Kollegen, die offenbar großen Mist gebaut haben. Ich fühle mich gleich solidarisch mit den Leuten, denn ich habe genauso versagt wie sie.

Rita schnaubt und legt auf. Die großen Goldcreolen in ihren Ohren wippen und die Armreifen klirren, als sie das Handy über dem Aschenbecher in die Mittelkonsole pfeffert und aus einem Päckchen zwei Zigaretten zieht. „Rauchen Sie?", fragt sie. Ich schüttele stumm den Kopf. Diese Blöße will ich mir jetzt nicht geben, obwohl mir sehr danach ist.

„Fangen Sie bloß nicht damit an." Sie steckt eine hinters Ohr und fingert ein goldenes Zippo aus der Seitenkonsole. Dabei fährt sie wie ein Henker, flucht, kontrolliert ihren pinken Lippenstift und fährt über die kurzen, dunkelbraunen Haare, als wäre irgendwas an ihrer Frisur nicht in Ordnung.

„Wir haben hier unten im Moment echt Besseres zu tun als einen kleinen Jungen und sein Kindermädchen zu suchen", bemerkte sie.

„Es handelt sich immerhin um den Sohn von Dean Tevez.", sage ich. „Der dürfte auch hier unten bei Ihnen kein gänzlich Unbekannter sein."

Sie schnaubt. „Arschloch!", flucht sie und drückt auf die Hupe. Ich bin ganz froh, dass sie ausnahmsweise nicht mich meint.

„Jedenfalls ist es wichtig, dass wir Gabriel Tevez finden", erkläre ich. „Und Juno Tevez. Sie sucht ihn ebenfalls."

„Ihre Kollegin aus L.A. meinte, die Frau von Señor Tevez sei da in etwas verstrickt, das uns allen noch Probleme bereiten könnte."

Verdammt, Natasha. Das geht nun wirklich niemanden etwas an.

„Auf sie wurde ein Auftragsmörder angesetzt. Mein Partner. Stattdessen hat er sich selbst erschossen", erkläre ich.

Rita nickt, als würde das alles erklären.

„Haben Sie noch mal versucht, das Kindermädchen anzurufen?"

Ich runzele die Stirn. „Was soll das bringen?"

„Tun Sie's einfach. Das Handynetz ist manchmal nicht das beste, und es gibt Fälle, da dachten Leute schon, ihre Angehörigen wären tot."

Ich ziehe mein Handy hervor und wähle wieder mal die Nummer von Carmen Suárez, ohne mir allzu viel davon zu versprechen. Vermutlich ist das so eine typische Hinhaltetaktik von Rita Domingo. Sie beschäftigt den dummen Bullen vom FBI, während sie weiter die anderen Verkehrsteilnehmer beschimpft.

Zu meiner Überraschung springt dieses Mal nicht sofort die Mailbox an, und mir wird auch nicht mitgeteilt, die Nummer sei nicht vergeben – ich bekomme ein Freizeichen, und nach wenigen Sekunden höre ich die Stimme von Carmen Suárez.

„Juno, bist du das?" Ihre Stimme überschlägt sich fast.

„Hier spricht Case Lincoln vom FBI", sage ich.

„Dios mío, Mr. Lincoln! Sie sind meine Rettung. Ich brauche sofort Junos Telefonnummer, sie muss vor Sorge ja außer sich sein!"

„Ja, das bin ich auch", sage ich vorsichtig. „Wo sind Sie, Miss Suárez?"

„In Mexiko-City, wie wir es vereinbart haben." Sie klingt verwundert.

„Wir haben versucht, Sie zu erreichen."

„Ja, das. Das kann ich Ihnen erklären, Mr. Lincoln. Aber ich muss Juno anrufen. Sie hat bestimmt versucht, mich zu erreichen."

Ich atme tief durch. Rita Domingo wirft mir einen Seitenblick zu, als wollte sie sagen „H ab ich es Ihnen nicht gesagt?", aber darauf reagiere ich nicht.

„Sagen Sie mir, wo Sie sind", sage ich betont ruhig. „Ich bin auch in Mexiko-City und komme zu Ihnen."

Ich spüre ihr Zögern. „Was ist mit Juno?"

„Ich stehe mit ihr in Verbindung", lüge ich. „So war doch der Deal, oder? Sie passen auf Gabriel auf, ich auf Juno."

„Dann ist sie auch in Mexiko-City?", fragt Carmen zweifelnd.

„Ja, ist sie." Das ist zumindest keine Lüge. „Lange Geschichte", füge ich hinzu.

„Also gut."

Wie sich herausstellt, ist Carmen Suárez mit dem kleinen Gabriel in einem Hotel in der Innenstadt. Ich nenne Rita Domingo die Adresse. Sie zieht die Augenbrauen hoch, doch dann nickt sie und biegt an der nächsten Ampel in einem ziemlich sportlichen Manöver nach links ab.

„Das war rot", bemerke ich.

Rita Domingo hat sehr beredte Augenbrauen. Sie sprechen wieder zu mir und sagen sinngemäß „Ach was!"

„Was auch immer", murmele ich. Nachdenklich blicke ich auf mein Handy. Soll ich Juno anrufen und ihr sagen, dass es Gabriel gut geht?

Was würdest du selbst wollen, wenn es dein Kind wäre?

Die Frage stellt sich mir nicht. Kinder waren nie ein Teil meines Lebensplans. Und bis jetzt hab e ich die Verantwortung für so eine kleine Kröte immer vermeiden können, Gott sei Dank. (Okay, ich hab's nicht so mit Gott, aber in diesem Fall bin ich darüber wirklich froh.) Leider mögen mich Kinder. Ist vermutlich wie mit Katzen. Die merken es auch, wer sie nicht leiden kann und setzen sich ausgerechnet bei demjenigen auf den Schoß, sobald man sich irgendwo in ihrer Nähe niederlässt.

Erwähnte ich schon, dass ich nicht nur von Kindern, sondern auch von Katzen belagert werde?

Ich kann vielleicht mit Kindern und Katzen wenig anfangen und habe im Moment bei Juno echt verschissen (übrigens aus gutem Grund), aber das alles rechtfertigt nicht, dass ich sie länger im Ungewissen lasse. Ich treffe eine Entscheidung.

„Kann ich Ihr Handy benutzen?"

Rita macht eine Handbewegung, als wollte sie sagen „Nur zu, Sie sind hier der Boss, mein Arsch gehört Ihnen, auch wenn ich wie ein Henker fahre".

Ich mag Rita Domingo.

Mit ihrem Handy wähle ich Junos Nummer. Sie meldet sich nach dem zweiten Klingeln. Atemlos.

„Carmen, bist du das?"

Ich hole tief Luft. „Leg jetzt nicht auf, Juno", sage ich leise. „Ich weiß, wo Gabriel ist."

Es ist einen Moment lang still in der Leitung, und ich glaube schon, dass sie doch aufgelegt hat. Doch dann höre ich ihre Stimme. Sie klingt so verletzt, so müde … Ich möchte ihr diesen Schmerz abnehmen, der sie niederdrückt, will sie im Arm halten und ihr versprechen, dass alles wieder gut wird.

„Case …"

„Er ist bei Carmen. Wo steckst du?"

Ich höre ihr Seufzen.

„Juno, bitte. Lass uns später über alles reden. Jetzt willst du doch zurück zu deinem Sohn, nicht wahr?"

„Ja", sagt sie leise nach kurzem Schweigen. „Ja, das will ich tatsächlich."

„Ich hole dich ab."

Sie nennt mir eine Adresse, die ich an Rita Domingo weitergebe. Bevor wir auflegen, verspreche ich Juno: „Alles wird gut."

Ich höre ihr bitteres Lachen. „Tatsächlich? Aber wann, Case? Wann kann das alles wieder gut werden?"

25

Juno

Es gab einen Tag in meinem Leben, an dem ich geglaubt habe, es wird endlich alles gut.

Der Tag, an dem Gabriel geboren wurde. Jede Mutter weiß: So eine Geburt ist kein Spaziergang. Im Gegenteil. Sie zerreißt deinen Körper, du hast das Gefühl, dein Kind will sich dort einen Weg ans Licht der Welt bahnen, wo *unmöglich Platz ist, um ans Licht der Welt zu gelangen.* Aber Babys haben Dickköpfe, sie schrauben sich durchs Becken, und dann sind sie plötzlich da.

Vorher hat mir eine andere Mutter, die ich bei der Vorsorge im Wartezimmer traf und die ihr viertes Kind erwartete, erzählt, in dem Moment, da man das Baby auf den Bauch gelegt bekommt, sind alle Schmerzen vergessen. Dann ist alles wieder gut.

Sie hat nicht gelogen.

Während ich in diesem kleinen Imbiss an einer anonymen Straßenecke in Mexiko-City vor meinem unberührten Teller sitze und auf Case warte, wünsche ich mir eine Geburt. Eine, bei der ich neu geboren werde. Bei der nichts von der alten Juno bleibt, bei der ich mich häute und alles hinter mir lasse.

Ich verstehe jetzt Lea. Sie hat ihr altes Leben hinter sich gelassen, nachdem sie unsere Familie verraten hat. Sie ist mit daran schuld, dass ich jetzt hier sitze, doch mein früherer Groll auf sie ist verflogen und macht Verständnis Platz. Sie hat das nicht getan, weil sie mir schaden wollte, sondern weil sie sich selbst retten musste.

So wie ich jetzt Gabriel und mich retten muss.

Ich habe Case erzählt, wo ich auf ihn warte. Keine Ahnung, ob das ein Fehler war. Irgendwann muss man einem Menschen so bedingungslos vertrauen, dass man nicht mehr überall Halt sucht. Dieser Moment ist nun gekommen. Ich werde entweder belohnt – oder ich werde bei dem Versuch sterben. Ja, mein Tod ist inzwischen für mich eine reale Möglichkeit. War er schon immer, seit ich Deans dunkle Seite kennengelernt habe. Und Case? Auch er hat eine dunkle Seite. Diese Erkenntnis schmerzt, und das ist etwas, worüber wir reden müssen. Ich will mir nichts vormachen; diese dunkle Seite kann bei ihm so tief vergraben sein, dass er selbst nichts davon weiß. Dass er ihr erst letzte Nacht ins Gesicht geblickt hat.

Draußen wird es dunkel. Ich sehne mich nach meinem Kind. Nach einem Ort, an dem ich mich von all dem erholen kann, was in den letzten Tagen passiert ist. Aber dafür ist noch keine Zeit.

Später. Erst will ich mein Kind wieder in die Arme schließen.

Case steht so plötzlich vor mir, als wäre er aus dem Boden gewachsen. Er nimmt seine Sonnenbrille ab und setzt sich auf den freien Stuhl mir gegenüber. „Juno", flüstert er. Ich sehe ihm die Erschütterung an. Nach den Ereignissen der letzten Tage wird nichts mehr so sein wie zuvor. *Wir* werden nicht mehr sein wie zuvor. Wenn wir überhaupt etwas gewesen sind.

„Wo ist er?", frage ich mit erstickter Stimme.

„In einem Hotel ganz in der Nähe. Carmen ist bei ihm."

„Was ist passiert?"

Er stößt die Luft aus.

„Habt ihr was damit zu tun?"

„Nein, Juno." Er streckt die Hand nach mir aus, zieht sie dann aber zurück, als wäre er unsicher, ob ich seine Berührung im Moment ertrage. Da ich das selbst nicht so genau weiß, greife ich nicht nach seinen Fingern, obwohl ich mich nach ihm sehne.

Ich bin kaputter als ich gedacht habe.

Er hat mich geschlagen. Und obwohl mir das schon mal passiert ist, dass ein Mann mir Gewalt antut, obwohl ich das nie wieder zulassen wollte, sitze ich hier mit ihm zusammen …

Zugleich höre ich aber auch die Stimme der Vernunft.

Geschlagen, ja. Das hat er. Aber er war nicht bei sich, als das geschah. Er hat geschlafen, irgendwas aus seinem Unterbewusstsein muss ihn so sehr getriggert haben. Auch für ihn waren die letzten achtundvierzig Stunden ein einziger Horrortrip.

Nicht nur das. Wir haben in diesen zwei Tagen auch unsere Gefühle füreinander entdeckt.

Es geht nicht nur um Gabriel, erkenne ich. Natürlich geht es in erster Linie um ihn, er ist mein Augenstern, mein Ein und Alles. Aber eben nicht nur.

„Carmen hat es mir erklärt. Ihr Handy hat den Geist aufgegeben. Sie hat so schnell wie möglich ein neues besorgt, aber sie musste sich mit Gabriel verstecken. Sie vermutete, dass jemand hinter ihnen her ist. Das waren aber nur unsere eigenen Leute." Sein Lächeln ist reumütig. „Wir hätten ihr sagen müssen, dass sie von uns beobachtet wird. Tut mir leid."

Ich sehe ihn sprachlos an.

„Ihr habt sie unterschätzt", sage ich schließlich.

„Ja", gibt Case zu. „Sie und vermutlich auch dich. Wir fahren jetzt zu ihnen und dann verschwinden wir aus diesem Moloch von einer Stadt." Er lächelt aufmunternd.

Ich werde den Verdacht nicht los, dass er irgendwas vor mir verbirgt. Aber das muss bis später warten.

Ich nicke, werfe die Papierserviette auf meinen unberührten Teller und einen Geldschein daneben. Wir stehen auf. Case legt einen Arm um meine Schultern, als er mich zu dem Mercedes-Geländewagen führt, hinter dessen Steuer eine dunkelhaarige, finster dreinblickende Frau sitzt.

„Was hat denn so lange gedauert?", faucht sie Case an, kaum dass er hinter mir auf die Rückbank gerutscht ist. Case antwortet nicht. Sie mustert mich im Rückspiegel, doch ich wende den Blick ab. Ich habe das Gefühl, sie kann durch meine Sonnenbrille das Veilchen sehen. Ob sie sich fragt, woher es kommt?

Egal, verdammt. Ich sollte endlich aufhören, mir ständig darüber den Kopf zu zerbrechen, was Andere über mich denken. Die Fahrt dauert keine fünf Minuten. Wir halten vor einem Luxushotel, und Case steigt mit mir aus. Die Fahrerin bleibt zurück und fährt wieder weg, sobald sie uns abgeladen hat.

„Wer war das?", frage ich ihn.

„Das wüsste ich auch gern", sagt er und zuckt entschuldigend mit den Schultern. Keine Zeit für Erklärungen; ich will erst Gabriel in die Arme schließen.

Der Hotelflur im 12. Stock liegt verlassen da und erstreckt sich schier endlos. Nachdem wir unzählige Zimmertüren mit ihren Goldziffern passiert haben, stehen wir vor der letzten Tür in der Reihe. 1242. Case hebt die Hand und klopft.

Mein Herz hämmert in der Brust. Ich weiß nicht, was ich tun werde, wenn gleich nicht Carmen und mein Kind in dem Hotelzimmer hinter dieser Tür warten. Wenn er mich belogen hat. Wenn …

Die Tür geht auf. Carmens Gesicht, müde und abgekämpft. Auf ihrem Arm mein Sohn, er hält ein Bilderbuch in der Hand. Sofort leuchtet ein freudiges Strahlen auf seinem Gesichtchen auf, seine dunklen Augen blitzen vergnügt und er streckt die Ärmchen nach mir aus. „Mamaaaa!", kräht er.

Mir schießen unvermittelt Tränen in die Augen, die ich hastig beiseite wische. Verdammt! Niemand hat mich darauf vorbereitet, wie sehr die Wiedervereinigung mit ihm mein Mutterherz zerreißt. Glücklich schließe ich ihn in die Arme.

Case und Carmen geben mir alle Zeit der Welt. Ich drücke

und herze Gabriel, der sich schon bald losmacht und runter will. Doch dann nimmt er meine Hand und zieht mich ins Hotelzimmer, wo er mir auf der Spieldecke auf dem Fußboden seine neuen Spielsachen zeigt. Carmen hat für viel Unterhaltung gesorgt, und ich schniefe und spiele mit ihm, während sie bei Case steht und leise mit ihm redet.

Sie lassen mich in Ruhe. Einerseits ist das gut, denn ich muss diesen Moment für mich haben. Andererseits weiß ich, dass es noch nicht vorbei ist.

Schließlich lasse ich Gabriel allein weiterspielen und stehe auf. „Was nun?", frage ich die beiden.

Carmen lächelt nachsichtig. Case überlegt einen Moment, doch dann trifft er eine Entscheidung.

„Wir bringen euch in Sicherheit", sagt er. „Und anschließend kümmern wir uns um alles Andere."

Alles Andere. Ich weiß, was er damit meint. Nick Fox. Dean. Das Kartell. All jene, die mir aus welchen Gründen auch immer nach dem Leben trachten.

„Okay", flüstere ich. Ich will eigentlich nur noch schlafen, schlafen, schlafen.

Wir verlassen bereits wenige Stunden später am frühen Morgen des folgenden Tags Mexiko-City. Rita Domingo, die harsche Fahrerin, begleitet uns, und es dauert eine Weile, bis ich kapiere, dass sie zu Cases Team gehört.

Carmen sitzt am Fenster, der Sitz zwischen uns ist frei, weil Gabriel sich auf meinem Schoß eingerollt hat und mit dem Daumen im Mund eingeschlafen ist. Er drückt seinen Kuschelelefanten an sich und sieht einfach nur zufrieden aus. Kinder sind ein Phänomen – in den stressigsten Situationen finden sie wieder Ruhe, sobald man sie ihnen ermöglicht.

Ich bin verglichen mit ihm ein nervöses Wrack. In der Nacht habe ich kaum geschlafen, sondern nur mein Kind beobachtet, das neben mir im Hotelbett lag. Nie wieder würde ich ihn so lange allein lassen. Nie, nie wieder.

„Mach dir keine Sorgen." Case sitzt auf der anderen Seite des Gangs. Bisher haben wir nicht viel gesprochen, doch als er jetzt das Wort an mich richtet, sehe ich ihn flüchtig von der Seite an. Die Sonnenbrille trage ich nicht mehr. Sie hat Gabriel verwirrt, und mein kleiner Schatz hat schon genug durchgemacht. Das Veilchen hingegen fand er lustig; er zeigte immer wieder darauf und kicherte.

Vielleicht bin ja auch ich diejenige, die viel durchgemacht hat. Gabriel macht auf mich nicht den Eindruck, als hätte die tagelange Trennung von mir irgendwelche Spuren hinterlassen. Das beruhigt mich; er hat eine gute Bindung zu Carmen. Falls ich ihn noch mal für ein paar Tage allein lassen muss, wird er bei ihr gut aufgehoben sein.

Bitte, bitte, lieber Gott. Lass das nicht zu. Lass mich doch endlich zur Ruhe kommen …

Case steht auf. Er beugt sich über meinen Sitz. „Macht es Ihnen etwas aus, wenn wir die Plätze tauschen?", fragt er Carmen. Sie schüttelt den Kopf und setzt sich zu Rita Domingo. Beide fangen sofort eine angeregte Unterhaltung auf Spanisch an.

Case schiebt sich mühsam an Gabriel und mir vorbei und setzt sich auf den mittleren Sitz.

„Ich habe Nachricht aus L.A.", sagt er nach kurzem Schweigen.

„Oh." Mein Herzschlag beschleunigt sich.

„Sie haben Nick gefasst. Am Grenzübergang nach Tijuana hat er versucht, auf einem Laster mit Erntehelfern über die Grenze zu gelangen. Er hatte gefälschte Papiere bei sich."

Ich verstehe, was er damit sagen will. „Du meinst, er hat das geplant?"

„Er oder irgendwelche Hintermänner."

Wir wissen beide, wer solche Hintermänner hat. Dean.

„Das alles …" Er macht unbeholfen eine Handbewegung.

„Aber jetzt ist es vorbei, Juno. Du bist in Sicherheit."

Ich lache freudlos. „Bis der Prozess losgeht", sage ich leise. Doch über den Fluglärm versteht er mich nicht, er runzelt die Stirn und ich winke ab.

„Und was mit uns geschehen ist …" Ich merke, wie schwer ihm das alles fällt, aber ich bin auch nicht bereit, es ihm leicht zu machen.

Verdammt, er hat mich geschlagen! Verprügelt! Ja, es tat ihm sofort leid, ja, er hat versucht, es zu erklären. Er war nicht bei sich. Aber das lindert nicht die Schmerzen. Oder ändert was daran, dass ich bei jeder hastigen Bewegung von ihm innerlich zusammenzucke. Wie soll ich, verdammt noch mal, eine Beziehung zu ihm aufbauen, so sehr ich mir das auch wünsche?

Außerdem: Er ist immer noch der Feind. Das ist eine Tatsache, die niemand vom Tisch wischen kann.

„Was mit uns geschehen ist", erkläre ich daher, „ist geschehen. Und wir können die Uhren nicht zurückdrehen. Damit müssen wir jetzt leben, so gut es eben geht."

„Ich will nicht, dass du damit leben musst."

Ich starre ihn lange an. Er seufzt, fährt sich mit der Hand durchs Gesicht. Mir kommt der Gedanke, dass ich nicht die Einzige bin, die in den letzten Tagen viel zu wenig Schlaf bekommen hat.

„Juno. Ich weiß, dafür werde ich mich nie adäquat entschuldigen können. Und es ist okay, wenn du mich bis ans Ende meines Lebens hasst."

„Ich hasse dich nicht", unterbreche ich ihn sanft.

„Das ehrt dich." Er will meine Hand nehmen, die zwischen uns auf der Armlehne ruht, doch ich ziehe sie weg, so gut das eben möglich ist mit einem schlafenden Kleinkind auf meinem Schoß. Er sieht verletzt aus.

„Meinst du, wir können … irgendwann …"

Er will eine zweite Chance?

Die will ich auch. Aber wie? Ich kann gerade nicht aus meiner Haut; es fühlt sich falsch an, wenn ich mich jetzt einfach auf Case einlasse.

Das Herz befiehlt, was das Herz nicht bekommt …

Ich muss der Realität ins Gesicht sehen. Mein *Herz* will Case. Das merke ich allein daran, wie ich in seiner Nähe innerlich bebe. Wie ich mich danach sehne, dass er mich berührt. *Berührt.* Dafür genügt schon seine Stimme. Denn auch eine Stimme kann dich berühren, sie kann deinen Körper durchdringen, bis du glaubst, nur noch aus dieser Sehnsucht zu bestehen.

„Juno?"

Sein Blick ist nicht flehend, sondern ... abwartend. Vernünftig. Er drängt nicht, er lässt mir alle Zeit der Welt.

Und die brauche ich auch.

„Lass uns später darüber reden", sage ich leise.

„Okay." Er nickt. Seine Hand liegt nun doch auf meiner, ich lasse sie dort liegen, er drückt meine Finger, ganz sanft. Gabriel bewegt sich leicht im Schlaf, aber er wacht nicht auf. So sitzen wir einfach beisammen, und er nimmt seine Hand erst weg, als das Essen serviert wird.

Als wir Stunden später in L.A. landen, bin ich völlig gerädert. Unser Aufenthalt in Mexiko-City hat nicht mal einen Tag gedauert, fühlt sich aber an, als wäre ein ganzes Jahr vergangen. Ich bin erschöpft. Gabriel klammert sich an mich, und ich trage ihn aus dem Flugzeug, durch die Ankunftshalle und nach draußen in die frühmorgendliche Hitze von L.A. Case ist die ganze Zeit an meiner Seite. Sobald wir gelandet sind, hat er sein Handy eingeschaltet, und während wir den Ausgang ansteuern, klingelt es. Er bleibt zurück; ich verlangsame meine Schritte und sehe mich nach ihm um.

„Wir könnten weglaufen." Carmen schließt zu mir auf. Sie trägt einen Rucksack mit Gabriels Sachen.

Ich runzele die Stirn. „Warum?", frage ich.

Sie zeigt auf mein blaues Auge. „Damit so etwas nicht häufiger passiert. Das war er, richtig?"

Ich schweige. Mir ist es nicht recht, dass sie mir offenbar an der Nasenspitze ansieht, was zwischen Case und mir ist.

Was Carmen sieht, sehen auch andere. Und irgendwann werde ich auch wieder zu Dean ins Gefängnis müssen. Er wird Fragen an mich haben – unbequeme Fragen. Ich bin immer noch seine Frau. Ich werde ihm Rede und Antwort stehen müssen. In diesem Moment wird mir etwas klar. Ich habe Bruces Mordversuch überlebt, weil er seine Waffe gegen s ich gerichtet hat. Weil die Kugel, die mir galt, in seinem Schädel einen zum aktuellen Zeitpunkt noch unkalkulierbaren Schaden angerichtet hat. Auch seinem Bruder Nick bin ich entkommen, auch wenn ich da mehr Glück als Verstand gehabt habe. Oder einfach auf meinen Instinkt gehört habe.

Aber es ist deshalb nicht vorbei. Dean wird andere Wege finden. Das hat er schon immer. Für mich würde es nur dann Rettung geben, wenn ich verschwinde. Wenn ich für ihn tatsächlich tot bin.

Ich fröstele, denn wenn Nick Dean alles erzählt hat, weiß Dean auch von unserer Farce. Von meinem Versuch, mich aus der Ehe zurückzuziehen, auf die feigste Art, die es gibt.

Case ist stehengeblieben. Wir gehen an ihm vorbei, und ich sehe, wie er die Stirn runzelt. Dann lächelt er plötzlich, und das ist irgendwie tröstlich. Wenn Case lächelt, denke ich, wird alles gut.

Wir winken draußen ein Taxi heran. Case folgt uns nach draußen. Der Taxifahrer hat keinen Kindersitz für Gabriel und weist uns auf einen Taxistand auf der anderen Straßenseite hin, seine Kollegen dort können auch Kleinkinder mitnehmen.

Gabriel ist inzwischen wach und zappelt auf meinem Arm, bis ich ihn runterlasse. Er läuft an meiner Hand, und dann ist plötzlich Case neben uns. Als wäre es das Natürlichste auf der Welt, nimmt mein kleiner Junge, der sonst nie Fremden vertraut, die Hand von Case und blickt zu ihm auf. Sein Gesicht strahlt, und Case erwidert das Lächeln.

Ich bekomme einen dicken Kloß im Hals. Verdammt. Das ist es, was ich will. Einen Mann, der mich und mein Kind vorbehaltlos liebt.

Der nicht die Hand gegen mich erhebt.

Ja, das auch.

„Gute Nachrichten?", frage ich. Meine Stimme klingt rau. „Wie man's nimmt." Er runzelt die Stirn. „Nick hat sich aufgehängt."

Mir stockt der Atem. „Nein", flüstere ich.

„Doch, leider." Damit ist der letzte Zeuge, der gegen Dean aussagen könnte, weil er mir nach dem Leben trachtet, Bruce. Und ob er je wieder so klar im Kopf sein wird ...

„Und was nun?"

„Es ändert nichts an den Tatsachen", erklärt Case. „Ich werde mich um euch kümmern. Persönlich", fügt er hinzu. „Wenn ... wenn du das willst."

„Ich weiß nicht, ob ich das will", sage ich leise.

Wir sitzen im Taxi, zwischen uns der Kindersitz. Vorne beim Fahrer sitzt Carmen und unterhält sich mit ihm. Ich weiß nicht, wohin wir fahren. Ich weiß nur, dass der Mann, der neben meinem Sohn sitzt, der Mann ist, neben dem ich morgen Früh aufwachen will. Und übermorgen. Und am Tag danach.

Ich weiß, wie dumm das ist. Was für ein Risiko ich damit eingehe. Und dass ich damit gegen jeden meiner Grundsätze verstoße. Aber das Herz bekommt, was das Herz befiehlt.

Und mein Herz? Das befiehlt mir, Case Lincoln eine zweite Chance zu geben.

Darum hole ich tief Luft. „Aber versuchen möchte ich es."

Er lächelt mich an. Ich lächle zurück.

Es ist verrückt; wir sitzen in einem Taxi, es ist laut, beengt und heiß. Trotzdem ist dies einer der schönsten Momente meines bisherigen Lebens.

Ich will ihn bewahren und schließe für einen Moment die Augen. Ihn einfach speichern, damit ich ihn an den schlechten Tagen, die sicher bald auf mich zukommen, hervorholen kann. Diesen Moment, in dem ich mich ganz und gar auf Case einlasse.

Ich weiß, wie viel ich damit riskiere. Mein Leben, schlimmstenfalls. Aber ich weiß auch, dass die Liebe es wert ist.

Du möchtest mit Ava in Kontakt bleiben?

Dir gefallen meine Romane? Dann freue ich mich, wenn du mir folgst. Bei Facebook poste ich regelmäßig Neuigkeiten (www.facebook.com/AvaJordanAutorin) und verlinke auch regelmäßig auf meine Artikel im Blog (www.avajordan.de). Am meisten lohnt sich aber mein monatlicher Newsletter mit regelmäßigen Buchverlosungen, Covervotings und exklusiven Einblicken in mein Autorenleben: eepurl.com/c6PgCP Ich freue mich auf dich!

Ich finde es toll, wenn sich meine Leserinnen bei mir melden – egal, ob bei Facebook, per Mail oder im Blog. Dir hat dieser Roman gefallen? Ich würde mich sehr freuen, wenn du anderen davon erzählst – eine Rezension ist rasch geschrieben und erleichtert anderen Leserinnen die Entscheidung, ob mein Roman etwas für sie ist. Und mir hilfst du damit sehr!